博士はオカルトを信じない

東川篤哉
Higashikawa Tokuya

ポプラ社

博士はオカルトを信じない

装画　岡野賢介
装丁　須田杏菜

01

天才博士と
あの世からの声

1

みんなは霊魂の存在について、どう思うかな？　ほら、霊魂だよ、レイコン。

そうそう、輪切りにするとたくさん穴が開いていて、煮物やてんぷらにすると美味しいやつ――って、それはレンコン！　え、なになに、滑らかな肌触りの化学繊維？　それってレーヨンだよね。僕がいってるのは霊魂なんだけど――はぁ、一部の人がアイス珈琲のことをそう呼ぶって？　ひょっとして、それ、レイコーのこと？　どうして君、そんな特殊な言葉、知ってるのさ（あれ、そういう僕は、なんで知ってんだろ？）。え、近所で評判のレイコさんなら、よく知ってるって？　ああ、そう、ふぅーん。だけど君の知ってるレイコさんのことを、僕は一ミリも知らないんだ。ゴメンね。

うん、判《わか》った。尋ねた僕が馬鹿だった。みんな意外と興味ないんだね、幽霊とか霊魂について。

霊魂っていうのは、読んで字のごとく霊の魂。つまり死んだ人間の心って意味だ。

人が死ぬと肉体は滅びる。焼かれて骨と灰になる。けれど心まで滅びるわけじゃない。その魂は、この世界に留《とど》まり続ける。それが現世の人間からは、霊とか霊魂とか呼ばれるわけだけど――え、なになに、なんだって？　なんか外野がうるさいみたいだね。

『おまえ、そんなもん信じてるのか?』『見たことないくせに勝手なこというな』『霊なんて存在するわけないだろ』『さては、おまえ、オカルト好きの中学生だな!』――わわッ、ちょっと、待ってよ、待って! そういっせいに文句いわれても困るって!

うーん、やれやれ。ある程度は覚悟していたけれど、ずいぶんと評判悪いみたいだね。

でも、なんで君たち、霊や霊魂が存在しないって、そうキッパリと断言できるのさ? 酸素や窒素が目には見えないからって、それらが僕らの周りに存在していることは、誰も疑わないだろ。地下のマグマや遥《はる》か遠くの星だって、目で見ることはできないけれど、確かに存在しているはず。それと同じように、霊魂だって、そこらへんにフワフワ漂ってるのかもしれないじゃないか。少なくとも可能性はゼロじゃない。――って僕はそう思っているけど、これって変かな(おいこら誰だ、『変に決まってる』とか、いってる奴《やつ》は!)。

まあ、いいや。とにかく、これから話すのは、そんな僕の目の前で起きた魔訶《まか》不思議な出来事だ。それは霊魂の有無に深くかかわる事件。と同時に、僕がとある天才博士と出会うキッカケとなった事件でもあるんだけれど――ああ、その話を始める前に、まず自己紹介をしておかないとだね。

僕の名字は漢字一文字で『丘《おか》』、下の名前は『晴人《はると》』。丘晴人だ。自分でいうのもナンだけど、石を投げれば当たるような、ごく平凡な中学二年生。オカルト関連の話題には、まあまあっていうか、実はかなり興味があるほう――ってことは、くそッ! 悔しいけれど、さっき誰かさんが指摘したことは、おおよそ当たりだったたってわけだ！

　まあ、べつに、どうでもいいけどさ——

2

　君立市《きみたちし》君乃《きみの》町《まち》。それが僕の住む街の名だ。君立市という名前は馴染《なじ》みがないかもしれないから、いちおう説明しておくと、欲望うずまく大都会ってわけでは全然ない。かといって見渡す限り田んぼや畑が広がる、のどかな田舎町ってわけでもない。とある私鉄の沿線に誕生した新興都市で、駅前には日常の買い物に困らない程度の商店街。その周辺にはサイコロを並べたような住宅街が広がり、さらにその周辺にまで足を延ばすと、そこはもう見渡す限りの田園風景って感じだから、あれ!?　やっぱり君立市って、まあまあ田舎なのかもしれないな。まあ、そのへんは想像にお任せするとして——

　その奇妙な出来事が起きたのは、僕が中学二年に進級して間もない四月のとある休日のことだ。その日、僕は父親の車に乗せられて君立市の郊外までドライブ。目指すは、宮国《みやくに》さんというお金持ちのお屋敷だ。

　その車内にて、スーツ姿でバッチリ決めた父さんが僕に説明した。

「これから向かうお屋敷は年雄《としお》さんという資産家のおじいさんの家でな。父さんは昔、その人に大変世話になったんだ。知らないか、宮国年雄さん？　そうか、知らないか。——まあ、無理もない。あの人に世話になったのは、晴人が生まれる前のことだからな」

——だったら知るわけないよね？　なんで、わざわざ聞いたの？

首を傾《かし》げる僕は、詰襟《つめえり》の首元を気にしながら、

「でも、なんで制服姿じゃなきゃいけないのさ。せっかく休みの日なのに……」

「いや、その恰好《かっこう》のほうがいいんだ。なぜなら今日は遊びに出掛けるんじゃない。病人のお見舞いが目的なんだからな」

そういって父さんは、ピンと立てた親指で後部座席を示す。そこにあるのは綺麗な籠《かご》に盛られた色とりどりのフルーツ。なるほど、これは病気見舞いの場面以外では滅多にお目にかかれない代物だ。僕は運転席へと視線を戻しながら、

「その宮国年雄さんっていうおじいちゃんが、病気になったってこと？」

「いや、そうじゃない。聞くところでは一緒に暮らしている娘さんが、急に具合が悪くなったらしいんだ。まあ、娘さんといっても、父さんと同じぐらいの年齢だから、そう若いわけでは……いいや、若い！　充分に若いさ。だが病気にもなりがちな年齢だ」

そういう父さんは、今年で四十歳。それでも『年齢のわりには、まだまだ若く見られるほうさ』と普段から豪語している。実際その言葉に嘘はない。最近せり出し気味のお腹《なか》と、たるみが気になりはじめた頬、それと急激に後退しつつある額の生え際をなんとか誤魔化せば、

まだ三十代前半でもギリ通用するかもだ。——もちろん、なにもしなけりゃ、あと数年で立派なメタボ体型のオッサンが一丁あがりって話だけどね。

ちなみに紹介しとくと、父さんの名前は『登《のぼる》』。フルネームは『丘登』だ。当然その職業はロッククライマー——ではなくて、なにを隠そう私立探偵。事務所の正式名称は、『有限会社オカリナ探偵局』という。君立市では、まあまあ名の知られた探偵事務所だ。

もちろん私立探偵といったって、現実の探偵なんてものは、そんなに恰好いいわけじゃない。密室殺人の謎をあざやかな推理で解き明かしたり、街の荒くれ者に硬い拳と強い意志で立ち向かったり、あるいは報酬を払おうとする依頼人を前に、『必要経費だけいただきます』などといって、わざわざ残りのお金を返したり——そんな素敵な探偵たちが存在するのは、小説や映画の中だけ。現実社会には、そんな探偵はいない。平凡を集めてできたような街、君立市在住の探偵ならば、なおのことだ。

事実、僕の父さんが普段やっている仕事は、犯罪捜査ではなくて、浮気調査や失踪《しっそう》人の捜索、あるいはペット捜しなどなど。そんな現実を中学生になった僕は、もうとっくに理解している（小学生のころは、あまり理解していなかった）。おそらく、話題になっている宮国年雄って人も、探偵事務所を切り盛りする中で、世話をしてくれた人物なのだろう。仕事上のお得意さんか、あるいは資金面で援助してくれた恩人なのかもしれない。

そんなことを考える僕の隣で、父さんのお喋《しゃべ》りはまだしばらく続いた。

「宮国年雄さんには静江《しずえ》さんという奥さんがいたんだが、その静江さんは二年ほど前に病気で亡くなってな、それ以降は娘の美和子《みわこ》さんと暮らしているんだ。他にも息子さんがいるんだが、独立して都心で働いているから、いまはもう家にはいない」

「てことは二人暮らしってこと？　じゃあ、娘さんが病気になって、そのおじいさん、大変なんじゃないの？　家事とか、どうしてるのさ？」

「いや、家事については、花岡吉乃《はなおかよしの》さんっていう家政婦さんが長年勤めているから、たぶん問題ないと思う。心配なのは、やはり美和子さんのほうだ。電話で聞いたところでは、美和子さんの具合が悪くなった原因が、サッパリ判らないらしいんだな……」

「ふぅーん、そーなんだー」

　助手席に座る僕は、正直、他人の病気には興味がないので、気のない返事をするばかりだ。そうこうするうち、フロントガラスの向こうに見えてきたのは、立派なお屋敷が立ち並ぶ高級住宅街の景色。間もなく僕らを乗せた車は宮国邸に到着した。

　宮国邸は高級住宅街の中でも、ひと際目を引く純日本風の家屋。染みひとつない白壁と黒々とした屋根瓦が、まるで古城のような威圧感を醸《かも》し出している。

　車を降りた僕らが、やがてたどり着いた玄関前。フルーツの籠を抱える僕を従えながら、父さんは目の前の引き戸をガラリと開けた。「ごめんくださーい、丘ですー」

大きな声で呼び掛けると、玄関に現れ出たのは、なぜか奇妙な恰好をしたおばあさんだ。咄嗟《とっさ》に僕の脳裏に浮かんだのは『派手めの巫女《みこ》』あるいは『新興宗教の教祖様』、それから一拍おいて『祈禱《きとう》師』という単語が思い浮かんだ。

いずれにせよ白い装束《しょうぞく》に緋色の袴《はかま》、頭に金色の髪飾りを載せて、右手には修験道《しゅげんどう》の愛用する杖《つえ》——確か『錫杖《しゃくじょう》』とか呼ぶはずのアレ——を手にした姿は、いかにも神がかった印象を与える。『いかにも』すぎて、オカルト好きな僕でさえ、その胡散《うさん》臭さには辟易《へきえき》するほどだ。

そんな感じの怪しいおばあさんは、僕らの姿を一瞥《いちべつ》するなり、

「なんじゃ、おぬしらは？　ここらでは見かけん顔じゃのぉ？」

と、しわがれた声を放つ。初対面の人間を『おぬしら』呼ばわりする、このおばあさんに対して、僕は心の中で『そなたこそ、何者よ？』と密《ひそ》かに問い掛けた。もちろん、答えが返ってくることはない。僕は父さんの耳許《みみもと》に顔を寄せながら尋ねた。

「ねえ、この人が、さっきいってた家政婦さん？」

「んなわけあるか。父さんも知らない人だ」といって父さんは横目で僕を睨《にら》む。それから一転、にこやかすぎる笑みを浮かべると、「あのー、おばあさん、宮国年雄さんか、もしくは花岡吉乃さん、いらっしゃいませんかねえ」

「おらぬな。帰るがよいぞ」と、にべもなく言い放つおばあさん。

瞬間、父さんはムッと口許《くちもと》を歪めると、隣の僕に耳打ちした。「騙されるな、晴人。いない

はずがないんだ。父さんは前もって電話でアポを取ってあるんだからな」

　すると、その言葉を裏付けるように、新たな人物が玄関へと小走りに現れた。

長い髪を後ろできつく束ねた、色白の中年女性だ。春物セーターに身軽そうなデニムパンツ、その上に纏《まと》った黄色いエプロンが、いかにも家政婦っぽい。その姿を見るなり、父さんはホッとしたように息を吐いた。

「ああ、花岡さん。ご無沙汰しております。丘です。――あ、こっちは息子の晴人です」

　ほら、ご挨拶ッ――といって父さんは僕の後頭部を右手で摑んで――グイッ！　無理やり僕に頭を下げさせる。あまりの腕力に、首の骨がギシッと軋《きし》みそうだ。しかし父さんは気にする様子もなく、再び中年家政婦に顔を向けると、「年雄さんはご在宅ですか。美和子さんのお見舞いに伺ったのですが……」

「まあ、それはそれは……ええ、旦那様は、いま病室にいらっしゃいます。どうぞ、お上がりになってくださいな」

　にこやかな笑顔で僕らを迎え入れる花岡さん。僕らは「お邪魔します」と声を揃《そろ》えて、靴を脱ぐ。気付けば、先ほどの変なおばあさん（失礼！）は、いつの間にやら玄関からその姿を消していた。――結局、なんだったんだ、あの人？

3

長々と続く板張りの廊下を、花岡さんに案内されながら進む。その先に一枚の扉があった。その光景を見るなり、父さんが思い出したように口を開いた。

「ここは亡くなった静江さんが療養されていた病室ですよね。以前、静江さんのお見舞いに伺ったときも、このお部屋でした」

「そうでしたか」花岡さんは頷《うなず》きながら、「いまもこの部屋には、そのころの設備が残っております。ですから美和子様も病院ではなくて、ここで療養なさっているのです」

そう説明してから、花岡さんは木製の扉を拳でノック。中から男性の声が応えるのを待って、彼女は扉を開けた。

「旦那様、丘様をお連れいたしました」

開かれた扉の向こうは、いかにも病室という言葉が相応《ふさわ》しいような、白っぽい空間。白い壁に白い天井、フローリングの床の上には、白いベッドが置かれている。そこに白い布団を被《かぶ》って、ひとりの中年女性が横たわっている。壁際に立つ白衣姿の男性は、もちろんお医者様だろう。そんな中、ベッドサイドに置かれた椅子の上には、白髪頭の小柄なおじいさんの姿があった。

白いポロシャツにベージュのズボンを穿《は》いたその姿は、休日の父さんの装いと大差ないけれど、間違いなくこの人が年雄さんだろう。資産家のおじいさんは、ゆっくりと椅子から立ち上がって、笑顔で僕らを迎え入れた。花岡さんは「では、私はこれで……」と一礼して、ひとり病室を出ていく。家政婦の姿が消えるのを待って、年雄さんが口を開いた。

「やあ、丘くん、よくきてくれた。わざわざ、すまないね」

「ど、どうもッ、宮国さん」父さんは緊張の色を露《あらわ》にしながら、「この度は、いやはやなんとも……あッ、そうそう、こいつは息子の晴人ですッ……ほら、ご挨拶ッ」

再び父さんの太い腕が、邪悪な意思を持って僕の頭上へと伸ばされる。また例のようにグイッとやられて、首の骨がギシッとなっては堪《たま》らない。僕は父さんの掌《てのひら》を巧みに避《よ》けると、自らの意思でもって神妙に頭を下げた。「初めまして、丘晴人です」

それから手に持っていたフルーツの籠を年雄さんへと差し出す。これにて本日の僕の任務は完了。あらためてベッドに視線を向けた僕は、そこに横たわる中年女性を見やった。

美和子さんはほっそりとした顔立ち。栗色に染めた髪の毛には艶がなく、白い肌は気のせいか少し血色が悪いように映る。両の瞼《まぶた》はピッタリと閉じられたままだ。酸素吸入をおこなっているのだろうか、鼻の穴に通された二本の白い管が見るからに痛々しい。白い管は這《は》い回る二匹のヘビのごとくベッドから床へと延び、壁際に置かれた酸素発生器らしき医療用機器へと通じている。装置のすぐそばには白衣を着た男性医師の姿があった。

その光景を眺めながら、父さんがおずおずと口を開いた。

「で、いかがなのでしょう、美和子さんのご容態は？」

「うむ、ご覧のとおり、いまはよく眠っておる。目が覚めたときには会話もできるのだが、口を開くのさえ辛そうでな。いまは高木《たかぎ》先生が付きっ切りで診てくれている」

そういって年雄さんは、あらためて白衣の医師を手で示した。眼鏡をかけた端整な顔立ち。見上げるような長身。年齢は父さんより少し上だろうか。白衣を脱いでスーツに着替えたなら、たぶんこの先生のほうが父さんよりも遥かに有能な私立探偵に見えるだろう。

そんな高木先生は、どうやら宮国家にとって主治医と呼ばれる存在らしい。先生は僕らに向かって静かに一礼。それから患者の容態について、簡潔な説明を加えた。

「美和子様は三日前の夜に突然、体調不良を訴えられました。すぐさま私が呼ばれて診察に当たったのですが、不思議なことにコレといって不調の原因が見当たりません。体温は少し高めですが、血圧は正常。脈拍も異常なし。血液検査の数値も、おおむね通常の値を示しております。にもかかわらず、ご本人はベッドから起き上がることさえ困難な状態でして……いったいどういうことなのか、いまのところサッパリ……」

そういって高木先生が肩をすくめる。と、そのとき医師の疑問に答えるかのように、

「たたりじゃ、それはたたりなのじゃ！」

どこからともなく響いてきたのは、しわがれた女性の声。その直後、病室の扉がスッと開

かれる。姿を現したのは、やはりというべきか、例の神がかった装束に身を包むおばあさんだ。その姿を目に留めるなり、年雄さんは慌てた様子で、

「ああ、駄目ですよ、雅江《まさえ》さん。いまは、お客様がいらっしゃっているんですから……」

そういって、おばあさんを病室から追い払う素振り。父さんは少し驚いた様子で、

「いえ、僕らはべつに構いませんが……あのー、こちらの方、先ほども玄関でお目にかかったのですが、雅江さんとおっしゃるんですね。ご親戚か何かですか」

「うむ、まあな……」年雄さんは白髪頭を掻きながら説明した。「この人は亡くなった妻、静江のお姉さんだよ。坂口《さかぐち》雅江さんだ」

「そうじゃ。またの名を『高東院《こうとういん》雅江』という。こう見えても、ただの年寄りではないぞ。なにを隠そう、この街いちばんの祈禱師じゃ」

「…………」そもそも、ただの年寄りには見えていないし、祈禱師だということも、見た目どおり。この街いちばんといったって、それは当然の話だろう。——だって祈禱師なんて変わった職業の人、この街に二人以上いるとは思えないもんね！

内心で皮肉を呟《つぶや》く僕をよそに、雅江さんの神がかったお喋りは、いましばらく続いた。

「これはたたりじゃ。たたりに違いない。君立市にはるか昔より伝わる君乃稲荷《いなり》のお狐様。その怨霊《おんりょう》が美和子の肉体に取り憑《つ》いておるのじゃ。そこらのヤブ医者がちょっとやそっとで治せる病ではないわ」

「ヤブ医者とは失敬ですね！」そう叫んだのは高木先生だ。彼は眼鏡越しの険しい視線を雅江さんに浴びせながら、「それに、おばあさん、狐憑きだなんて非科学的なことを口走るのは、やめていただけますか。ここには子供もいることですし……」

「まったくだ。子供には聞かせられん」

「ええ、子供の教育によくないですよ」

年雄さんと父さんも語気を強めて、おばあさんに猛烈抗議。もちろん、ここで話題になっている『子供』とは、中学生である僕のことだ。事ここに至って、もう黙っていられなくなった僕は、雅江さんに対して直接訴えた。「——おばあさん！」

「なんじゃな、小僧？」

「狐憑きだなんて非現実的な話、僕は全然信じてなんかいませんけれど……で、でも本当にあるんですか、狐憑きって……ぼ、僕は本で読んだことしかないんですけど……」

「こらこらッ、興味を持つなよ、晴人ッ。あるわけないだろ、この現代に狐憑きなんて！」

「そうじゃ。過去にはあった」と、雅江さんはキッパリ断言。

「過去にもないですよ、義姉さん！　そんなの迷信です、迷信！」

慌ててそう言い切る年雄さんに、雅江さんは意地悪そうな視線を向けながら、

「ならば、なぜ美和子は寝たきりなんじゃ、年雄？　なぜ、こうして臥《ふ》せっておる？」

「だから、その原因はまだ判らないと、高木先生がそうおっしゃって……」

「ほれ、見ろ！　たたりじゃ。お狐様のたたりじゃ。それしか考えられん！」

「な、なるほど」と頷いたのは僕だ。「確かに、それしか考えられないかも……」

「こらッ、信じるな、晴人ッ」父さんは僕の肩を掌でガッシリと摑みながら、「いまの、おばあさんの言葉のどこに、信じるほどの根拠があった？　どこにもなかったよな！」

「え!?　ああ、そっか……」いわれてみれば、父さんのいうとおり。この『自称』祈禱師のおばあさんは、先ほどから『たたりじゃ』の言葉を繰り返しているだけで、具体的なことはなにもいっていない。ただ、神がかった衣装と芝居がかった物言いが、それっぽい雰囲気を醸し出しているだけだ。やっぱり狐憑きなんて、このおばあさんのデッチ上げた怪談話に違いない。――と、ようやく僕がマトモな思考を取り戻しかけた、そのとき！

「う、うぅーん……」

弱々しい女性の呻《うめ》き声が病室に響いた。見ると、ベッドの上に横たわる美和子さんが、苦しげに身をよじる素振り。両の瞼は薄《うっす》らと開かれている。先ほどまで固く閉じられていた唇も、いまは半開きの状態だ。歓喜の声をあげて、年雄さんが枕元に駆け寄った。

「おお、目が覚めたのか、美和子。――どうだ、気分は？　どこか痛いところはないか？」

「あ、ああ、お父さん……ええ、大丈夫……べつに、どこも痛くないから……」

そういう美和子さんの表情には力がなく、その声はかすれ気味だ。「でも、なんだか身体《からだ》に力が入らないの……なにか重たいものにのしかかられているみたいよ……」

「お狐様じゃ。お狐様が美和子の布団の上に乗っておられる。私には見える！」

「えッ、み、見えるって……狐が!? 布団の上に!?」僕は思わず目を凝らしながら、「それ、ホントですか。おばあさんの目には、ここに狐の姿が見えて……」

「馬鹿馬鹿、見えるわけないだろ！ こら、晴人ッ、布団の上を凝視するなって。そんなところには、何もいないっての。全部、口からでまかせに決まってるだろ！」

確かに父さんのいうとおり、布団の上に狐はおろかハエ一匹さえ見つけることはできない。と、そのとき、年雄さんが自分の娘に問い掛けた。

「どうなんだ、美和子？ 身体を起こすことはできそうか？」

「ううん、それは無理。なんだか自分の身体じゃないみたい……」と、美和子さんが苦しげに訴えた次の瞬間、パックリ開いたその同じ口から突然、「気をつけられえ……」

奇妙な言葉が響いた。

瞬間、病室の空気が凍りつく。話の脈絡をまるで無視したかのごとき唐突な言葉。その場の誰もが驚き、黙り込む中、その謎めいた声はさらに不可解な言葉を続けた。

「あの女に気をつけられえ……あの女は災いをもたらす……この家を根絶やしにして没落を招く……あの女をこれ以上、近付けたらいけん……あの女は災厄《さいやく》の悪魔じゃけえ……」

「お、おい、どうした!? なにをいってるんだ、美和子ッ」

「美和子ではない！」そう断言したのは、雅江さんだ。彼女は演技とも思えない鬼気迫る表情を、年雄さんに向ける。そして意外な名前を口にした。「これは静江じゃ！　いまは亡き我が妹の声じゃ。私の耳に間違いはない。――年雄よ、おぬしとて自分の妻の声を、よもや忘れたわけではあるまい！」

「うッ……た、確かに、いまの声は死んだ静江によく似ていた……」

「似ているのではない。静江本人の声じゃ。――ちゅうか、あねーな流暢《りゅうちょう》な岡山弁を喋るオナゴなんて、おめーの死んだ奥さんしか、おらんじゃろーがね」

　まあ、私もおるけどのぉ――と方言丸出しにして雅江さんは勝ち誇った表情。よく判らないけど、どうやら雅江さんと静江さんの姉妹は、岡山県の出身らしい。僕はこのおばあさんが『たたりじゃ』を連発する理由というか、その台詞《せりふ》の出所が、なんとなく判った気がした。

　その一方で年雄さんは大いに混乱した表情だ。「ううむ、確かに義姉さんのいうとおりだが……しかし、あり得ん」といって首を横に振ると、あらためて娘の顔を覗《のぞ》き込む。「おい、美和子、大丈夫か。いまの岡山弁はなんだ？　おまえが喋ったのか。それとも……」

「え、岡山弁って……なに？」美和子さんは相変わらず、か弱い声で、「そんなの私が喋れるわけないでしょ……誰か別の人なんじゃないの……？」

「しかし別の人といっても、ここにいる女性は美和子と義姉さんだけだし……」

「そう……じゃあ、きっとなにかの間違いよ。私は……」といって、なおも言葉を続けようとする美和子さん。だが次の瞬間、彼女のパックリと開いた口から聞こえてきたのは、またしても違う女性の声だった。「ええな、気をつけられえよ……あの女、花岡吉乃は悪魔じゃけえ……花岡吉乃を家に入れちゃいけん……ええな、絶対じゃけえのぉ……」

「な、なんだって!? 花岡吉乃だと……」

その名を聞くなり、年雄さんの顔面がサーッと青ざめる。

一方、雅江さんは俄然、力を得た様子で、「おおッ、やはり、静江じゃ。いまは亡き静江の霊魂が美和子の口を借りて、現世の我々に向けて話しておるのじゃ。——よーし、こうなったら、ここは私に任せられえ」

勝手に自分の出番だと悟ったらしく、前のめりになる祈禱師のおばあさん。そんな彼女のことを、高木先生を除く男性陣が懸命に押し止《とど》めようとする。だが構うことなく雅江さんは錫杖を振り鳴らし、両目を瞑りながら、なにやら訳の判らない文言を唱えはじめた。

なんの経文《きょうもん》か呪文か念仏かは判らない。ただ僕の耳には「あ〜らいば〜い〜わ〜せ〜たいろん〜うッず〜」と聞こえたから、たぶん昔の中日ドラゴンズの主力選手の名前を並べているだけだと思う。こんなことで美和子さんに取り憑いた悪霊が祓《はら》われるのだろうか。

だが、そんな疑いを抱《いだ》いた次の瞬間、「きえぇ〜〜〜ッ」

錫杖を振り回す雅江さんの口から、ひと際、甲高い怪鳥音。僕はビクリと首をすくめ、父さんは両手で耳を押さえる。と、そのとき、僕らの目の前で奇跡は起きた。

ベッドに横たわった美和子さんの身体がビクンと激しく痙攣《けいれん》。すると突然、いままで半開

きだった両の瞼がパチリと見開かれる。そして彼女は意外にしっかりした口調で、

「あらッ!? 私、どうしたのかしら。なんだか急に身体が軽くなったみたい……」

そういった直後、自らの言葉を証明するかのように、美和子さんはベッドの上でむっくりと上半身を起こす。そして鼻に差し込まれていた白い管を、もはや必要ないとばかりに自分の手で外すと、大きく深呼吸。やがて彼女は無邪気なほどに歓喜の声を発した。

「――私、治ったみたい！」

その光景を僕や父さんは、啞然《あぜん》として見詰めるばかり。高木先生も「そんな馬鹿な……」と呟きながら、眼鏡の奥で目を丸くしている。そして年雄さんはといえば、喜びよりもむしろ困惑の表情を浮かべていた。

「う、嘘だろ……治ったのか、美和子!? え、いまの祈禱でか……え、マジか!?」

ついつい若者言葉を交えながら、驚きを露にする年雄さん。その一方で雅江さんは当然ながらご満悦の表情だ。自分の手柄を精いっぱい誇示するように胸を張りながら、

「そうじゃとも。私が静江の霊魂を祓った。取り憑かれておった美和子は、霊が祓われることで、たちどころに具合がよくなったんじゃ。――なんの不思議もないじゃろう?」

祈禱師のおばあさんの言葉を聞きながら、父さんはワナワナと唇を震わせた。

「な、なんの不思議もないって……いやいや、不思議だろ、これって……なあ、晴人!?」

問われた僕は興奮のあまり、返事をすることも忘れて、目の前の光景を見詰める。そして

心の中で密かに歓声をあげた。——凄《すご》い！　これぞまさに奇跡。美和子さんに取り憑いた悪霊は、おばあさんの呪文によって確かに祓われたんだぁッ！

　僕は矢も盾もたまらず叫んだ。「——父さん！」

「なんだ、晴人？」

「僕、大人になったら祈禱師になるよ！」

「はぁ!?　おいおい、馬鹿いうなよぉー、晴人ぉー」

　父さんは泣きそうな声で嘆きの声を漏らすばかりだった。

4

「……その話、ホントなの、晴人!?」

　窓側の大きなデスクに向かいつつ、なにやら書類に目を通していた母さんは、椅子に座ったまま顔を上げて僕を見やる。そして咎《とが》めるような口調でいった。「母さんのこと、担《かつ》ごうと思ってデタラメいってるんじゃないでしょうね？」

　場所は君乃町の一角に建つ古いビル。その二階に『オカリナ探偵局』の看板を掲げながら絶賛営業中の探偵事務所。お客さん用のソファに座る僕は、つい数時間前に自らが体験した奇跡について、その詳細を母さんに語って聞かせたところである。

ちなみに母親の名前は『理奈《りな》』。フルネームは『丘理奈』だ。当然ながら職業はオカリナ奏者——ではなくて父さん同様、私立探偵。その名が示すとおり、『オカリナ探偵局』では局長、つまり会社のトップだ（てことは自動的に、父さんはトップではないってことになる）。いかにも探偵か刑事を思わせるような黒のパンツスーツ姿。薄ら栗色に染めた髪は、いまどき流《は》行《や》りのショートボブだ。

　そんな母さんは、どうやら僕の体験談を頭から疑っているらしい。ソファに座る僕のことを鋭い目で見やりながら、慎重な口ぶりでいった。「原因不明の病に臥せっていた美和子さんが突然、自分じゃない声で自分じゃない言葉を喋りだした。で、それを見た祈禱師のおばあさんが、謎の呪文を唱えた。——そうよね？」

「…………」正確には呪文じゃなくて、中日ドラゴンズの過去の名選手の名前を唱えていたような気がしたけれど、話がややこしくなりそうだから、その点はとりあえずスルーして、僕は素直に頷くことにした。「うん、そう。確かに、おばあさんは呪文を唱えた」

「すると、あら不思議。いままで起き上がれなかったのが嘘のように、たちまち美和子さんは元気になりました——って、んな馬鹿な！　なにかの間違いじゃないの？」

「間違いじゃないってば！　父さんだって見たんだから。——ねえ、父さん？」

　僕は傍らに立つ父親に助け船を求める。すると父さんは即座に頷きながら、

「そうだ、晴人のいうとおり。僕も確かに、この目で見たぞ。あれは間違いなく心霊現象。

まさに奇跡の瞬間だった。——信じてくれ、理奈さん」

「ふぅーん、そう、登さんがそこまでいうなら……」そういって父さんの言葉にいったん頷きかけた母さんは、しかしその直後にはキッパリと首を左右に振って叫んだ。「いいえッ、そんなの絶対、信じられるもんですかッ！」

母さんの強すぎる拒絶の言葉は、鉛《なまり》の弾丸のように父さんの胸を貫き、その心に深いダメージを与えたらしい。父さんは「わあーッ」と叫んで壁際まで吹っ飛ぶと、左胸を押さえながら「ハッハッ……」と苦しげな息。そして自分の奥さんに問い掛けた。「な、なぜだ、理奈さん……なぜ僕のいうことが、そんなに信用できないんだ……？」

「べつに登さんのことを信用しないわけじゃないわよ。けれど、あなたがいうような奇跡は、私、信じないことにしてるの。晴人もそうだけど、そもそも男の人ってオカルト的なことに興味を持ちすぎだわ。だから聞こえるはずがない死者の声が聞こえたりするのね」

そうなのだろうか、と僕はふと思った。オカルトに興味を持つのは男子だけの特殊な嗜好《しこう》なのだろうか。確かに女性のUFOマニアって少ない気がするし、心霊スポットを探険したがるのも、主に男性かもしれない。——でも、それって偏見じゃないの、母さん？

内心密かに抗議の声をあげる僕。それをよそに父さんは真顔で訴えた。

「そういうけどなぁ、理奈さん、実際に聞こえたんだから仕方がないだろ。あれは間違いなく亡くなった静江さんの声だった。——な、そうだよな、晴人？」

「…………」同意を求められた僕は一瞬、沈黙。そして正直なところを口にした。「んーっと、僕はその静江さんって人に会ったことないから、よく判んない」

「この裏切り者めぇーッ。この期に及んで、父さんをひとりにする気かぁーッ」

息子の同意を得られず、父さんは大いに憤慨した様子。だが文句をいわれても困る。会ったことのない女性の声を、僕の耳が聞き分けることは不可能なのだ。「でもさ、とにかく年寄りっぽい女性の声だったことは、事実だよ」

「あらそう」母さんは意外そうに頷くと、「だったら、それ、美和子さんが自分で喋ったんだわ。年寄りっぽい声でね。もともと美和子さんと静江さんって親娘《おやこ》なんでしょ。だったら声だって似ていて当然。美和子さんが年寄りっぽく喋ったその声が、静江さんの声のように聞こえた。そういうことなんじゃないの？」

「ううん、それは違うよ、母さん」僕は自信を持って否定した。「だって、その年寄りっぽい女性の声が聞こえているとき、美和子さんはなにも喋っていなかったもん」

「はぁ、どういうこと、それ？」

「つまり唇が動いていなかったってこと。美和子さんが自分の声で自分の言葉を喋っているときには、当然その唇は動いていた。口は閉じたり開いたりを繰り返していた。けれど、年寄りっぽい女性の声が聞こえているときには、美和子さんの口は開いたままだった。唇は動いていなかった。――口をパックリ開けたままで喋ることって、たぶん不可能だよね？」

「そうね、一流の腹話術師でもない限り無理でしょうね」母さんは気味悪そうに首を傾げると、また別の可能性を提示した。「だったら、美和子さんじゃない誰かが喋っていたんだわ」

「それも違うと思う。だって、その声は美和子さんの口から聞こえていたもの」

「どうして、そう断言できるわけ？　晴人だって、美和子さんの口許に耳を寄せて、その声を聞いていたわけじゃないんでしょ？」

「そりゃあ、そんな真似はしなかったさ。けれど実際そう聞こえたんだよ。美和子さんの口許から、年寄りっぽい女性の声が。――ねえ、父さん？」

「確かにそうだ。静江さんの声が美和子さんの口から聞こえた――ように聞こえた」

「？」母さんは眉根を寄せると、「聞こえたように聞こえた!?　登さん、なにいってるの!?」

「くそッ、判らん……なにがなにやら自分でもサッパリ……」

若干の混乱をきたしたらしく、父さんは両手で頭を抱えるポーズだ。

もう、しっかりしなよ、父さん！　頼りない父親を横目で見やりながら、思わず僕は溜《た》め息だ。すると、また母さんが尋ねた。

「ひょっとして、そのベッドの枕元に、小型のスピーカーかなにか仕込んであったんじゃないの？　あるいは小型のＩＣレコーダーがあって、それが録音された女性の声を再生していた――なんてことは、ないかしら？」

「いや、それはないぞ、理奈さん」父さんは打って変わって自信ありげな表情。握った拳をブンブン振って訴えた。理奈さんがいうような可能性は、当然考えたさ。それに宮国年雄さんも同様の考えだったし……」

「あ、それなら、僕もッ」僕は片手を高々と上げて、自分で自分を指差しながら、「僕も同じ考えだったよね、父さんッ」

「ああ、そうだった。晴人もだ」親指を真っ直《す》ぐ立てて頷く父さん。

母さんは小さく溜め息をつきながら、「要するにプロの探偵じゃなくたって、おじいさんでも子供でも、考えることは誰しも同じってことね。――で、登さんたちは病室を捜索したわけね。結果はどうだったの？」

「うむ、結論からいうと、なにも見つからなかった。枕元はもちろん、布団の中、ベッドの下など捜せるところは隈《くま》なく捜したんだが、理奈さんがいうような小型スピーカーやテープレコーダーなどは、どこにも発見できなかった」

「そうだったの。――でもまあ、テープレコーダーが発見されたら、むしろ驚きよねえ。『犯人はなぜ昭和の電化製品を用いたのか？』っていう新たな謎が生まれるもの」

父さんの古いセンスを、父さんよりも少しだけ若い母さんが揶揄《やゆ》する。父さんは不《ふ》貞《て》腐《くさ》れたような顔つきで腕を組みながら、

「とにかく、そういった音声再生装置は、いっさい見当たらなかったんだよ。――ふん、悪かったね、僕の頭が古くって！」

「まあまあ、そんなに拗《す》ねないで、登さん」母さんは愉快そうに笑いながら、「でも、本当になにもなかったのかしら。登さん、捜しそこなったんじゃないの？　例えば、その怪しげな祈禱師が、白装束や袴の中にＩＣレコーダーを隠し持っていたとしたら、どう？」

「その可能性は、確かにあるだろう。だが、それならなぜ、その再生された音声が美和子さんの口から聞こえてくるんだよ。当然、祈禱師の服の中から聞こえてくるはずだろ」

「うーん、それもそうねえ。美和子さんの口の中に小型スピーカーが仕込んであった……なんてことは、さすがにないでしょうしねえ……」

結局、母さんも上手い答えを捻《ひね》り出すことはできなかったらしい。謎の声の正体が判らないまま、母さんは話の論点を変えた。「ところで、その謎の霊魂？　静江さんのあの世からの声？　それの話した内容なんだけれど、要するに、どういう意味なの？」

「ん、それは簡単だろ、理奈さん。――『花岡吉乃さんに気をつけろ』って意味さ」

「なんで？　なにに気をつけるのよ。花岡さんっていうのは、宮国家の単なる家政婦さんなんでしょ？」

「いや、単なる家政婦ではない」父さんはキッパリと断言した。「ここだけの話だが、二年前に奥さんを亡くした年雄さんには、このところ再婚の噂があってね」

「再婚!?　宮国年雄さんは、もう七十だけど、いまさら再婚って……それと登さん、『ここだけの話』っていうけど、ここには晴人もいるのよ。その話、大丈夫？」

「あ、僕のことなら気にしないで。ちゃんと『ここだけの話』にしておくから。――ほらほら、二人とも続けて続けて！」

僕は懸命に両親の話を促す。せっかく面白いところなのに、いまさら会話から弾《はじ》き出されては堪《たま》らない。これでも僕の口は父さんのガバガバなそれよりも、うんと堅いのだ。

すると案の定、口の軽い父さんは「まあ、いいだろう。晴人も中学生だし……」といって話の続きを軽々しく口にした。「確かに、年雄さんは七十歳だが、いまどき高齢者が再婚する話も珍しくはないさ。で、その再婚相手と目されているのが、なにを隠そう花岡吉乃さんってわけだ。――しかし、そんな二人の結婚話に不満を持つ者がいたとしたら？」

「誰よ、それ？」

「静江さんだよ。亡くなった前妻だ。無理もない話だろ。自分の夫だった男が、別の女性と一緒になるっていうんだから、いい気はしないはずだ。――理奈さんだって、自分が死んで、たった二年やそこらで、僕が新しい女性と一緒になるって知ったら悲しいだろ？」

「いや、べつに……」

「理奈さぁーん！」父さんは泣きそうな顔になりながら、「僕に冷たすぎないかー」

「もう、うるさいわねえ」母さんは面倒くさそうに片手を振りながら、「判った判った。そうね、ちょっとだけムッとするかもね。『あー、この人、私より長生きしてるー』って」

――ムッとするポイント、そこなの、母さん!?

呆《あき》れる僕をよそに、母さんは話を続けた。

「でも、いくら悲しくても不愉快でも、天国にいる静江さんに、なにができるっていうのよ。なにもできないでしょ？」

「そう、直接には手を出せない。なにせ霊魂なんだから。そこで静江さんは、現世にいる自分の娘、美和子さんに取り憑き、彼女の口を借りることによって、年雄さんに自分の意思を伝えたんだな。『花岡吉乃と結婚するな』っていう強い意思を。――と、まあ、これが僕の考え。ていうか正確には、祈禱師であるコートーイン先生の見立てってわけだ」

「高東院雅江こと坂口雅江さんね。だけど、そのおばあさんの言葉は、どこまで信用していいのかしら？　だいぶイカレた人みたいだけれど」

「うーむ、最初は僕も、あの人のこと、『嘘くさくって芝居がかってて、ただ滑稽《こっけい》なだけのインチキ祈禱師』って思っていたけどね」父さんは雅江さんに対する第一印象が最低レベルだったことを打ち明けてから、「だが、いまとなっては、よく判らん。あのおばあさん、さすがプロの祈禱師を名乗るだけあって、ある種の霊能力みたいなものは持ち合わせているのかもしれない。――なあ、晴人？」

「うん、そうだと思う。僕も初めて見たよ、あんな凄い人！」

ソファの上で興奮気味の僕。そのそばに歩み寄った父さんは、僕の耳許に顔を寄せながら、

「だからって晴人、『祈禱師になりたい』とか、母さんの前でいっちゃ駄目だぞ。そんなこと

聞かされたら、母さん、椅子ごと後ろにぶっ倒れるかもだ」

　そんなふうに父さんは僕に一本太い釘を刺す。もちろん僕だって母さんが超のつく現実主義者であることは知っている。『祈禱師になりたい』なんて非現実的な発言、父さんの前ではいえても、母さんの前では絶対に駄目だろう（――てことは、父さんには多少なりとも非現実的なところが、あるってことだ）。僕は小声で「うん、判ってる」と答えた。

「ちょっとぉ、なに男同士でコソコソ話してんのぉ？」

　局長のデスクに両肘《ひじ》を突きながら、母さんは僕らのことをジロリと見やる。まるで僕らの内緒話が、すべて聞こえていたかのようだ。そんな母さんは俯《うつむ》きながら、「はぁーッ」と深い溜め息。そして、この話はこれで終わりとばかりに、パンッと両手を叩《たた》いた。「もういいわ。これ以上、こんな話題を続けていたら晴人が――それに登さんも――オカルトの深い沼にどっぷりハマっちゃいそうだもんね。――あ、そうだ。そんなことより、晴人」

「なに、母さん？」

　顔を上げる僕に、母さんはまったく別の話題を振ってきた。

「明日の放課後、時間あるかしら？　ちょっと、届け物を頼みたいの」

5

　そんなこんなで迎えた翌日の放課後。君乃中学校の校門を出た僕は、紺色のスクールバッグを肩に提《さ》げつつ、いつもとは異なる道を進んだ。目指したのは、僕が滅多に足を向けることのない街外れ。その目的地は、母さんが手描きした地図に記されている。

　ところが、これが実にテキトーな地図だった。学校の裏門があって、その北に交差点、それを西に折れるとコンビニで、その南には、まさかの『潰れたスーパー』？　さらに進むと『昔、池田さんちだった場所』？　といった具合に酷《ひど》く曖昧《あいまい》なことが書かれているので、たちまち僕はこの地図の信憑《しんぴょう》性を疑いはじめた。「ていうか、池田さんって誰よ……？」

　いずれにせよ母さんは古い記憶を頼りに、この地図を描いたに違いない。ちなみに最終目的地は、涙のしずくを逆さにしたようなマーク——グーグルマップでお馴染みのアレ——によって示されている。もちろん、それも母さんの手描きだ。

「だったら最初からグーグルマップのコピーしたやつを渡してくれたらいいのに……」

　アテにならない地図を片手に不満を呟く。すると案の定、僕の足取りは迷走を極めて、知らない住宅街を右往左往。やがて晴れていた空がドンヨリと曇り、元気だったはずの両足が棒のようになり、ついには心までも折れそうになった、ちょうどそのとき——

目の前に一軒の古びた建物が忽然《こつぜん》と現れた。なにかの工場らしき建物だ。想像を交えて表現するなら、『経営不振で倒産した挙句、閉鎖されたまま五年以上は放置された町工場』といった雰囲気である。「なんなんだろ、この工場……？」

コンクリートの壁と鉄骨の柱。その上にトタン屋根を載せただけの粗末な建物。その周囲を黒ずんだブロック塀が囲んでいる。真っ赤に錆《さ》びついた門は、なぜか半開きだ。門柱に掲げられているのは木製の看板。その薄汚れた文字を、僕は声に出して読んでみた。

「なになに……『きらめき研究所』って！」

瞬間、僕は目を丸くした。「こ、ここだッ、ここに違いない……だけど」

――これって、いわゆる廃墟《はいきょ》なんじゃないの？

到底、誰かが中にいるとは思えない建物。その出入口らしき扉は、門を入ってすぐのところにあった。割れたガラスをガムテープで補修した鉄製の扉。拳で小さくノックしてみるが、中から反応はない。思いっきりノックしてみたいが、そんなことをすれば、たちまち割れたガラスが飛び散りそうなので無理。なんだか僕は馬鹿馬鹿しさすら覚えた。

「どうせ誰もいないにきまってるんだから、ノックなんて意味ないじゃん。この扉だって、どうせ封鎖されているはず……って、あれ、嘘ッ、開いてる!?」

駄目もとでドアノブを引いてみると、意外にも扉は呆気《あっけ》なく開いた。なにかに導かれるように建物の中へと足を踏み入れていく僕。室内は薄暗く、なんだか埃《ほこり》っぽい。おまけに馬鹿でかい工作機械や計器類、正体不明の巨大な箱などが、所狭しと立ち並んでいるので、フロア全体がまるで巨大迷路のごとき様相を呈している。見通しは非常によくない。

「いったい、なんの工場なんだろ、ここ……？」

そう呟いた次の瞬間、その問いに答える声が背後から聞こえた。

「工場ではない。研究所だ」

「はッ」と息を呑《の》んで足を止める僕。その背中に筒状の物体が押し付けられるような不気味な感触があった。驚きと恐怖のあまり声も出ない。「…………」

「おとなしく両手を上げろ。いうことを聞かなければ…………撃つ！」

溜めに溜めて放たれた『撃つ』のひと言。ドラマなどで、やられ役の悪党が使いがちな脅し文句だ。しかし意外だったのは、それを口にしたのが若い女性だったということだ。

もちろん相手が女性だからといって油断はできない。なにしろ向こうは銃を持っているのだ。背中に突きつけられた銃口を脳裏に思い描きながら、僕はこわごわと両手を頭の上に掲げた。「う、撃たないでください……」

「うむ、素直でよろしい」謎の女性は満足げに頷くと、「それじゃあ素直ついでに、こちらの質問に答えてもらおうか。――貴様、どこのスパイだ？」

「ス……スパイ……え、スパイ!?」

「小松左京《こまつさきょう》か！」

女性の放ったツッコミは、僕には謎すぎて理解できなかった。が、いずれにせよ僕はスパイに間違われているらしい。しかし詰襟の学生服を着た中学生が、なにゆえジェームズ・ボンドのように映るというのか。意味が判らない僕は、彼女の質問に答えようがない。すると背後に立つ女性は、さらに銃口をグイッと押し付けながら問い掛けた。

「スパイなんだろ？　いわゆる産業スパイってやつだ。おい、いったい誰に雇われた？　ボーイング社かGM社か？　それとも○○○社か、あるいは×××社……？」

なにかと差し障《さわ》りがあると思うので詳しくはいえないが、女性は航空機メーカーから自動車メーカー、家電、住宅、建設機器メーカー、さらにはパソコン、ケータイ、ゲーム、アニメの製作会社、果ては児童書の出版社に至るまで、ありとあらゆる社名を並べて、僕の『雇い主』の正体を探ろうとする。もちろん、こちらの答えはすべて「ノー」だ。

——ていうか、この廃墟じみた場所にボーイング社がスパイを送り込みますか？　あり得ませんよね、そんなの！

さすがに馬鹿らしさを感じた僕は自分がどこの何者であるかを、臆《おく》することなく明かした。

「僕の名前は丘晴人。『オカリナ探偵局』からきました」

「あん？　おかりなたんてーきょく……って、なんのメーカーだ？」

「だから、違いますってば！」

どこの世界に『探偵局』を名乗るメーカーがあるというのか。「もう、よく見てくださいよ。僕のどこがイーサン・ハントに見えるっていうんです?」

「え!? どこがって……ああ、ちょっと待ってくれよ、君……」

背後にいた謎の女性は突然、僕の正面に回り込む。いままで見えなかった彼女の顔と身体が、いきなり僕の目の前だ。女性はスリムな体型で白衣姿だった。僕よりも背が高い。僕が中学生としては小柄なほうだということを差し引いても、やはり女性としては長身の部類だろう。その長身を折り曲げるようにして、彼女は僕の顔面にズイと顔を寄せる。なにかを企《たくら》むような切れ長の目。その奥に爛々《らんらん》と輝く黒い眸《ひとみ》が僕を凝視する。高く尖《とが》った鼻が、僕の額や頬にくっつきそうだ。髪の毛は長くて、色は墨で染めたような黒。それは頭の後ろで無造作に束ねられている。が、それにしても――

「…………」穴の開くほど見詰められる、とはこのような体験のことを指すに違いない。さすがに僕はドギマギしながら、「あ、あの……近すぎませんか……顔……」

「え、ああ、スマン」素直に謝って顔を離した彼女は、突然なにを思ったのか、「あ、君、これ持っててくれ」といって手にした『拳銃』をアッサリ僕に預ける。間近で見れば、それは銃でもなんでもない、ただ短く切った鉄パイプだった。

――ちぇ、なんだい、恐がって損した!

思わず舌打ちする僕。その目の前で白衣の女性は壁際の作業台に手を伸ばして、懸命になにかを捜す素振り。ところが台の上はまるでガラクタの山。筆記具やらパソコンやらゲーム機やらお菓子の袋、カップ麺の空きガラや食べかけのせんべい、読みかけの本格ミステリなどが乱雑に散らばる作業台の上を、彼女の両手は無駄に引っ掻き回すばかりである。

と、そのとき、一個の棒状の物体がストンと床に転がり落ちた。

「あ、なんか落ちましたよ。――これ、リモコンかなにかですか」

僕はその物体を拾い上げて、彼女に差し出す。すると差し出された僕の手を二度ほど空振りした後、ようやく彼女の右手は、その物体をキャッチ。そして歓喜の声をあげた。

「そうそう、これこれ！　これを捜していたんだ」

リモコンらしき物体を手にした彼女は、それを高々と頭上に掲げる。続いて彼女の口を衝《つ》いて出たのは、謎の雄たけびだった。「――さあ、応えよ、『ＭＭ29』！」

偶然だろうけど、ほぼ同時に窓の外で稲妻がピカッと輝き、彼女の横顔を怪しく照らした。雷鳴がズドーンと鳴り響く中、彼女はそのスイッチをポチリと押す。たちまちフロアの床がゴゴゴゴッと音を立てて開くと、現れたのは秘密の地下格納庫。そこに隠されていた戦闘ロボット『ＭＭ29』が、大音響とともにトタンの屋根を突き破って雷鳴轟《とどろ》く大空へと飛び立つ――そんなワクワクな展開を、僕は予想したのだが、しかし！

期待に反して、聞こえてきたのは床の開閉音ではなかった。薄暗い室内に響き渡ったのは、

『ここだよ、ここ！　忘れんじゃねえ。ここだよ、ここ！　忘れんじゃねえ。ここだよ、こ

こ！　忘れんじゃねえ……』

という、妙にやさぐれた感じがする男性の声だ。

その声に耳を澄ませていた白衣の彼女は、「やあ、そこにいたのか、『MM29』……」といって部屋の片隅に置かれた冷蔵庫へと歩み寄る。冷蔵庫の上に放置されていたのは、かなり度の強そうな黒縁眼鏡だ。——え、まさか『MM29』って、それ!?

拍子抜けして肩を落とす僕。それをよそに、白衣の女性は発見した眼鏡を無事に装着。ようやく焦点の合った両目で、こちらを振り向く。次の瞬間、彼女は僕を指差しながら、いまさらのように驚きの声を発した。

「ややッ、なんだよ、君、高校生じゃないか！」

「違いますよ、中学生ですよ！」

もはや呆れるしかない。さっさと母さんの届け物を手渡して、この場を去ろう。そう思った僕は、いちおう念のために確認した。

「ここ、『きらめき研究所』で間違いないですよね？」

すると彼女はニヤッと意地悪な笑みを浮かべながら、

「いや、残念ながら君、思いっきり間違ってるぞ。『きらめき研究所』ではない。ここは『ひらめき研究所』だ」

「え!?　ひらめき……きらめき、じゃなくて、ひらめき……!?」

思わず僕は両目をパチクリ。すると眼鏡の女性は白衣の胸に右手を当てながら、

「そう、そしてこの研究所の研究員であり所長でもあるのが、この私、暁《あかつき》ヒカルだ」

「はぁ……」

「ま、所長といっても、この研究所に研究員と呼べる存在は、私ひとりだけだがな」

6

そんなわけで、なんとか互いの誤解が解けてから、しばらくの後。パイプ椅子に座った僕は、白衣の女性から手渡された名刺をシゲシゲと見詰めていた。

「へえ、『ひらめき研究所、所長、暁ヒカル』ですか。なるほど……」

確かに彼女の言葉に嘘はなかった。どうやら僕は目指すべき研究所と一文字違いの別の研究所に迷い込んでしまったようだ。朽ち果てた看板の最初の文字を読み間違えたのだ。

「どうりで変だと思ったんですよ。どう見たって、きらめき感のない工場だから……」

「工場ではない。研究所だ。——ま、きらめき感がないのは、否定しないがな」

暁ヒカルさんは、なにかしらの用途があるらしき四角い機材の上に腰を下ろして、自嘲《じちょう》気味な呟きを漏らす。それから一転、強気な表情を僕へと向けた。「だがしかし研究内容では、こっちだって負けていないぞ。そもそも君が訪ねようとしていた『きらめき研究所』ってと

ところは、難病に苦しむ人々のきらめく未来のために新薬の開発を日夜続ける、要するに普通のちゃんとした製薬会社に過ぎない」

「…………」超立派な会社じゃありませんか！

「だが『ひらめき研究所』は、そういうのとは、まったく違う」

「でしょうねえ」僕は頷くしかなかった。「じゃあ、この工場……いや、この研究所はなにを開発しているんですか。あ、そういえば、さっき変なリモコンを操っていましたけど……」

「ああ、これのことか」女性は手にした棒状の装置を再び僕の目の前でスイッチ・オン。たちまち彼女の掛けた眼鏡が例の『ここだよ、ここ！　忘れんじゃねえ』という台詞を繰り返す。どうやらフレームに超小型スピーカーが仕込まれており、眼鏡の位置を教えてくれる仕組みらしい。――しかも、なぜかオッサンの声で。

「それ、暁さんが、自分で作ったんですか」

「まあ、そうだが……君、私のことならヒカルさんでいいぞ。暁さんより、そっちのほうが呼びやすいだろ。なんなら『博士』って呼んでくれても構わないが……ああ、そうだ、それがいい！　君、『博士』って呼んでみろ。『暁博士』だ。――ほれ、恥ずかしがってないで、いっぺん呼んでみ。ほれほれ、いいから呼んでみ？」

「か、考えておきます。――そんなことよりリモコンの説明が途中ですよね」

「ああ、そうだったな」細い指先で額を掻きながら、彼女は説明に戻った。「実は私は極度の近視でな。自分で外した眼鏡をどこに置いたのか、たびたび判らなくなることがあるんだ。そこで自らこれを作った。名付けて『MM29探索器』だ。よくできてるだろ。――いままでのところで、なにか質問は？」

「えーっと、ヒカルさんって、ひょっとして二十九歳なんですか」

「うん、そう、来年は三十路《みそじ》……」

やっぱりか――僕は首を横に振って、「じゃあ、べつにもう聞くことないです」

「…………」たちまちヒカルさんは黙り込み、

「…………」なんだか僕は気まずさを覚えた。

沈黙を破ったのはヒカルさんのほうだった。

「聞けよ、ほら、『MM29』って、なんの意味ですかって！　誰だって聞くだろ、普通！」

「聞かなくたって『マイ・メガネ』の頭文字ですよね。ええ、すぐピンときましたよ」

そう答えると、案の定、正解だったらしい。ヒカルさんは「あー、そうかい！　ふん、勘のいい中坊だな、まったく」と不貞腐れた態度で腕を組む。そして再び自作した機械の説明に戻った。「まあ、いいや。ところで、この『MM29探索器』には重大な欠陥《けっかん》があってな。この装置を用いる場面というのは、私が眼鏡を見失ったときに限られるわけだが、その状態の私はよく目が見えていないから、『MM29探索器』それ自体を見つけることができないのだ。これは私らしくもない痛恨の計算ミスだった」

駄目じゃん、それ——僕は小さく溜め息をついた。「さっきの場面が、まさにそれだったわけですね。ヒカルさんは台の上で、なかなかリモコンを捜しきれずに……」

「リモコンではない。『MM29探索器』だ」

「ええ、そうそう、『MM29探索器』。それを僕が手渡して、ヒカルさんがスイッチを押すと、たちまち冷蔵庫の上から、やさぐれたオッサンの声が……」

「オッサンの声ではない。私の声だ」

「ええ、そうそう、ヒカルさんの声……って、ええッ!?」これには僕も虚《きょ》を衝かれて目を丸くした。「ヒカルさんの声!?　いやいや、どう聞いたってあれは中年男性の声……」

するとヒカルさんは、もともと高い鼻をさらに高くしながら、四角い機材の上で得意げに脚を組んだ。「ふふん、所詮は君も中学生だな。声というもののメカニズムが、よく判っていないらしい。いいか、君、人間の声というものは音の波で表される。要するに空気の振動だ。その振動の幅をそれ専用の機械——いわゆるボイスチェンジャーってやつだが——それによってコントロールしてやれば、どうなると思う？　そう、人間の声なんて、いくらでも変化させることができるってわけだ。女性の甲高い声を男性の渋い低音にするぐらいのことは、実に簡単なこと。若き美人発明家の透きとおるような美声を、やさぐれて呑んだくれたオッサンの声に作り替えることだって、科学の力をもってすれば自由自在なのさ。——はい、なにか質問は？」

「えーっと、いま『美人発明家』ってサラッと自分でおっしゃいましたけど、ヒカルさんって発明家なんですか。科学者や研究者ではなくて？」

「そうだな。もちろん私は研究者であり科学者でもある。が、しかし！　やっぱりいちばんは発明家だな。『天才発明家』それこそが私にとって最も名誉ある肩書きだ。あと『天才博士』な――じゃ、他に質問は？」

「だったら、もうひとつ」そういって指を一本立てた僕は、心に浮かんだ重大な問いを目の前の天才――かどうか微妙な感じに映る――発明家に投げかけた。「人間の声は機械の力で変えられるんですね。てことは、死んだ人間の声も作り出すことが可能ってことですか」

「死んだ人間の声!?」瞬間、ヒカルさんは呆気にとられたような表情、やがて前のめりになりながら、「おいおい、なんの話だ、それ？　なに面白そうな……いや違う。なに馬鹿みたいなことといってるんだ、君？　死んだ人間の声だなんて……は、ははは」

「でも僕、この耳で確かに聞いたんです、あの世からの声を」

「はは……って、マジかッ、嘘だろ!?」そう叫びながらヒカルさんは四角い機材の上から、すっくと立ち上がる。そしてパイプ椅子に座る僕に詰め寄りながら、「いや、しかしまあ、物事を頭から否定するのは、あまり科学的な態度とはいえないよな。――よーし、それなら君、その話、この天才お姉さんが詳しく聞いてあげようじゃないか。ほら、話せよ、話せ！　君が話すことで、私の頭脳になんらかのひらめきが舞い降りるかもしれないだろ」

「はぁ、舞い降りますかねえ、ひらめき……」

さほど期待はできないながら、相手はいちおう科学者だ。ひょっとすると今回の怪談じみた話に、なにかしら合理的な解釈を与えてくれるかもしれない。そう考えた僕は彼女に対して、ひとつ頷く。そして昨日の奇跡体験について、その詳細を話しはじめた——

僕が話している間、暁ヒカルさんの反応は、実に奇妙だった。最初は平然とした態度で、いかにも聞いてやっているといった雰囲気。それが次第に興奮を抑えられなくなったのか、両の眸が怪しく輝き、上半身が前傾姿勢になるほどの食いつきよう。だが話が終わるころには、もうすっかり落ち着いた表情。というより、なんだか落胆の表情だ。

そんなヒカルさんは、こちらの話が終わるのを待って、「ふーッ」と大きな溜め息。そしてキッパリと断言した。「よく判った。君が聞いたのは死者の声ではない。あの世からの声ではなくて、この世の人間の声だ。——ま、当たり前だがな」

「この世の人間って……じゃあ、誰の声なんです？」

「それも判りきっている。誰がなにをどうやって、この奇跡的な茶番を演出したのかも、私にはハッキリとな。——そうだ、君、明日もこの研究所にこられるか？」

「え!?　はぁ、たぶん……」マトモな地図さえあれば、ほぼ確実に。「だけど、なんで明日なんですか。いま、ここで説明してくれたらいいじゃないですか」

そう訴えると、ヒカルさんは四角い機材の上から、また立ち上がる。そして白衣の裾《すそ》を翻《ひるがえ》しながら背中を向けると、「なーに、明日だ、明日。そこですべての謎は解けるさ」

そういって、ヒカルさんは思わせぶりに窓の外を見詰めるのだった。


それから小一時間後。『オカリナ探偵局』に帰り着くと、さっそく母さんが聞いてきた。

「晴人、例の届け物は、ちゃんと届けてくれたかしら。『きらめき研究所』に……」

「あ、シマッタ、忘れた！」本気で僕は忘れていた。『ひらめき研究所』を出た後、僕はすっかり用件を果たした気になって、そのまま探偵事務所まで、まっすぐ帰還したのだ。

だけど、これはむしろ好都合かも。――そう思いなおした僕は、なに食わぬ顔で母さんにいった。「ゴメン、また明日いってくるよ……◯らめき研究所に」

7

こうして迎えた翌日の放課後。学校の門を飛び出した僕は、昨日の記憶を頼りにして住宅街の道を進み、比較的スムーズに『ひらめき研究所』へとたどり着いた。だが、まずは百メートルほど先にある『きらめき研究所』に立ち寄って、母さんの届け物を向こうの守衛さんに手渡す。それから再び『ひらめき研究所』に舞い戻った僕は、半開きの門を通って敷地内へと足を踏み入れた。建物の入口を、今日は遠慮なく強めにノックする。だが中から返事はない。ドアノブを引いてみると、昨日と同様、扉はすんなりと開いた。

「まさか、またスパイに間違われて『拳銃』を突きつけられたりとか、しないよな……」

　さすがに、それはあり得ない。そう判断して、僕は室内へと足を踏み入れた。

「ヒカルさーん」と呼んでみるが返事はない。ふと考えて「暁博士ぇーッ」と呼んでみると、たちまち部屋の奥から「やあ、丘クンだな。こっちだ、こっち」と反応があった。どうやら彼女、本気で『博士』と呼ばれたがっているらしい。が、それはともかく――

　巨大迷路のごとき雑然としたフロアを進むと、いきなり目の前に出現したのは、なぜか白いベッドだ。その光景に僕は一瞬ギョッとなった。

「ううッ、研究室の片隅に病人用のベッド……なんという違和感よ……」

　そう呟きながら、おそるおそる歩み寄る僕。だいたい想像したとおり、ヒカルさんはベッドの上だ。白い布団を肩まで被って目を瞑っている。だが風邪を引いたとか、そういう話ではないだろう。ただの風邪なら、わざわざ研究所で休む必要はない。これは事件の再現だ。僕や父さんがあの世からの声を聞いた、あの日の宮国邸の病室を、この研究所の片隅に再現しているのだ。

　それが証拠に、目の前にあるのは病室にあるような白いベッド。その傍らでは酸素発生器らしき医療用機器が運転音を響かせている。そこから延びる半透明の白い管は、布団の上でくるくると輪を描きながらヒカルさんの鼻へと繋《つな》がっている。だが、べつにいまの彼女が酸素吸入を必要としているわけではないだろう。ヒカルさんは、事件の日の美和子さんの役に成りきっているだけなのだ。

とすると、いったいこれからなにが起きるというのか。大いなる好奇心を抱く僕は、枕元に置かれたパイプ椅子に腰を下ろす。そして、そのまま黙って成り行きを見守った。

「…………」

「……………………」

「………………………」

「………………………………」しばしの沈黙が続いた後、突如として研究所に轟いたのは、怒りに満ちたヒカルさんの声だ。「ああぁーッ、もうッ、馬鹿なのか、君！　このシチュエーションを見れば、自分の役割ぐらい、なんとなく判るだろ。そう、君が宮国年雄さんだ！」

「え、ええッ!?　僕が年雄さんって……」

「そうだよ。他にいないだろ。——ほら、さっさと私に話し掛けてこいよ。さあ、早く！」

「え!?　ああ、そういうことですか。でも急にそんなことといわれてもなぁ……えーっと、あのとき年雄さんは、なんていってたっけか。『たたりじゃ』ではなくて、えーっと……」

「なんでもいいから話してこい。病人にかける言葉なんて、だいたい決まってるだろ」

「ああ、はい、では……」気を取り直した僕は、目の前のすこぶる元気な『病人』に向かって適当に問い掛けた。「あのー、大丈夫ですか、ヒカルさん?」

「…………」

「どこか痛むところはありませんか、ヒカルさん?」

「…………」

「ひょっとして風邪でも引きましたか、暁博士?」

たちまち彼女の両目がパッチリと開く。同時にその口からは、いかにも苦しげな声が発せられた。「いや、風邪ではない。どうやら私は悪霊に取り憑かれたらしい……」

「はぁ、そうですかぁ、悪霊ねえ……」僕は思わず溜め息だ。「悪霊っていうより、むしろ『博士って呼ばれたい願望』に取り憑かれているように見えますけど……」

「うッ」図星を指されたように、ヒカルさんの口から短い呻き声。だが、すぐさま彼女は病人の役に戻ると、「いいや、間違いない。身体が鉛のように重い。邪悪な霊が私の布団の上にのしかかっているに違いない。それが証拠に……ここだよ、ここ! 忘れんじゃねえ」

「わ、わああぁッ」驚きのあまり悲鳴をあげた僕は、危うくパイプ椅子ごと後ろにひっくり返りそうになった。「な、なんですか、いまのオッサンの声は……あッ、そうか、『MM29探索器』ですね……ってことはオッサンの声は、ヒカルさんの眼鏡フレームから……?」

「いや、そうじゃない。よく見ろ。いまの私は眼鏡をしていないだろ」

「い、いわれてみれば、確かに……」ベッドに横たわるヒカルさんは裸眼だ。つまり、いまの中年男性の声——正確にはヒカルさんの声を加工した声だが——それは彼女の目許から流れてきたものではない。「でも、確かに聞こえました。オッサンの声がヒカルさんの顔のあたりから……もっというなら口許から聞こえてきたような気がします。ひょっとしてヒカルさんが自分で喋ったんですか……？」

「まさか、そんなわけないだろ。私がどう頑張ったところで、中年男性の声など出せるわけが……ここだよ、ここ！　忘れんじゃねえ」

「まただ、また聞こえた！」僕は背筋にぞっとするものを感じつつ、目の前に横たわるヒカルさんの姿を見詰めた。「確かにヒカルさんの口から男性の声がした。しかもヒカルさんの唇は動いていなかった。口はパックリと開かれたままで、そこから男性の声が聞こえてきた。宮国邸の病室で起きたことと同じだ。——てことは、ひょっとして超常現象!?　中年男性の霊がヒカルさんの口を借りて喋ったってこと!?」

「んなわけあるか！」ヒカルさんは横になったまま、僕を一喝した。「冷静になれよ、丘クン。なんでもオカルトに結びつけて理解しようとするんじゃない。そもそも、ここには祈禱師なんていないだろ。怪しい呪文を唱える者もいないよな。それでも私は——ほら！」

　そういってヒカルさんは、いきなりベッドの上で上半身を起こす。布団の中から現れた彼女は、やはり今日も白衣姿だった。そんな彼女は鼻に突っ込まれた白い管を自分の指先で引っこ抜くと、あらためて僕のほうを見やりながら、

「ほら、な！　こうして私は、ちゃんと起き上がることができる。祈禱師なんて必要ないんだよ。霊魂とかお祓いも関係ない。大事なのは――コレだ！」

いうが早いか、ヒカルさんは手にした白い管、その先端に取り付けてあるプラスチック製のパーツ――それは、ついさっきまで彼女の鼻の穴に差し込んであったものなのだが――それを僕の片耳に無理やり押しつける。彼女の異常な振る舞いに、もう僕はパニックだ。

「わッ、わわッ、な、なにするんですか、ヒカルさん！　い、いくらなんでも、それは……さっきまで、あなたの鼻の穴に突っ込んであったものを、いきなり僕の耳に押しつけるなんて……それは酷いッ。あんまりです！　ぼ、僕はこんな屈辱は生まれて初めて……」

そんなふうに、わめき続ける僕に対して、なおもヒカルさんは容赦なく、ぐいぐいとそれを押しつける。と、そのとき僕の耳に突然、飛び込んできたのは――

「ここだよ、ここ！　忘れんじゃねえ」

例のオッサンの声だった。

ハッとなった僕は、自分の耳に押し当てられた物体を指で摘《つま》む。そして間近でそれをシゲシゲと観察。やがて、その正体を悟った僕は、目を丸くして尋ねた。

「こ、これって、ひょっとしてイヤホンですか、ヒカルさん!?」

「…………」

「これって、イヤホンですよね、博士？」

ヒカルさんは満足そうに頷いた。——ああ、なんて面倒くさい人！

ヒカルさんは布団をはね退《の》けると、ベッドの端に腰掛けながら説明した。

「宮国邸の事件において、病室のどこかに小型スピーカーかなにかが仕込まれていたんじゃないか。そんな疑念は丘クンやお父さんたちも感じていた。そして実際、君たちは病室を調べた。だがスピーカーの類《たぐい》は発見されなかった。——確か、そういう話だったよな？」

「ええ、そうでした。実際、なにも見つかりませんでしたよ」

「だがスピーカーは確かに存在したんだよ。美和子さんの口がそうだ。といっても口の中に超小型スピーカーが仕込まれていたとか、そんな話じゃないぞ。彼女の口そのものがスピーカーだったんだ。パックリ開かれた美和子さんの口。それ自体が増幅装置となって、静江さんのごく小さな声をハッキリしたボリュームで響かせていた。——で、その小さな声の発生源となっていたのが、このイヤホンってわけだ」

そういってヒカルさんは、半透明の白い管の先端に取り付けられているプラスチック製の小さな器具を示した。さっきまで彼女の鼻の穴に突っ込まれていたそれを、僕は酸素吸入のための器具だと信じ込んでいた。だが事実は違った。小さな穴の開いた器具からは、酸素ではなくて、人間の声が流れ出ていたのだ。目の前でおこなわれた実験においては、中年男性の声が。そして宮国邸の病室においては、亡くなった静江さんの声が。

「じゃあ、その白い管の中は、酸素が流れているわけじゃなくって……」

「もちろん、そうだ。酸素なんか流れていない。これは単なる半透明の白い管。その中を白いコードが通っている。イヤホンのコードだ。いま、私が見せた実験では、白い管は布団の上でくるくると円を描いた後、途中でちょん切れて、管の一方は布団の中へと潜り込んでいたんだ。その管の中を通るコードは、私の右手までまっすぐ延びて、私が持つＩＣレコーダーに接続されていた。私はそのＩＣレコーダーを操作することで、鼻に突っ込んだイヤホンからオッサンの声を流していたってわけさ」

「その鼻から入った声が、ヒカルさんの開いた口から外に流れ出したってわけですね」僕は嘆息するように頷いた。「そうか。鼻の穴と口とは繋がっているから……」

「そうだ。病人の鼻の穴に突っ込まれたイヤホン。そこから流れる微量の音声。それは鼻の管を通って口腔内へと伝わる。そしてパックリと開かれた口から外へと漏れ出す。このとき小さかったイヤホンの音声が、口腔《こうくう》内で増幅される。つまりボリュームが上がるんだ。それによって寝ている病人の口から、別人の声がハッキリした音量で流れ出るって仕組みだ。しかも、このとき病人自身の唇は動かない。口は開きっぱなしだ。結果、その別人の声はなんとも奇妙な――まるで病人に取り憑いた悪霊が喋っているような――摩訶《まか》不思議な声に聞こえる。これは、そういうトリックってわけさ」

「なるほど。でも実際できるんですか、そんなこと……？」

「だから、いま、やってみせただろ！」ヒカルさんは不満げに訴えた。「きっと言葉で説明しただけでは、なかなか理解してもらえないに違いない。そう思ったからこそ、私は一日待ってから、こうして君の目の前で実証実験をやってみせたのさ。――どうだ、心から感謝してくれて構わないぞ、丘クン」

「はぁ、ありがとうございます」――だけど僕、言葉だけの説明でも充分、理解できたと思いますよ。むしろヒカルさんが、僕を驚かせたかったんじゃありませんか？

そんなことを思う僕の前で、白衣の天才発明家はさらに続けた。

「ま、一見すると不思議な現象にも思えるだろうが、それほど驚くような話じゃない。もともと口の中の空洞は、その人の声を増幅させる役割を担うものだ。要は元となる声が、本人の声帯を通って発せられた声なのか、それともイヤホンから鼻の穴を通って伝わった声なのか、それだけの違いに過ぎない。問題は誰がなんのためにそれをおこなったのかだ。私はこの奇妙なトリックを、自分ひとりでおこなった。だが宮国邸の病室においては、これを単独で実行することは不可能だ。それぐらいは、君だって判るよな？」

「ええ。トリックをおこなったひとりは、もちろん美和子さんですね。彼女は原因不明の病気を患《わずら》っている演技をして、いかにも酸素吸入を受けているようなフリをしていた。とすると、その協力者は……主治医の高木先生ってことですか」

「当然そうなるな。美和子さんの鼻から延びた半透明の白い管。その中にはイヤホンのコードが通っていたわけだが、君の観察によれば、その白い管は高木医師の足許《あしもと》にある酸素発生器へと向かっていたらしい。だが、おそらく白い管の先はその装置には繋がっていなかった。それは装置を通り過ぎる恰好で、高木医師の白衣の裾の中へと密かに通じていたんだろう。もちろんコードの先にはICレコーダーなどの録音装置が接続されていたに違いない。高木医師は白衣のポケットに手を突っ込みながら、その録音装置を巧みに操ることで、美和子さんの口から静江さんの声を響かせたってわけだ。おそらく前もって二人の間で入念な予行演習があったんだろう。美和子さんがこんな台詞を喋った後、高木医師が静江さんのこの台詞を流す――そんな約束事が、あらかじめ決められていたんだと思う」

「なるほど。すべては二人が筋書きどおりに演じたものだったんですね。それを僕らは、あたかも心霊現象のように思い込んだ。――ん、でも待ってくださいよ」僕はいままですっかり忘れていた、ひとりの重要人物のことを思い出した。「てことは、あの怪しい祈禱師、高東院雅江こと坂口雅江さんの役割は、いったい……？」

「ああ、雅江さんね」ヒカルさんは素っ気ない口調で、その名を口にすると、僕にとって驚きの事実を告げた。「その人は、この事件には全然まったく一ミリも関係がない。彼女が呪文を唱えようが、中日ドラゴンズの往年のラインナップを読み上げようが、そんなこととは関係なく、トリックは美和子さんと高木医師の二人によって予定どおり実行されて終了したはず。べつに雅江さんの偉大な霊力によって、美和子さんの病が治ったわけではない。雅江さんは、ただ目の前で起きている心霊現象っぽい出来事に便乗して、自らに霊能力があるかのごとく振る舞っただけ。そして美和子さんのほうも、そんな雅江さんの猿芝居に調子を合わせただけだ。まあ、結果的に、怪しげな祈禱師の存在自体が、今回の事件を心霊現象っぽく見せた。そういう効果はあったのかもしれない。しかし、そもそも彼女はなんの能力も持ち合わせちゃいないのさ。案外、美和子さんが急に元気を取り戻して、いちばん驚いていたのは、他ならぬコートーイン雅江センセーだったのかもな」

　そういってヒカルさんは、愉快そうにケラケラと笑い声を立てる。

「なるほど、確かに、そうだったのかも……」

　僕は苦笑いするしかない。事件当時は、本当に雅江さんの祈禱の力によって、あの世からの声が止み、美和子さんが元気を取り戻したように見えた。だが、それもいまとなっては、お笑い種《ぐさ》。自分の騙されやすさ、影響されやすさに、僕は赤面するばかりである。これ以上この話題を引きずると、こちらが惨めになるだけなので、僕は無理やり話題を変えた。

「ところで、その静江さんの声ですけど、それってやっぱり昨日、ヒカルさん……いや、博士がいっていたような機械的な方法で作られた声ってことですか」

「もちろん、そうだ。元になったのは美和子さんの声だろう。彼女が岡山弁で喋った台詞を、ボイスチェンジャーなどを用いることで、いまは亡き静江さんの声に加工したんだな。娘の声を母親の声に似せることは、おそらく簡単なことだったろうよ」

「やはり、そうですか。となると残る問題は、あとひとつだけ」僕は指を一本、顔の前に立てながら、その問いを発した。「美和子さんと高木先生は、なんのためにそんなトリックをおこなったのでしょうか。要するに動機の問題ですが」

「うむ、それは想像するしかないわけだが」と慎重に前置きしてから、ヒカルさんは大胆な仮説を口にした。「おそらく美和子さんと高木医師は親密な仲だ。思春期の真っ只中《ただなか》にある君の前で敢《あ》えて言葉を選ばずにいうならば、二人はデキている！　間違いない――むふッ」

――言葉選んでくださいよ、ヒカルさん。なに鼻息荒くしてんですか！

暁ヒカル、意外とゴシップ好きな女性なのかもしれない。僕は少々呆れながら、

「はぁ、そりゃまあ、実際デキてる可能性もあるでしょうけど――それで？」

「仮に美和子さんと高木医師が一緒になれば、二人の前途は洋々。いつか宮国年雄さんに寿命が訪れた際は、二人のもとに莫大な遺産が転がり込むことになるんだからな。ところが、そんな明るい未来を夢見る二人に、思わぬ邪魔が入った。家政婦の花岡吉乃さんだ。噂どおりに花岡さんと年雄さんが結婚すれば、いったいどうなるか。年雄さんが亡くなったとしても、その遺産の多くは妻である花岡さんの手に渡るだろう。娘である美和子さんの取り分は、大きく目減りするってわけだ。そのことを嫌った美和子さんと高木医師は、二人で頭を捻って考えたんだろうな。なんとかして花岡さんと年雄さんとの結婚話を、ご破算にできないものか、と――」

「そこで二人は、あんなトリックを考えたんですね。美和子さんが病人のフリをして、高木先生が彼女の口から静江さんの声を流す。そんな卑怯なトリックを」

「そうだ。天国にいる静江さんが、実は花岡さんと年雄さんの結婚を望んでいない。そんな偽りのメッセージを静江さん本人の声として聞かせてやれば、どうなるか？　年雄さんだって再婚に二の足を踏むに違いない。それこそが美和子さんと高木医師の思惑だったんだろう。ま、実際のところ、二人の弄《ろう》したトリックが年雄さんの心を、どの程度まで揺り動かしたのか、それは私にもよく判らんが」

僕は宮国邸の病室で見た、年雄さんの青ざめた顔を思い返した。「たぶん、かなりのダメージを与えたと思いますよ。実際に再婚を諦めるほどのダメージを……」

「そうか。だったら年雄さんには、真実を教えてやる必要がありそうだな。『あれはインチキですよ』『天国の静江さんは、年雄さんの再婚を嫌がってなどいませんよ』って、そう伝えてやることだ。——もっとも、そうなると年雄さんは、自分の娘さんの思わぬ邪悪さを、思い知ることになるわけだがな」

「それも、そうか……」どちらに転んでも年雄さんにとって、あまり後味のよい結末は望めないってわけだ。「じゃあ、どうすればいいんでしょうか」

「ま、やはり真実を伝えてやるべきだろうな。だって、そうだろ。あの世からの声なんかに惑わされて、この世の幸せをフイにするなんて、まったく馬鹿げているじゃないか」

確かにヒカルさんのいうとおりだろう。僕の口から宮国年雄さんに直接説明する機会はないかもしれない。けれど、父さんにこのトリックのことを伝えれば、たぶん上手い具合に事を収めてくれるのではないか。いや、待てよ。そういう役割なら、母さんのほうがいいか。うん、そっちのほうが適任かもしれない。家に戻ったら、さっそくいま聞いた話を、父さんではなく母さんに伝えようと、僕は思った。が、しかし――ああッ、弱ったな！

僕は心の中で密かに頭を抱えた。仮に母さんに話すとして、その場合、ヒカルさんのことは、どう説明すればいいのだろうか。これは僕にとって、なかなかの難題だった。

ねえ、母さん、これは『ひらめき研究所』の暁ヒカルっていう発明家から聞いた話なんだけどね――そんなふうに話したら、母さんはいったいなんと思うだろうか？

一瞬だけ考えて、即座に僕は首を横に振った。――いやいや、駄目だ駄目だ。やっぱり、この話は僕が自分の頭で考えたってことにしておいたほうが良さそうだな！

そんなことを思う僕の目の前でヒカルさんは、

「さてと、これにて説明終了だな！」

と宣言するようにいってベッドの端から立ち上がる。だがその直後、不安げな表情を浮かべると、「ん、そういえば眼鏡は？ 私、どこに置いたんだっけ、『ＭＭ29』……？」

焦点の合わない眸でキョロキョロとあたりを見回すヒカルさん。僕は彼女の眼鏡を見つけてあげることはできなかったけれど、その代わりに例のリモコン――正式名称『ＭＭ29探索器』——を作業台の上に発見。自らそれを手にした僕は、昨日の彼女を真似して、それを高々と頭上に掲げた。「さあッ、応えよ、『ＭＭ29』！」

叫びながら指先でスイッチをポチッ。すると次の瞬間——

「ここだよ、ここ！　忘れんじゃねぇ」

お馴染みの声は、博士が身に纏う白衣の胸ポケットから聞こえてきた。

02

天才博士と
赤いワンピースの女

1

薄汚れた看板には、擦《こす》れば消えてしまいそうな文字で『ひらめき研究所』と書かれている。頭の『ひ』の字をいちおう確認してから、僕はひとつ大きく頷いた。

目の前に建つのは無粋で無骨な建物。鉄製の柱とコンクリートの外壁、その上にトタン屋根を載せただけみたいな外観は、やはり何度見ても研究所とは思えない。良くいうならば『町工場』、悪くいうならば『潰れて五年ほど放置された町工場』——どっちに転んでも町工場としか見えない建物である。

開きっぱなしの門を通って建物の玄関へと向かう。鉄製の扉に嵌《は》まったガラスは四月に訪れたときにも、すでにヒビ割れていてガムテープで補修がしてあった。その状態は五月になったいまも変わらない。僕はヒビの入ったガラスに決定的な一撃を与えぬよう、気を遣いながらソーッと扉をノック。だが中から反応はない。これじゃあ駄目だな、と思いなおした僕は、今度は拳でドンドンと強めに扉をノック。そして大声で研究所の所長の名前を呼んだ。

「暁さん！　暁ヒカルさぁーん、いませんかー？」

結構な大声にも、やはり返事はない。いや、厳密にいうならば、扉の向こう側になにやら人の気配は感じる。ただ応答してくれないだけだ。ひょっとして居留守を使われているのかしらん——と首を傾げる僕は、「いや、待てよ」と呟いてから、あらためて扉をノック。そして今度は、こう呼び掛けてみた。「博士ぇーッ、暁博士ぇーッ、いないんで……」

「いるぞッ、いるいるッ！」

いままで無反応だったことが嘘のように、コンマ五秒の早業でもって鉄製の扉が勢いよく押し開かれる。中から顔を覗かせたのは、スリムな身体に白衣を纏《まと》う長身の女性。暁ヒカルさんだ。いや、暁ヒカル博士と呼ぶべきか。でないと、彼女は機嫌が悪くなる。いかにも科学者にありがちな気難しいタイプなのだ。そんな彼女は、眼鏡のレンズ越しに学生服を着た僕の姿をシゲシゲと見やりながら、

「なーんだ、君はこの前ここにきたオカルト君じゃないか」

「…………」絶対わざと間違えているよな、この人！　僕はムッとしながら彼女の誤りを訂正した。「いいえ、オカルト君じゃありません。丘晴人です」

「似たようなもんだろ、『オカルト』も『おかはると』も。——まあ、君の名前なんか、どうだっていい。それより、せっかくきたんだ。中に入れよ、丘クン」そういってヒカルさんは僕を建物の中へと招き入れた。「ちょうど新たな発明が一段落したところだったんだ」

突然の来訪だったのだが、どうやら歓迎してもらえたらしい。ホッとして足を踏み入れると、そこは相変わらずの非日常空間。使用目的が判らない巨大な計器類や工作機械が立ち並び、目の前の視界を遮る。その様子はさながら巨大迷路のよう。四月に初めてこの『迷路』

に迷い込んだ際は、産業スパイかなにかと間違われて、いきなり背後から『拳銃』を突きつけられたものだが――「あ、そうそう、そういえば！」

「なんだ、丘クン？　急に、どうした？」

「この前、僕がここにきたとき『え、スパイ!?』って尋ねたら、『小松左京か！』っていう謎のツッコミが入りましたよね。あれの意味が判りましたよ。昔、小松左京っていう名前のSF作家がいて、その人の作品にあるんですね、『エスパイ』っていうヒット作が。僕、知りませんでしたよ。それで『小松左京か！』っていう例のツッコミになったんですねえ」

「せ、説明するなよ、馬鹿！　恥ずかしいじゃないか！」

ヒカルさんは頬を赤らめながら、ブンと片手を振った。

「そんな話は、べつにいいんだよ。それより君、なにか用があって、わざわざここにきたんだろ？　それともアレか、『さよならジュピター』の感想でも喋りにきたのか？」

「え、さよならジュピ……なんですか、それ……？」

「なんでもない。聞き流せ！」ヒカルさんは、自分で持ち出した話題を自分で打ち切ると、僕の顔を覗き込むようにしながら、「で、なんの用なんだ？　オカルト好きの君のことだ。またなにか超常現象みたいなことでも起きたのか。――え、どーなんだ、丘晴人クン？」

「はあ、超常現象かどうか、正直よく判らないんですが」曖昧に首を振った僕は、目の前に立つ（自称）天才発明家に向かってズバリと尋ねた。「ねえ、瞬間移動って可能だと思いますか、ヒカルさん?」

するると彼女は僕の質問には答えずに、白衣の胸のあたりを親指で示しながら、

「おいおい、『ヒカルさん』じゃないだろ。――『博士』と呼べよ、『博士』と!」

2

事の発端はいまから数日前の、とある夕刻のことだ。天気は下り坂で空はドンヨリと曇り、あたりは日没間際のように薄暗い。グレーのパーカーにジーンズ姿の僕は、コンビニのレジ袋を手にしながら、街外れにある二階建てビルの非常階段を上っていた。それは雑多な業種が入居するテナントビル。薬局やら学習塾やらの看板が並ぶ二階フロアを素通りして、僕は迷うことなく屋上まで一気に駆け上がる。

すると、そこには怪しい男性の姿。双眼鏡と一眼レフカメラを、両方いっぺんに首からぶら下げたその男は、誰もいないはずの屋上で、なぜか人目を憚《はばか》るような振る舞い。給水塔の陰にひとりジッと身を潜めている。その様子は誰がどう見たって挙動不審な中年男だ。

僕はそんな彼のそばへと歩み寄って、背後から声を掛けた。

「――きたよ、父さん!」

瞬間、「ひゃああッ」と盛大な悲鳴をあげて首をすくめたのは、恥ずかしながら僕の父親。

丘登、四十歳だ。黒っぽいスーツを着込んだ父さんは、僕の姿を認めるなり、人差し指を自分の唇に当てて、「シーッ、し・ず・か・にッ。怪しまれるだろ、晴人ッ！」

「…………」いや、絶対そっちでしょ！　うるさいのも、怪しまれそうなのも！

思わず溜め息の僕は、膨らんだレジ袋を顔の高さに掲げた。

「ほら、いわれたとおりに、買ってきてあげたよ」袋の中身は、息子使いの荒い父さんが学校から帰宅したばかりの僕に対して、わざわざ電話で注文した品々だ。「牛丼とサンドイッチ、それとペットボトルのミルク珈琲《コーヒー》……」

「おお、サンキュ！」父さんは給水塔の陰に身を寄せたまま、片腕だけを僕へと伸ばしながらいった。「ほら、さっさとよこせ、晴人。父さんは腹ペコで死にそうなんだ。なにせ昼からなにも食べていなくってな……」

「それは大抵の人がそうなんじゃないの？」

現在、午後の五時。三時のおやつを食べた人以外は、昼からなにも食べていないのが普通だろう。僕はレジ袋を手渡しながら、「で父さん、なにやってんのさ、こんな場所で？」

「遊んでるように見えるか？　もちろん、仕事だよ、仕事。決まってるだろ」

そういってレジ袋の中身を、いそいそと取り出す父さん。そうする間も、その視線は屋上の手すりの向こう側の景色へと、油断なく注がれている。そんな父さんの職業は、なにを隠そう私立探偵。有限会社『オカリナ探偵局』に所属する怪しい調査員だ（残念ながら『怪しい』って部分は、誰も否定できないと思う）。

どうやら僕の見るところ、父さんはこのビルの屋上にて張り込みの真っ最中らしい。お腹がすいても持ち場を離れるわけにいかず、それで電話にて救援を頼んだのだろう。お陰で、この僕が貴重な自由時間をコンビニでの買い物に費やすこととなったわけだ。

「ふぅーん、父さん、あの家を見張っているんだね」

僕は父親の視線の先に見える一軒の住宅を指差した。それは道路一本を隔てた正面に建つ三階建て。二階建てのビルの屋上からだと、ちょうどその家の三階あたりを、ほぼ同じ高さで眺めることができるのだ。「なるほどぉ、あの家を覗……いや、張り込むにはピッタリの場所だねぇ、この屋上」

「そうだろ。この給水塔の陰に身を寄せていれば、向こうから気付かれる心配も、ほとんどないしな。――ところで晴人、おまえ、いま『覗く』って、いおうとしなかったか？」

「のの、『覗く』なんて全然いってないよ。ちゃんと『張り込む』っていったはず……」

「そうか。なら、いいが……」腑《ふ》に落ちない顔の父さんは、すぐさま気を取り直すと、両手を合わせて「いただきまーす」と呑気《のんき》な声。牛丼をおかずにサンドイッチをつまみ、それをミルク珈琲で流し込むという、ほとんど奇跡のような食事を始めた。――おえーッ！

「ほらほら、よそ見をするなよ、晴人。父さんが食事している間は、おまえがあの家を覗き見……いや、張り込みするんだ。いいな、油断するなよ」

「うん、判った。——けど父さん、いま『覗き見』って結構ハッキリいったよね？」

「いってないよッ。いうわけないだろッ！」父さんは拳を振って断固主張した。「いいか、よく覚えておけ、晴人。変質者が趣味でやるのが『覗き見』。で、探偵が仕事でやるのが『張り込み』だ。一緒にしてもらっちゃ困る」

「うん、判った、張り込みだね。——てことは、また浮気調査？」

「そうそう、いままさにあの家の奥さんが旦那の留守中に若い男を自宅に連れ込んで不倫の真っ最中……って馬鹿ぁ！」と父さんは渾身《こんしん》のノリツッコミを炸裂させると、「んなこと、たとえ相手が身内でもペラペラ喋れるか。探偵には守秘義務ってもんがあるんだぁ！」

「シーッ、し・ず・か・にッ」先ほどのお返しとばかり、今度は僕が人差し指を自分の唇に当てた。「そんな大声出したら、怪しまれるよ、父さん。——それとあと、自分の息子に向かって『馬鹿』はないんじゃないの？」

「ス、スマン、確かに天に唾《つば》する行為だった。晴人よ、おまえは馬鹿じゃない」

父さんは反省の意を表すように頭を垂れる。そして再び牛丼をおかずにサンドイッチを頰張ってミルク珈琲をゴクリと飲んでから、「とにかく、これは絶対に浮気調査ではない」

「そう、判ったよ、父さん」——これはもう、絶対に浮気調査だね！

僕は直感でそう確信した。父さんのつく嘘は、僕レベルの素人にも、なんとなく見破ることができるのだ。ちなみに母さんレベルのプロともなると、父さんの嘘なんてものは、『口から出るより先に、目を見てさえいれば、それと判る』程度のものらしい。そういうことだから、『オカリナ探偵局』の中で、父さんが単なる『調査員』であるのに対して、母さんのほうが『局長』の肩書きを名乗っているのは、まあ当然のことである。

　僕はあらためて問題の三階建て住宅へと向きなおった。

　それは、けっして広々とした豪邸ではない。むしろ狭い立地に駐車スペースを確保するため、無理やり縦方向に居住スペースを確保した、そんな感じの細長い建築物だ。住んでいる人間も裕福な資産家というより、ごく普通の会社員か自営業、あるいはそこそこ成功したミステリ作家という可能性もアリかもね。——と、そんな想像を膨らませていた矢先、僕の視線はその家の門前を歩く、とある女性の姿へと引き寄せられていった。

「あれ、あの女の人……」

「ん、どうした、晴人？」

「なんだか変なんだ。さっきから、同じ女の人が、あの家の門の前を何度もウロウロしているみたい。行きつ戻りつしてるっていうか……なにしてんだろ？」

「誰か知り合いの家でも探しているんじゃないか。——どんな女性だ？」

「………」ねえ、自分の目で確かめようとは思わないわけ？　首からぶら下げた双眼鏡はお飾りなの？　そんな皮肉を内心で呟きつつ、僕は歩道をウロつくその女性を自分の目で観察した。「赤いワンピース姿だね。恰好を見る限りでは若い女性って感じかな」

「ほう、どれどれ……」どうやら僕の発した『若い女性』という言葉に反応して、ようやく双眼鏡を使う気になったらしい。父さんは食事の手を止めると、レンズ越しの視線を眼下《がんか》の歩道へと向けた。「ふぅん、あの娘だな。へえ、なかなかいいスタイルじゃないか」

――あれ？　これって変質者が趣味でやる覗き見と、なにが違うのかしらん？

そんな疑問を覚える僕をよそに、父さんは急に興味を失ったごとく双眼鏡を下ろした。

「あの女性、サングラスにマスク姿だ。これじゃあ、いくら双眼鏡で眺めたって、どこの誰だかサッパリ判りゃしない。まあ、この季節だから、花粉症の女性だと考えれば、べつに不自然な恰好でもないけどな。――おやッ？」

と、いって父さんは再び双眼鏡を覗き込む。門前でウロウロしていた女性は、ついに意を決したらしい。自ら門扉を開けると、敷地の中へとずんずん足を踏み入れていく。その背中を指差しながら、僕は父さんに尋ねた。「あの三階建てって、あの女の人の家なの？」

「いや、そんなはずはないんだが……」

「あッ、じゃあ、ひょっとしてあの女性が、旦那さんの浮気相手とか？」

「それも違う。いま、あの家にいるのは、奥さんのほうだから……って、いやいや、これはそもそも浮気調査じゃないって、さっきそういっただろ。絶対、違うんだって！」

「もう、いいよ、ナニ調査でも！」

そういいながらも、僕の視線は赤いワンピースの背中に注がれたままだ。

女性は脇目も振らずに建物の玄関へと向かう。そして扉の前に立つと、ポケットから鍵のようなものを取り出してゴソゴソ。父さんは双眼鏡を覗き込んだままいった。

「あの女性、玄関の鍵を開けようとしているな」

「鍵を持ってるってことは、やっぱり家の人？」

「いや、判らん。だが、なんだか気になる……」

僕らがそんな会話を交わしている間に、玄関扉は難なく開け放たれた。赤いワンピースの女性が建物内へと吸い込まれる。僕は女性の姿が消えていった玄関を指差しながら、

「ねえ、あれってさ、普通に泥棒なんじゃないの？」いや、まあ、『普通に泥棒』っていう言い方もアレだけど――「ひょっとして空き巣とか？」

「空き巣は変だろ。さっきもいったように、あの家の中には奥さんがいるんだ。てことは、仮にあの女性が泥棒だとしても、それは『空き巣』じゃない。『居空き』だ」

「ん、『居空き』って!?」

「家の中に誰かいることを承知で、敢えて侵入するコソ泥のことだ。やってることは空き巣とほぼ同じだが、人が『居る』状態で『空き巣』みたいな真似をする泥棒だから『居空き』っていうんだろうな。――いや、しかし、まさか」父さんは悪い想像を打ち消すように首をブルンと振った。「まさか泥棒なんてことは、あるまい。奥さんの友達か誰かだろう」

「友達なら、家の鍵なんて持っていないんじゃないの？」

「じゃあ、奥さんの姉妹か親戚か……いずれにせよ、泥棒と決めつける根拠は、いまのところなにもないだろう。ただ派手な恰好をした女性が建物に入っていっただけだ」

「まあ、実際そうだけどね」

　そんな会話を交わしつつ、ビルの屋上で逡巡《しゅんじゅん》する僕と父さん。そのまま何事もなく十分程度の時間が経過。すると三階建て住宅の最上階の窓に、いきなり明かりが灯った。すでに薄暗い夕刻の風景の中で、三階にあるその窓だけが、やけに眩《まぶ》しい光を放って見える。しかも窓辺のカーテンは半分ほど開いた状態。なので、透明なガラス窓越しに室内の様子はくっきりと見える。自然と僕ら二人の視線は、その窓へと引き寄せられていった。

　すると――

　ガラス窓の向こう側に先ほどの女性の背中が見えた。赤いワンピース姿。長い黒髪が背中にかかっている。後ろ向きなので、当然その顔を拝むことはできない。

　だが背を向けた女性の前には一台の鏡があった。頭のてっぺんから足許まで映るような縦長の大きな鏡だ。その鏡に女性の正面の姿がバッチリと映っている。しかも女性はいま、サングラスもマスクもしていない。素顔の状態で鏡の前に立っているのだ。

　僕は指を前に突き出しながら、父親の注意を喚起した。

「見て、父さん！　女の人の顔が見えるよ。――ほら、鏡の中に！」

「お、おぅ」父さんは慌てて双眼鏡を構えなおして、三階の窓を覗いた（ここは『覗く』という表現で正しいと思う）。すると直後に父さんの口から怪訝《けげん》そうな声。「ん、あの顔は典子《のりこ》さん……いや、そんなわけないな。よく似た別人か……」

たぶん『典子さん』というのは、あの家にいるという奥さんのことだろう。父さんの口ぶりから、なんとなくそう感じた。もちろん、外からやってきた赤いワンピースの女性が、あの家の奥さんであるわけがない。当然、別人なのだろう。では、いったい何者なのか。あの家の奥さんとは、どういう関係なのか。判らないことだらけの僕は、

「ちょっと、それ貸して！」

父親の双眼鏡をひったくるようにして、自分の目許に当てた。望遠レンズを通して女性の顔がよく見える。目鼻立ちの整った丸顔の女性だ。鏡に向かって片手を頭にやったり両手を腰に当てたりと、様々なポーズを取っている。僕は双眼鏡を覗いたまま、率直な感想を口にした。「よく判らないけれど、少なくとも泥棒には見えないね」

「そうだな。やっぱり、あの家の奥さんの姉か妹、あるいは親戚じゃないか。だから奥さんと顔が似てるんだ。それに、身内なら急にやってきて部屋に上がりこんでも、べつに不自然じゃないしな」

「そうだね」と頷きながら、僕は双眼鏡を父さんに返した。

そして僕は、あらためて三階の窓へと視線を向ける。するとワンピースの女性が窓に背中を向けたまま、天井に片手を伸ばす仕草。次の瞬間、いままで赤々と灯っていた部屋の明か

りがフッと掻き消えた。どうやら女性は、向かいのビルからの視線に気付いて、天井の明かりを消したらしい。その直後には、いままで半開きだった窓のカーテンもピッタリと閉められてしまった。

　父さんは双眼鏡を下ろして「ちッ」と舌打ちだ。「どうやらバレたらしいぞ！」

「もう、父さんってば、駄目ダメなんだから……」

「はぁ、父さんのせいだってか!?　んなわけないだろ。見つかったのは晴人のほうだ」

「え、ええーッ、僕!?　見つかったのは、父さんだって。僕より大きくて目立つし、いかにも覗き魔っぽい双眼鏡とか持ってるし……」

「おい！　誰が『覗き魔』だ、誰が！」

　といった具合に、ビルの屋上にて醜《みにく》い争いを繰り広げる僕と父さん。その状態がさらに十分ほど続いたところ、またしても目の前の三階建て住宅で動きがあった。

　今度は一階の玄関だ。扉が開かれて中から人が出てきた。長い黒髪に赤いワンピース姿。さっきまで三階の窓から見えていた、あの女性だ。いまは再びサングラスにマスクという恰好に戻っている。女性は玄関扉を乱雑に閉めると、小走りに門のところまで駆け寄った。門柱の陰から首だけ突き出すようにしながら、道路の左右をキョロキョロ。通行人がいないことを確認すると、女性はひとり門を飛び出す。そして、いまにも駆け出しそうな感じのセカセカとした早歩きで、人けのない歩道をスタスタと立ち去っていった。

その様子は、なんらかの疚《やま》しさを抱えた人間の振る舞いとしか思えない。僕は女性の去っていった方角を指差しながら、

「ねえ、あれって本当に奥さんの姉妹か親戚？　全然そうは見えなかったけど……」

「う、うむ、確かに、いまの立ち去り方は普通じゃなかったな。まるでコソコソと逃げるような感じに見えた。――うーむ、こうなったら！」

　そういって父さんは、スーツの胸ポケットから愛用のスマートフォンを取り出す。そして画面上に指を滑らせると、妙に低姿勢な感じで何者かと電話で会話を始めた。

「あッ、もしもし、わたくし、丘でございます。その節はどーも……で、ひとつご報告がありまして、急遽お電話を……実は張り込みの最中に、お宅に怪しい者が……いえいえ、男性ではありません、それが若い女性でして……二十分ほど建物の中にいて、ひとりで出ていきましたが……はい、はいッ……それが泥棒のような、ご親戚のような……え、奥様？　そういえば典子様の姿は一度も見ることなく……ええ、はい、はいッ……」

　どうやら電話の相手は、依頼人の男性らしい。つまりは、あの三階建て住宅のご主人。そして『典子様』というのが、やはりその依頼人の奥さんなのだろう。そんなふうに推測する僕の前で、父さんは依頼人との通話を終了。スマホを仕舞いながら僕にいった。

「おい、晴人、おまえはもういいから、家に帰ってろ。――判っていると思うが、ここで見たことは、誰にもいうんじゃないぞ。いいな、晴人！」

有無を言わせぬ口調の父親を前にして、僕は子供らしく素直に頷いた。

「うん、判ってる。じゃあ僕、もう帰るね」

3

「……と、まあ、そんなふうにして父さんと固い約束を交わした僕は、ビルの非常階段をひとり一階へと駆け下りていったわけです……」

僕の話がひと区切りつくのを待って、暁ヒカルさんが呆れたような声を発した。

「なーにが、『固い約束』だよ。こうして私の前ですっかり喋ってるじゃないか」

『ひらめき研究所』の迷路のようなフロアの奥。白衣を着たヒカルさんは古びたソファに深く腰を下ろしている。ローテーブルを挟んで彼女と向かい合う僕は、粗末なパイプ椅子の上。苦笑いしながら頭を掻くと、彼女の言葉にこう切り返した。

「なーに、大丈夫。心配いりません。だって、僕の喋ったことをヒカルさんが外部に漏らしさえしなければ、秘密は保たれるわけですから」

「なるほど。確かに心配はいらないようだ。なにしろ私は、頭はシルクのように柔らかいが、口はダイヤのように堅いからな」

ニヤリと頷くヒカルさんは、明らかに僕の語った話に興味を惹《ひ》かれている。あるいは魅了されているといってもいいだろう。それが証拠に、僕が彼女のことを『ヒカルさん』と呼んでも、もうさっきのように『博士と呼べ！』などといって話の腰を折ることはない。むしろ話の続きをせがむように、彼女はこう尋ねてきた。

「で、それからどうしたんだ、君？　まさか、父親から『家に帰ってろ』といわれて、おとなしく家に帰ったわけじゃあるまいな？」

「もちろんですよ」僕は当時の話の続きを語った。「ビルの一階に下りた僕は、そこにある自販機の陰に身を隠して様子を窺《うかが》いました。しばらくすると、父さんが階段を下りてきて、例の三階建ての門前へと向かいました。それを黙ってやりすごした僕は、またひとり屋上に戻って、向かいの家の観察を密かに続けたんです」

「うむ、いいぞ、丘クン！　子供はそうでなくっちゃ！」

僕の単独行動はヒカルさんを大いに満足させたらしい。強く頷いた彼女は、眼鏡の奥で好奇心に満ちた眸《ひとみ》を輝かせながら、「それで、それで？」

「さらに時間が経つと、今度は一台の車がやってきて、その家のガレージに停車しました。運転席から降り立ったのはスーツ姿の男性です。年齢はたぶん三十代。スマートな身体つきで、背は高くもなく低くもなくって、顔は遠めに見ても整った感じに見えました」

「その家のご主人だな。君の父親の依頼人だ。報せを受けて外出先から帰宅したんだな」

「ええ、そんな感じでした。門前で合流した二人は、揃ってその家の玄関へと向かいました。

玄関の鍵は開いているようでした。そもそも赤いワンピースの女性が逃げ去るとき、玄関に施錠するような振る舞いがなかったですからね。父さんと依頼人の男性は、すんなり建物の中に入っていきました。それから二人は室内を見て回ったんでしょう。一階から順繰りに部屋の明かりが灯っていくのが、ビルの屋上からもよく見えました。そしてついに三階の窓に明かりが……すると、その直後です。三階の部屋で二人は慌てふためきながら、揃って大きな悲鳴を……」

「おいおい、待て待て、丘クン！　事実を正確に伝えるんだ。道路一本隔てた向かいの家の悲鳴が、本当に君のいる屋上まで届いたのか？　そもそも窓のカーテンは、そのときピッタリ閉まっていたんだよな。だったら、君の目に部屋の様子は見えなかったはずじゃないか」

「うッ、そりゃまあ、確かに。実際には悲鳴を聞いたわけではありませんし、父さんたちが慌てふためく様子も見ていません。いまのは、後になって父さんから聞いた話です」

「そんなことだと思った。――で、大人たち二人は三階の部屋で、なにを見つけたんだ？　いや、答えは聞かなくたって判っている。変死体を見つけたんだろ。ロープで首を絞められた女性の死体だ」

「そうです。父さんの話によると、そこは依頼人の奥さんの部屋。ベッドが置かれた寝室兼居室です。小さなテーブルと、ひとり掛けの椅子。その正面にテレビ台と大画面テレビ。全身が映る鏡は窓とは反対側の壁際、そこに立て掛けるようにして置いてありました。被害者は依頼人の奥さんで、いかにも普段着らしいスウェットの上下という恰好。鏡のそばの床の上で横たわっていたそうです。父さんが脈拍や呼吸を調べましたが、そのときすでに被害者は息絶えていました。首には荷造り用のロープが巻きついていたのだとか。——だけどヒカルさん、なんで知ってるんですか。被害者がロープで首を絞められていたことまで」

「なーに、君の話を聞いているうちに思い出したのさ。三日前に読んだ記事だ。——科学者だって学術書ばかり読んでいるわけじゃない。ちゃんと新聞だって読むんだからな」

　そういってヒカルさんは、なぜかテーブルの上に置かれたリモコンを手に取る。

　でも新聞とリモコンに、いったいなんの関係が？　テレビを点けてニュースでも観ようというのかしらん——と怪訝な表情を浮かべる僕。その目の前でヒカルさんは、手にしたリモコンに向かって「三日前の社会面！」と妙な指示を飛ばす。すると目の前のローテーブルからなにやら機械的な駆動《くどう》音。次の瞬間、四角い天板の左半分がぐうッと持ち上がったかと思うと、それは半円を描くようにして右側にバタン！　やかましい音を立てて倒れた。

　言葉で説明すると、かえって判りづらい。例えていうなら、巨大な本のページが左側から右側に捲《めく》られる様子。それをイメージしてもらえれば、僕の見た光景に近いと思う。

　そうして現れ出たのは、地元ではメジャーな新聞、『君立日報《きみたちにっぽう》』だ。しかも、ちゃんと三日前の社会面が開かれた状態になっている。驚く僕の目の前で、ヒカルさんは何事もなかったかのような表情。鼻先の眼鏡を指でくいっと押し上げると、悠然と紙面を眺めながら満足そうに頷いた。

「そうそう、この記事だ。えーなになに、『殺されたのは塚本《つかもと》典子さん、三十歳。自宅の三階にてロープで首を絞められて死んでいるのを、夫である塚本武志《たけし》さんとその友人が発見した』とある。君が見たスーツ姿のスマートな三十男というのが、この塚本武志って人だな」

「え、ええ……地元の放送局に勤めるテレビマンだそうですよ……その日は休暇をとって、ひとりで出掛けていたそうですが」

「なるほど。で、記事にある塚本武志の『友人』っていうのが、君の父親ってわけだ」

「え、ええ、正確には友人じゃないですが。雇われた探偵ですが……って、そんなことより、ヒカルさん！」目の前に登場した謎の新システムに驚きを禁じ得ない僕は、それまでの話題を中断して尋ねた。「これって、なんなんですか!?」

「ん、これか？」ヒカルさんはローテーブルと一体化した謎の装置を示しながら、「これは『全自動ＳＥＳ』だ。ああ、ＳＥＳっていうのはだなぁ……」

「『新聞閲覧《えつらん》システム』ですよね。ええ、それはすぐピンときました」

「ふん、君って妙に勘がいいな」ヒカルさんは不満げに鼻を鳴らすと、「ああ、そのとおり。この『全自動ＳＥＳ』を使えば、過去の新聞の中から好きな日付の好きなページを自在に開いて読むことができる。これによって我々はもう、お目当ての記事を探して新聞ストッカーの中の古新聞を掻き分けるという、あの無駄で退屈で屈辱的な労働から解放され、より快適に情報を入手できるというわけだ。——どうだ、凄いだろ。全力で褒めていいぞ」

「す、凄い……」正直『凄い』という言葉以外、思い浮かばない。「だけどヒカルさん、それってタブレット端末、もしくはスマートフォンひとつあれば、解決する問題では？」

「ちッ、それをいうなよ、それをぉ！」

　僕の素朴な疑問は、どうやら彼女の痛いところを突いたらしい。ヒカルさんはムッと唇を歪めながら、「新聞はどうしても紙で読みたい。これは、そういう人たち向けに作った発明品なんだよ。素直に褒めろ。——それから君、さっきから私のことを『ヒカルさん』って気安く呼んでるが、私は『暁博士』だからな。博士と呼べ、もしくは天才博士と！」

「…………」確かに、この人、天才なのかもしれない。なにより、いまの時代に敢えてこれを作ろうとする、その発想のズレ具合が天才すぎる。「さ、さすがです、博士！」

「なーに、大したことはないさ」一瞬で機嫌を直したらしく、天才博士は得意の表情。そして再び目の前の『全自動ＳＥＳ』へと視線を戻した。「ふむふむ、『現場から逃走した若い女性の姿を見たとの目撃証言があることから、警察はその女性の行方を追っている』——そう書いてあるな。この目撃証言をした人物っていうのも、君の父親のことだろう。しかし女性が逮捕されたというニュースは、いまのところ聞いてないな」

「ええ、犯人の女性はまだ捕まっていません」

「そうか。でもまあ、話を聞く限りでは、君たちの見た赤いワンピース姿の女、そいつが犯人であることは疑いようがない。だったら話は簡単。被害者、塚本典子によく似た女を捜し出せばいい。おそらくは君の父親がいったとおり、被害者の姉妹か親戚なんだろう。――で、どうなんだ？　そういう人物は見つかっていないのか」

「いえ、それがひとり、ピッタリの人物がいるんですよ。被害者の実の妹です。歳は一歳しか違わないし、顔も背恰好も典子さんにそっくりの女性です」

「ほう、だったら、そいつが犯人だな」ヒカルさんはつまらなそうに呟くと、両手でリモコンを弄《もてあそ》びながら、「血を分けた肉親同士の間で殺人が起こることは、べつに珍しくない」

「そうですね、確かに怪しい人物です。――でも、警察はその人を逮捕できません」

「ん、なぜだ？　どうして君が、そう断言できる？」

「実はですね」僕はパイプ椅子から腰を浮かせると、目の前のローテーブルに両手を突く。そして自分の顔をズイッと前方に突き出すようにしながら、重大な事実を口にした。「その女性には完璧なアリバイがあるんですよ」

「なに、アリバイだって!?」

　とヒカルさんの口から驚きの声。と同時に手にしていたリモコンのボタンに、彼女の指が強めに触れる。するとその直後、なぜか僕の後頭部に突然ガツンという衝撃。「うぐッ」と呻《うめ》き声を発した僕は、自分の額を目の前に広げられた新聞にゴツンと勢いよく打ちつける。気が付けば目の前の視界が紙面によって遮られ、身動きができない状態だ。パニックに陥った僕は、手足をバタバタさせながら懸命に声をあげた。「――わ、わわッ、なんですか、コレ!?　ぼ、僕、いま、どーなってんですか！」

「ん、どーなってるって？　判らないか？　いま君は、閉じられた新聞の間に上半身が挟まった状態だ。君が『全自動ＳＥＳ』の上にウッカリ顔を突き出すから、こうなったんだぞ」

「あなたがリモコンをウッカリ操作するから、こうなったんですよ！」

僕は「えいッ」と掛け声を発して、社会面のページとページの間から無理やり頭を引っこ抜く。そしてホッと息を吐くと、目の前の博士に抗議の視線を向けた。だがヒカルさんは僕の怒りなど、どこ吹く風。ニヤリと笑みを浮かべて、アッサリと話を元に戻した。

「では、詳しく話してもらおうか。その完璧なアリバイというやつを」

4

話は昨日に遡《さかのぼ》る。僕は父さんに連れられて、君乃町の商店街を歩いていた。歩きながらの話題は、もちろん先日の殺人事件にまつわる一件だ。すでに事件発生から数日が経過。警察は女の行方を追っているというが、いまだ犯人逮捕の報せはない。そのことを不思議に思う僕は、率直な疑問を父親にぶつけてみた。

「ねえ、父さん、警察は逃げた女を捜してるんだよね。それでも、まだ見つからないのかな、被害者によく似た女って？」

「うむ、実はそのことなんだがな、晴人」隣を歩く父さんは、声を潜めるようにして僕に耳打ちした。「殺された塚本典子さんには、高岡涼子《たかおかりょうこ》という名の妹さんがいるそうだ。高岡というのが、典子さんの旧姓ってわけだな。二人は外見的には、よく似た姉妹で年齢も近い。父さんも塚本武志さんから写真を見せてもらったが、まさに瓜二つだ。しかし性格的にいうと二人は正反対らしくて、ソリが合わないというかウマが合わないというか、要するに非常に不仲な姉妹らしい」

「つまり、怪しむに足る人物ってことだね」僕も声を低くしながら、「てことは、そのうち警察は高岡涼子って人を逮捕するのかな？」

「そう思って、父さんも今日まで様子を見てきた。だが、彼女はいまだ自由の身だ」

「へえ、なんで？」

「よく判らん」と首を真横に振った父さんは、突然ピタリと足を止めると、「だから今日、ここにきたんだ」そういって目の前の看板を指で示した。そこには『純喫茶純』の文字。どうやら『純』という名前の純喫茶らしい。――でも、喫茶店にいったいなんの用が？

僕は首を傾げて視線で問い掛ける。父さんはその視線を無視するように、扉を押し開けて店の中へ。僕は慌てて父親の背中に続いた。

店内は静かで薄暗くて、そしていい香り。カウンターの向こう側から陽気な女性の声が

「いらっしゃいませー」と僕らを迎える。水色のエプロンを身に着けた若い女性店員だ。

その顔に視線を向けた瞬間、僕は思わず「あッ」と声をあげそうになった。

事件の日の夕刻、ビルの屋上から双眼鏡越しに目撃した謎の女性。それとよく似た丸顔と長い黒髪が、目の前にあったからだ。

しかし父さんは顔色ひとつ変えることなく、スタスタと奥のテーブル席へ。その女性が注文を取りにきた際も「珈琲とコーラを」と、ごく普通の客のように振る舞う。そしてニヤリとした顔を僕へと向けながら、ひと言。「——な、似てるだろ、晴人?」

「う、うん……じゃあ、あの人が高岡涼子って人なんだね」

「ああ、店長の男性とともに、この店を切り盛りしているそうだ。——どうだ、驚いたか?」

僕は黙って頷いた。もちろん離れた場所から双眼鏡で覗くのと、至近距離から肉眼で見るのとでは、ずいぶんと見え方が違う。着ている服も片や赤いワンピース姿、片や水色のエプロン姿だから、印象は大違いだ。それでも、やっぱりよく似ている。

——ってことは、この女性が塚本典子さんを殺した犯人なのか?

そう考えると、自然と緊張感を覚えずにはいられない。と同時に僕は、あらためて疑問に思った。なぜ警察は、この女性を逮捕しないのだろうか。そんなに父さんの目撃証言は信《しん》憑《ぴょう》性がないのだろうか。あるいは父さんそのものに信用がないのだろうか。

おそらく後者だろうけど——と心の中で呟く僕。と、そのとき突然、「お待ちどうさまー」

と再び明るい声が響いて、注文の品がテーブルに届く。見ると、今回の事件における最大の容疑者の顔が、僕らの目の前だ。その瞬間、父さんは僕に向かって『見てろよ』とばかりに意味深な目配せ。そしてスーツの胸を張りながら、上から目線で彼女に問い掛けた。

「あー、ちょっと君、ひとつ質問したいんだがね……」

「質問!?」高岡涼子は咄嗟《とっさ》になにかを察したのだろう。いままでの陽気な態度から一転、警戒心を露にすると、射貫くような鋭い視線で問い返した。「――なんでしょうか?」

その短い言葉には、いかなる問い掛けも弾き返すような強靭《きょうじん》さがあった。その迫力に、たちまち父さんは萎縮《いしゅく》した表情。先ほどまでの上から目線はどこへやら、いきなり超低姿勢になりながら声を震わせた。

「あ、あのッ、つつッ、追加でトーストも、いただけませんかねッ?」

――聞きたかった質問は、それだっけ、父さん?

僕は情けない思いで、ハァーッと長い溜め息をついた。


それから瞬く間に一時間が経過。トーストやサラダ、フルーツパフェ、ショートケーキなど、注文する気じゃなかった注文の品々で僕らのテーブルがいっぱいになったころ――

さすがに埒《らち》が明かないと感じたのだろう。今度は高岡涼子のほうから父さんに歩み寄ってきて、こう尋ねた。「ひょっとして私になにか話したいことでも、おありですか?」

「い、いいえ、べつに……」といって、父さんはまたまたメニューを開く素振り。

　もうこんなヘタレ探偵に任せてはいられない。僕は駄目な父親に成り代わって質問の口を開いた。

「あ、あります！　質問させてください。塚本典子さんが殺害された事件について」

「姉が殺された事件!?」高岡涼子は、いま初めて僕の存在に気付いたというように、興味深そうな眼差しをこちらへと向けた。「あなた、中学生？　まあ、かわいい。この私になにを聞きたいというのかしら。――ふふふッ」

　ふふふッ――って、畜生！　完全に子供扱いかよ！

　内心ムッとなったものの、まさかここで『あなたが典子さんを殺したんですか』と直球の質問を投げるわけにもいかない。どうしようか、と思って向かいの席を見やると、父さんはフルーツパフェをパクついて、まさかまさかの知らんぷり。ハァと溜め息をついた僕は、意を決して事件の核心に迫る問い掛けを口にした。

「事件のあった日の夕刻、あなたは塚本さんの家にいましたよね？」

「いいえ、そんなことないわよ。私はその日、姉の家になんかいっていない。――なぜ、そんなことを聞くの？」

「僕、見たんです。あの日の夕方、あなたが塚本邸の三階の部屋にいる姿を」

「姉が殺された部屋ね。そこに私がいたですって？」高岡涼子は薄らと笑みを浮かべてから、悠然と反論した。「ふふッ、そんな馬鹿な。あなた、きっと別の女性の姿を見たんだわ。それを私と見間違えているのね。ああ、ひょっとして私と姉の姿を見間違えたのかもね。私たち姉妹は、顔も背丈もよく似ているから」

「そんな、見間違いなんかじゃ……」

僕が言葉を返そうとすると、それを遮るように高岡涼子はピシャリといった。

「あり得ないわ。だって、あの日の夕刻なら、私はこの店にいたもの」

「え……？」意外な言葉に、僕は思わず言葉を失う。

すると事ここに至って、フルーツパフェなど食べている場合ではないと、ようやく悟ったのだろう。父さんはスプーンを置くと、切り札となる質問を口にした。

「ならば、もう少し正確に教えてもらえますか、高岡涼子さん。事件の日の午後五時から五時二十分までの間、あなたはどこで何をしていましたか」

午後五時というのは、赤いワンピースの女性が塚本邸の門前に現れた時刻だ。女性は建物に侵入し、十分ほどして三階の部屋に姿を現した。それからさらに十分ほどが経過した午後五時二十分ごろに、女性は塚本邸から逃走したのだ。したがって午後五時から五時二十分までの二十分間が犯行時刻と見て間違いない。だから、父さんはその時間帯のアリバイを彼女に尋ねたのだ。するとエプロン姿の女性店員は、キッパリとこう答えた。

「その時間帯なら、私は店の控え室にいました。まさしく午後五時から二十分間が私の休憩時間だったのです。控え室にひとりでいて、早めの夕食をとっていました」

「そのことを証明してくれる人がいますか」

「いいえ、誰もいません。控え室では二十分間、ずっとひとりでしたから」

「だ、だったら……」と、思わず横から口を挟もうとする僕。

だが、その言葉を遮るように、「ですけど！」と彼女が語気を強めた。「私は間違いなく午後四時五十九分まで、この店で店長と一緒に働いていたのですよ。珈琲をいれて接客に努めていたのです。そんな私が、どうして午後五時に突然、塚本邸の門前に現れることができるというのですか。そんなこと、不可能に決まっています。この店から塚本邸まで、そう遠くはありませんが、それでも移動するには車で数分は掛かるのですからね」

「…………」

「同様に、私は午後五時二十分ちょうどに休憩を終えて、再び店に出ています。午後五時二十分に塚本邸から逃走したのが私ならば、その私がどうして一瞬で、この店に舞い戻れるというのですか。そんなの絶対にあり得ませんよね？」

「た、確かに……」と呻くように頷いた父さんは、なにかを誤魔化すように再びスプーンを手に取ると、またフルーツパフェを食べ始める。「な、なるほど、そうか……」

「ねえ、坊やも、これで納得したでしょ？」

「……え、えー!?」――『坊や』って僕のこと!?

愕然《がくぜん》とする僕に対して、高岡涼子は勝ち誇るような笑みを向けながら、

「確かに、私には午後五時から午後五時二十分までのアリバイがない。けれど、それでも充分、私にはアリバイが成立するの。あの日、私は姉の家にはいっていない。いけたはずがないの。警察だって、そのことを認めてくれているわ。それとも、坊や……」

彼女は椅子に座る僕に顔を近づけると、面白がるような口調でいった。

「坊やは、この私に瞬間移動の能力でもあるっていうのかしら？」

「…………」

なにひとつ言い返せない僕を見やりながら、高岡涼子が愉快そうに微笑む。僕は理不尽な思いでいっぱいになった。

――くそッ、なんで僕がこんな悔しい思いをしなきゃいけないんだ！

5

「坊やだからさ……」独り言のような口調で、暁ヒカルさんが呟く。

僕は即座に言い返した。「そりゃ確かに、あの人から見れば、僕は坊やに見えるでしょう。といっても中学二年生ですよ。あんなに子供扱いすることないと思うんですよねえ」

「…………」ヒカルさんは僕のまっとうな反論に、なぜかガッカリした表情。「ま、無理もな

いか。世代じゃないしな……」と独り言を呟くと、気を取りなおすようにソファの上で白衣の腕を組んだ。「とにかく、話は判った。それで『瞬間移動』って話題になるわけだな。確かに、そういう特殊な能力でも使わない限りは、あり得ないことのように思える。喫茶店と塚本邸の間を移動時間ゼロで往復するなんて真似は、絶対に……」

「ええ、不可能です。ちなみに父さんは、その後、その店の店長や常連客から直接話を聞いて回りました。もちろん高岡涼子のアリバイ証言の裏を取るためです」

「で、その結果は？　まあ、聞かなくても判るが……」

「ええ、『事件の日の午後五時になる寸前まで、高岡涼子は間違いなく店にいた』『午後五時二十分には、もう店に姿を見せていた』――店長も常連客も口々にそう語ったそうです」

「つまりアリバイは完璧に成立ってわけだ。警察も同様の理由で、高岡涼子を容疑者リストから外したんだろう。いまごろ警察は別の女性を捜しているに違いない」

　ヒカルさんはそう断言すると、眼鏡越しの視線を僕へと向けた。

「それで、君はどう考えるんだ？　オカルト大好きの丘晴人クンとしては、やはり信じるのか。そういう超能力を？」

「うーん」僕はパイプ椅子の上で唸《うな》った。「僕は超能力の存在を否定しません。だって、実際いるかもしれないじゃないですか、そういう能力者が。あるいは、いまは存在しなくても、やがてそういう新しい人類が登場する可能性はありますよね。そう、新しい人類――仮に

『ニュータイプ』と呼んでおきますけど――高岡涼子がそのニュータイプだったとしたら、どうです？　不可能は可能になるかもしれませんよね？」

「ニュ、ニュータイプって……君、わざといってるのか？　それとも天然……？」

「は、なんのことです、ヒカルさん？」

　真顔で尋ね返すと、白衣の科学者はますます困惑した表情。「この子、マジか……」と意味不明の呟きを漏らすと、ずり落ちた眼鏡を指先でクイッと持ち上げながら、「いや、まあ、アニメの話なんて、この際どうだっていい……」

「アニメの話なんか誰もしてないですよー。真面目にやってください、ヒカルさーん」

「博士と呼べ、博士と！」

　ヒカルさんは、この日何度目かの決まり文句を口にしてから、ようやく話を元に戻した。

「とにかく解明するべき謎は、高岡涼子の鉄壁のアリバイに尽きるってわけだ。――ん、だが待てよ。そもそも彼女が塚本典子殺しの犯人であると、そう決めつけてしまって本当にいいのかな？」

「なにいってるんですか、ヒカ……いや、暁博士！　彼女が犯人に決まってますよ。僕と父さんは、彼女が塚本邸の犯行現場にいるところをバッチリ目撃しているんですよ。それに彼女が犯人じゃないなら、なんで僕や父さんに対して、あんなに挑発的な態度を取るんです？　不自然ですよ。疚《やま》しいところのない人物なら、あそこまで攻撃的にならないと思います」

「ふむ、要するに、怪しさ満載だったわけだな、高岡涼子の振る舞いは」

「怪しい、なんてもんじゃありません。彼女が犯人ですよ、間違いなく！」

「だが、彼女には鉄壁のアリバイがあるんだろ」

「そう、結局そこなんですよねえ……」やっぱり、これって超能力？　高岡涼子は喫茶店から塚本邸まで瞬間移動して姉を殺害。その後、再び瞬間移動で喫茶店に舞い戻ると、なに食わぬ顔で再び接客に努めた。――と、そのように考えるしかないのだろうか。

　様々に思考を巡らせつつ、首を傾げる僕。その目の前でヒカルさんは腕組みしながら沈思《ちんし》黙考《もっこう》。やがてニヤリと笑みを浮かべると、すっくとソファから立ち上がる。そして意味深な表情を浮かべながら、何事か企むような視線を僕へと向けた。

「私はこれからちょっとやることがある。悪いけど丘クン、また明日の放課後、この研究所にきてくれないか。――そのときは、君に面白いものを見せてあげよう」

6

　そうして迎えた翌日の放課後。僕は友人の誘いをすべて断って、ひとり校門を飛び出すと、その足で『ひらめき研究所』を目指した。たどり着いた研究所は、昨日と寸分違わぬ廃工場のごとき佇《たたず》まい。門を抜けて敷地内へと足を踏み入れると、例によってガラスが割れない程度に扉をノック。そして僕は昨日の反省を活かしつつ、扉越しに呼び掛けた。

「博士ぇ、暁博士ぇーッ！　丘晴人ですぅーッ、約束どおりにきましたよぉーッ！」

ところが中から返事がない。——ちゃんと『博士』って呼んであげたのに、なんで？

首を傾げながら、僕はドアノブに手を掛ける。鍵は掛かっておらず、ノブはくるりと回転。扉はアッサリと開いた。「うーん、相変わらず無用心な研究所だなー」

呆れた声を漏らしつつ、僕は建物の中へと踏み込んだ。そもそもヒカルさんのほうが、『ここにこい』と命じたのだから遠慮する気は毛頭ない。計器類が作り出す巨大迷路のごとき空間を抜けると、そこはソファのある一角。昨日、僕の上半身をパックリとくわえ込んだ『全自動ＳＥＳ』も、いまは単なるローテーブルとしてそこにある。

そんな空間の奥のほう。白い壁に向かって立つ白衣の後ろ姿があった。背中を向けているので顔は見えない。だが壁には長方形をした縦型の鏡が立て掛けてある。そこにヒカルさんの正面の姿が映っているので間違いはない。僕はホッとして呼び掛けた。

「なーんだ、ヒカ……いや、暁博士、ここにいたんですか。だったら返事ぐらい、してくれたらいいのに……」

そんな不満を口にしながら、僕は白衣の後ろ姿へと歩み寄る。そして気安くポンと彼女の背中を叩いた次の瞬間——

「すみません。なにも喋るな、声を出すなと、私、あの方から命じられておりましたので」

そのように言い訳しながら振り返ったのは、僕の知らない痩《や》せた中年女性だ。

「わあぁッ」僕の口から盛大な悲鳴があがった。「オッ、オバサン、誰ッ!?」

すると中年女性は僕の問いには答えずに、着ていた白衣を脱いで、それを「えいッ」とソファに放り捨てる。そして微動だにできない僕を一瞥《いちべつ》すると、そのままスタスタと歩きながら、巨大な計器類の迷路へと姿を消していった。すべては一瞬の出来事だった。

「な、なに、いまの人……いったい誰!? どこの人……!?」

動悸《どうき》の治まらない胸を押さえながら、僕は荒い息を繰り返す。それから、あらためて壁のほうを向くと、再び僕の口から「わあぁッ」という叫び声が飛び出した。

壁に立て掛けられた長方形の鏡。その中にヒカルさんの姿が映っていたからだ。鏡の中のヒカルさんは、いつもと変わらぬ白衣姿。眼鏡のフレームに軽く指を当てて、こちらをジッと見詰めている。――って、いやいや、待て待て! そんなわけないぞ!

僕はブルンと頭を振って、問題の鏡へと歩み寄る。そして、ようやく気付いた。これは鏡なんかじゃない――「ひょっとしてデジタル・サイネージってやつ!?」

デジタル・サイネージとは、店舗の入口などに置いてある縦長の電子看板。通常は商品の広告などを映像として映し出すためのアイテムだ。それが研究所の壁に立て掛けてあって、白衣を着た女性科学者の姿を映し出しているのだ。電子看板の右側の壁は、なぜか白い布によって不自然な感じで覆ってある。僕は映像の中のヒカルさんを見詰めて呟いた。

「これって、どーいうこと……!?」

その問い掛けに、背後から聞き覚えのある女性の声が答えた。

「だから昨日いっただろ、面白いものを見せてやるって」

振り向くと、いつの間にか目の前に正真正銘、暁ヒカルさんの姿。珍しく白衣姿ではないパンツルックの天才博士は、唖然《あぜん》とする僕のことを愉悦《ゆえつ》の眸で見詰めていた。

「え、えぇッ!?」驚きのあまり、まともな言葉が出ない。電子看板の映像の中のヒカルさんと目の前に立つヒカルさん、二人の姿を交互に指差しつつ、ようやく僕は尋ねた。「これ、全部ヒカルさんの仕業!? じゃあ、さっきのオバサンは、いったい誰!?」

「最初にする質問が、それか？」

「ええ、圧倒的に気になります」そりゃそうでしょ。だって見知らぬオバサンですよ！

ヒカルさんは、その女性が脱ぎ捨てていった白衣に自分の袖を通しながら答えた。

「あの人は私がカネで雇った単なるエキストラだ。私とよく似た女性を探して頼み込んだのさ。『ちょっと研究所でアルバイトしてみないか』ってな」

「…………」それで引き受けるオバサンもオバサンだと思うが、それを雇うヒカルさんも正直どうかしていると思う。いや、しかし、そんなことよりなにより――『よく似た女性を探して……』っていいましたけど、さっきの人、全然ヒカルさんには似ていなかったですよ。年齢も顔つきもまるで違う人でした」

「そのとおり。実は全然似ていない。にもかかわらず、君は実際に間違えた。あの冴《さ》えない中年女性のことを美人発明家だと勘違いして、君は彼女の背中に向かって『暁博士』と呼び掛けたんだ。なぜ、そんな間違いが起こったか。――もちろん、コレのせいだ」

　そういってヒカルさんは、自分自身の姿を映し出す電子看板を指で示した。美人かどうかはともかくとして、映像の中の天才博士はしきりに手櫛《てぐし》で髪を整える仕草を続けている。その様子は鏡を前にして身だしなみをチェックしている女性の姿にしか見えない。

「君はこの縦長の映像を鏡であると勘違いした。――そうだよな？」

「ええ、そのとおりです。だって、こんな研究所のなんでもない壁際に、デジタル・サイネージが置いてあるなんて思いませんもん。普通はこれ、お店の前にあるやつですよ」

　しかも、その電子看板には白衣姿のヒカルさんの動く映像が映っていた。その映像の前に、ヒカルさんとよく似た背恰好の――しかし顔は全然似ていない――中年女性がやはり白衣姿で立って、映像の中のヒカルさんと同じポーズを取っていたのだ。それを見た僕は、電子看板を鏡であると誤認した。と同時に、その『鏡』の前で背中を向けている女性のことを、暁ヒカルさんその人であると、さらに誤認したのだ。

　すっかり騙された恰好の僕は、悔しさを露にしていった。「ヒカルさんが今日、わざわざ僕をここに呼んだのは、この茶番を見せるためだったんですね！」

「こら、『茶番』っていうな！　検証実験と呼ばないか、検証実験と！」

目を吊り上げて憤《いきどお》るヒカルさんは、白衣の胸を張って続けた。

「実際、この実験によって、君も自ら悟ったはずだ。事件のあった夕刻、君たち親子がビルの屋上からなにを見て、それをどう勘違いしたのか、その正しいメカニズムをな」

「ええ、なんとなく……」僕は電子看板を指差しながらいった。「要するに、いまの状況と同じだったんですね。僕と父さんは部屋の壁に立て掛けられた電子看板を見ていた。にもかかわらず、僕らはそれを鏡だと思い込んだ。その結果、『鏡』の前に立つ赤いワンピースの女性を、高岡涼子だと勘違いした。でも実際は、あのワンピースの後ろ姿は高岡涼子のものではなかったんですね」

「そうだ。その時刻、彼女は喫茶店にいたんだよ」

「ですよねえ」考えてみれば当然のことだ。犯行時、高岡涼子が塚本邸の門前に姿を見せるためには、瞬間移動の能力が必要なのだから。「てことはヒカルさん、あのときデジタル・サイネージの前に立っていた赤いワンピースの女性は、いったい誰？」

僕の問い掛けに、ヒカルさんは平然と答えた。

「もちろん、塚本武志だ」

「つ、塚本武志!?」あまりの意外な答えに、思わず僕の声が裏返る。「塚本武志って、父さんの依頼人の……いや、それよりなにより……その人、男じゃないですか！」

「男でなにが悪い？　べつに問題ないだろ。女性の服を着た男が窓に背中を向けて立っていたんだ。当然、顔は見えない。それでも向かいのビルから覗き見る君たちは、映像の中の女性を見て、それを塚本典子とよく似た女性、つまり高岡涼子であると思い込む。男でも充分に女性のフリができるってわけだ。ある程度、スリムな体形でありさえすればな」

「た、確かに僕が見た塚本武志はスマートな身体つきでしたが……でも、まさか！」

「信じられないか？　しかし、そもそも君の父親が向かいのビルの屋上から塚本邸の様子を見張っている、その事実を知っているのは、依頼人である塚本武志ただひとりのはず。てことは、このトリックを実行できる人物は、この世に彼しかいないのさ」

「うッ、確かに……」僕は彼女の指摘に頷くしかなかった。「しかしですよ、ヒカルさん、仮に塚本武志が犯人であるとしても、やはり疑問が残ります。デジタル・サイネージは？　トリックに使った電子看板を、彼はどうやって処分したんですか。まさか現場に置きっぱなしには、できませんよねえ？」

すると僕の質問に対して、ヒカルさんはまたしても意外な答え。

「いや、実は現場に置きっぱなしだったんだ。だって持ち出す暇がないだろ」

「んな馬鹿な！」

「馬鹿なことないさ。もちろん電子看板がそのまま現場に置いてあったら、そりゃ誰だって――それこそ君の迂《う》闊《かつ》な父親だって――ひと目それを見るなり不審に思っただろう。だが、テレビがテレビ台の上に置いてあるのなら、なにも不自然なことはない。『へえ、この部屋、やけにでっかいテレビがあるなぁ……』って、そう思うだけの話だ」

「え、テレビ!?」突然出てきたワードに、僕は両目をパチクリさせた。「そういえば父さんの話によると、現場には大画面テレビがあったそうですけど……え、嘘、まさか!」

「そう、その『まさか』だよ。——ほら、さっきから君の目の前にあるじゃないか」

そういってヒカルさんは、壁に立て掛けたデジタル・サイネージ——と、いままで僕が勝手にそう思い込んでいた物体へと歩み寄る。そして、その物体の右側を不自然に覆った白い布を一気に剝《は》ぎ取った。隠されていた半分が現れて、全体像が明らかになる。やはり、というべきか、それは大画面テレビだった。大きさは五十インチかそれ以上あるだろう。だが驚くべきは大きさではない。そのテレビは九十度、直角に倒された状態だった。本来、横に長いはずの大画面テレビが、いまは縦に長い状態で壁に立て掛けてあるのだ。その左側半分にのみ、白衣を着た博士の姿が映っている。右側半分は黒い画面のままだ。

意外すぎる光景に、僕は思わず唸った。

「これ、全部ヒカルさんがやったんですかぁ!? わざわざ僕に見せるためにぃ!?」

「最初にする質問が、それか?」

「いや、違いました」僕は頭を掻きながら、別の質問に切り替えた。「要するに、犯人は現場にある大画面テレビを利用したんですね。そこに赤いワンピース姿の女性の映像を映した。

それによって、犯人は女性であるという間違った情報を、目撃者に植えつけようとした。もともと現場にある大画面テレビだから、犯行後に現場から持ち出す必要もない。これは、そういうトリックだったわけですね、ヒカルさん？」

「そう、まさにそのとおりだよ。ようやく君も理解が追いついてきたようだな」

「そりゃまあ、ここまでくれば中学生の僕でも判ります」余裕の笑みを浮かべながら、僕はさらに語った。「だったら、犯人は塚本武志ということで間違いない。そして映像に映っていた高岡涼子は、彼のトリックを手伝った共犯者。――そういうことですね？」

「いや、待て待て！　それは違うぞ、丘クン」と、ヒカルさんはピシャリ。

「えッ、ええッ!?」僕は、またまた訳が判らなくなる。「違うって、今度はなにが……」

「実は、高岡涼子は今回の事件に、まったく関係がない。塚本武志の手によって、容疑者に仕立てられただけなんだよ。いわば彼女も被害者のひとりってわけだ。彼女が君たちの前で挑発的な態度を取ったのは、疑いの目で見られるのが不愉快で仕方がなかったから。ただ、それだけのことなんだよ」

「そんな……それじゃあ、あの映像の中の赤いワンピースの女性は、いったい……？」

　僕の問い掛けに、ヒカルさんはキッパリと断言した。

「その正体は塚本典子だ。君が見たのは被害者の生前の映像なんだよ」

7

「あのー、中学生の僕にもよく判るように説明してもらえませんか、ヒカルさん？」

大混乱に陥った僕はアッサリ白旗を上げて懇願《こんがん》する。だが暁ヒカルさんは不満そうに腕組みすると、アサッテの方角を向きながら、ひと言。「――嫌だね」

「もう、頼みますよ、ヒカルさ……いや、博士、暁博士！　いやいや、天才博士ッ！」

「やれやれ、丘クンにそうまでいわれたんじゃあ、仕方がないなぁ」

自分でそうまでいわせておきながら、ヒカルさんはまるで迷惑そうな態度。あらためてソファにどっかと腰を下ろす。僕はパイプ椅子を引き寄せて彼女の話の聞き役に回る。白衣の天才博士は渋々といった口調で説明を開始した。

「今回の事件は要するに夫である塚本武志による、妻、典子の殺害事件だ。殺害の動機については、私もよく判らない。普段から殺したいと思うほど険悪な夫婦仲だったのか、それとも武志のほうに別の女ができて典子が邪魔になったのか、あるいは……」

「あるいは、奥さんを殺すことで夫に多額の保険金が転がり込む――とか？」

「うむ、おおかた、そんなところだろうな。しかし動機はどうあれ、ひとつだけ確実にいえること。それは今回の殺人が行き当たりバッタリのものではなくて、周到に準備された計画殺人であるということだ。まず準備のひとつは、映像を用意すること。塚本武志は赤いワンピースを着た典子の姿をビデオに録画したんだ。夫が妻の姿を撮影するんだから、簡単だろ。『やあ、そのワンピース、サイコーにカワイイじゃないか。よーし、ひとつ僕がビデオで撮ってやるから、カメラの前でポーズしてくれよ、ハニー！』とかなんとか甘い言葉でそそのかせば、奥さんだって悪い気はしないだろう。『もう私を撮って、どーすんのよ、ダーリンったら！』とか何とかいいながら、奥さんは喜んでカメラの前に立つはずだ」

「そ、そうですね……」ダーリンとかハニーとか、ヒカルさんの思い描く夫婦像は特殊すぎて、僕にはよくイメージできなかったが、いってることはたぶん正しい。塚本武志が典子さんのワンピース姿を撮影することは、そう難しくないはずだ。「――それで？」

「武志はその映像を加工した。横長のテレビ画面の上端に――あるいは下端に――長々と横たわって映るようにだ。そうしておけば、テレビを縦にしたとき、画面の中の典子の姿は、まっすぐ立った恰好になるだろ。その程度の映像の加工は、放送局に勤める武志にはお手の物だったはずだ。そうして映像の準備が整えば、次は二つ目の準備だ。それは都合のよい目撃者を用意すること。そこで武志がチョイスしたのが……」

「ひょっとして、僕の父さん？」

「そう、私立探偵、丘登ってわけだ。表向きの依頼内容は浮気調査でも身辺警護でもなんでも構わない。依頼人が『妻を見張ってくれ』といえば、探偵は文句をいわず塚本邸の見張りに付くだろう。『向かいのビルの屋上が見張りにうってつけだ』と教えてやれば、探偵はその場所から塚本邸を見張るに違いない。三階の窓はその屋上の真正面に見える」

「実際、父さんはその屋上から塚本邸を見張った。そこに僕が食事を届けた。ちょうどそのとき、赤いワンピースを着た謎の女性が塚本邸に入っていったわけですけど……あれって、つまり塚本武志の……」

「そう、彼の女装した姿だ。赤いワンピースは、すでに撮影した映像の中で典子が着ていたものと同じもの。長い黒髪はもちろんカツラだ。それらを身につけた上で、サングラスとマスクで顔を隠しながら、彼は塚本邸へと入っていった」

「そのとき建物の中には典子さんがいたはずですよね？」

「そうだ。女装した塚本武志は典子と顔を合わせる。その直後に、彼は用意していたロープで典子の首を絞めて殺害。その死体を三階の部屋に運んだ。あるいは最初から典子は三階にいて、そこで犯行がおこなわれたのかもしれない。いずれにせよ、典子は死体となって三階の一室に転がったわけだ。――さて問題は、ここからだ。犯人は準備しておいたトリックの実行に移る」

「例の映像トリックですね」

「そうだ。テレビ台の上に置かれた大画面テレビを、窓とは反対側の壁に、九十度倒した恰好で縦にして立て掛ける。そして画面の片側半分は壁と同じ色の布で覆い隠す。こうすることによって横長の大画面テレビは、縦長のビジョンに早変わりだ。この状態で映像再生装置をテレビに繋ぐ。これは家庭にあるＤＶＤプレーヤーでもいいし、ノートパソコンでもＯＫだ。――え、テレビを九十度傾けた状態にして、ぶっ壊れないかって？　そりゃ長い時間そうしていれば、いつか壊れるかもな。だけど、ほんの短い時間なら問題ないさ。傾けようがひっくり返そうが、それでたちまち映像が映らなくなるなんてことはない。犯人の塚本武志は、これら一連の作業を部屋の明かりを点けずに、薄暗い中で密かにおこなったんだろう。ビルの向かいで目を光らせている君や君の父親は、三階の一室でそんな大掛かりな作業がおこなわれているなんて気付かない。そこで、ようやく武志が部屋の明かりを点ける。と同時に、準備しておいた映像をテレビの画面上に映すんだ。縦長の画面に赤いワンピースを着た典子の姿が映る。そして武志は窓に背中を向ける恰好で、その映像の前に立つ。向かいのビルの屋上にいる君たちの目に、その光景はどう見えたか」

「さっき建物に入っていった謎の女性が、いまは三階の部屋にいるように見えた。でもって女性はなにやらポーズを取っていて、それが鏡に映っているように見えました」

「まあ、そうだろうな。だが実際は違う。実際は映像の中の典子の動きに合わせて、ワンピース姿の武志が、それらしくポーズを取っていたんだ。彼はあらかじめ典子の動きを練習して、この本番に臨んだんだろうな」

「そっか。映像の中の典子さんと背中を向けた武志。この二人の動きがピッタリ合っていたからこそ、そこに大きな鏡があるように、僕らは錯覚したんですね」

「そういうことさ」ヒカルさんは笑いをこらえるような表情でいった。「なあ、どう思う、丘クン？　いい歳した男性が派手なワンピースを着て、映像の中の女性に合わせて懸命にポーズを取るんだ。その姿を想像してみるといい。実に滑稽《こっけい》じゃないか。だがトリックというのは往々にして滑稽なもの。やっている本人は大真面目なんだろうが、端から見ると『なにやってんだ、この人？』って笑いたくなるような恰好や振る舞いだったりする。そういうものなんだよ。だから無性に暴きたくなるんだな、トリックというやつは……」

ヒカルさんは意地悪そうな笑みを浮かべてから、さらに説明を続けた。

「こうして塚本武志は、映像の中の典子と自分の後ろ姿を、向かいのビルの目撃者にたっぷりと見せつけた。それから彼は映像の再生を止めて、同時に部屋の明かりを消した。また薄暗くなった部屋の中で、彼はカーテンを閉めた。そしてトリックの後片付けに取り掛かったんだ。テレビの片側半分を覆っていた布を剥がす。大画面テレビを元のテレビ台の上に戻す。もちろん配線も元どおりにしておくんだ。ノートパソコンを使ったなら、それも元の場所に戻しておく。DVDプレーヤーを用いたのなら、当然DVDの円盤は忘れずに回収しておかなきゃな。——さてと、これで忘れ物はないかな？」

「ええ、大丈夫だと思いますけど……」

「いや、駄目ダメ！　大事なものを忘れているぞ。鏡だ。本物の鏡を、ちゃんと壁際に立て掛けておかないとな。以上のことを、やり終えてから、塚本武志は再びサングラスとマスクを装着。玄関を出ると、いかにも殺人犯っぽいフリをして――というか実際、殺人犯なんだが――女装した武志は、逃げるように塚本邸から立ち去ったというわけだ」

「その様子が怪しすぎたので、僕も父さんも、さすがに異変を察した。それもやはり、犯人が赤いワンピースの女であることを印象付けるための演技だったわけですね。――で、逃げた塚本武志は、それからどうしたんでしょう?」

「たぶん、離れた場所に彼の車が停めてあったんだろう。武志はいったんそこに逃げ込んだんだろうな。そこで彼は服を着替えた。いや、着替えるよりも先に、君の父親から彼の携帯に連絡があったかもしれないな。『張り込みの最中に、お宅に怪しい者が……』っていう例の緊急連絡が」

「なるほど。てことは、あのとき父さんは知らず知らずのうちに、怪しい侵入者そのものと会話していたわけですね」

「そういうことだ。もちろん武志はなに食わぬ様子で、君の父親からの報告を聞いたんだろう。そして『いまからすぐ、そちらへ向かう』などといって通話を終えた。それからしばらくして、スーツ姿に着替えた武志は車を飛ばして塚本邸に到着。君の父親と一緒に自宅に入り、三階の一室で奥さんの遺体を発見した――」

「自分で殺した奥さんを、自分で『発見』したわけですね。驚いた顔をしながら」

「そうだ。やがて警察の捜査が始まる。君の父親も遺体の第一発見者として取り調べを受ける。そこで彼は、こう証言したはずだ。『三階の部屋にいる赤いワンピース姿の女性を見た。典子さんによく似た女性だった』ってな。だが典子は被害者だ。彼女が赤いワンピースの女であるはずはない。となれば、謎の女性の正体は誰か。当然それは『典子によく似た妹、高岡涼子である』って話になるだろう。結果として警察の疑いは——そして君の父親の疑惑の目も——高岡涼子ひとりに向けられる。と同時に、男性である塚本武志は容疑の圏外に逃れることができる。これこそが彼の狙いであり、このトリックを弄《ろう》した最大の理由だったのさ」

　こうして事件の謎解きを終えたヒカルさんは、「ふぅーッ」と大きく息を吐く。そして最初に僕が発した、あの質問に対する唯一無二の答えを口にした。「そういうわけだから、丘クン、これでハッキリしただろ。——この世に瞬間移動なんて、あり得ない。そんな超能力なんかなくても、この事件はちゃんと説明がつくんだよ。判ったかい？」

「よ、よく判りました」——そうだった！　もともと昨日の僕は、そういう質問をするために『ひらめき研究所』を訪れたんだった。自分で質問しておいて、すっかり忘れてた！

　思わず冷や汗を浮かべる僕の前で、ヒカルさんは「やれやれ」と首を左右に振る仕草。そして淡々とした口調でいった。「——にしても、高岡涼子に完璧なアリバイがあってよかった。もし、それがなければ、君の父親の間違った目撃証言によって、無実の女性がひとり冤《えん》罪《ざい》で苦しむことになっていたかもだ。そうなる可能性は充分にあったんだからな」

「そういや、そうですね。危ないところでした」僕はホッと胸を撫《な》で下ろす仕草。

しかし、そんな僕を見やりながら、「いや、安心するのは、まだ早いぞ」とヒカルさんは忠告した。「高岡涼子が難を逃れたのはいい。だが、警察は相変わらず君の父親の目撃証言を信じて、いまも捜し続けているはずだ。被害者によく似た女性の行方を」

「あッ、そうか。このままだと警察はいつまでたっても塚本武志にたどり着けませんね。早く本当のことを教えてあげないと！」

そういって僕は慌ただしくパイプ椅子から立ち上がる。だが、その直後には「うーん、でも待てよ……」と呻き声を発して、思わず腕を組んだ。「ヒカルさんの暴いたトリックのこと、僕は大人たちにどう説明すればいいんですかねえ」

自慢じゃないが、僕はごくごく普通の中学二年生。その僕が突然、人が変わったように天才的な推理力を発揮して、この難事件を解決に導いたなら、まわりの大人たちはきっと腰を抜かすだろう。かといって、この『ひらめき研究所』とヒカルさんの存在は、なおさら大人たちの前では説明しづらい。思い悩む僕に、そのとき彼女が知恵を授《さず》けてくれた。

「べつに一から十まで説明してやる必要はないさ。鏡の中の女性と背中を向けたワンピース姿の人物、二人の動きが微妙にズレていた。そういってやったらどうだ？　勘のいい大人なら、やがて私の説明したトリックに思い至るはずだ。――ああ、ただし！」

「ただし……なんです？」

「ただし、君の父親に期待するのは、やめといたほうがいいな。どうも話を聞く限りでは、少々のヒントじゃあ、いっさいなにもひらめきそうにない人物みたいだから」

「そうですね」父さんには悪いけど、その点は僕もまったく同感だ。「じゃあ、母さんに話してみますよ、ヒカルさ……いえ、博士がいったようにね」

それでいい――というようにヒカルさんが頷く。「よし、これで万事解決だな」

そういって白衣の天才博士は満足そうな笑みを浮かべるのだった。

03

天才博士と幽体離脱の殺人

1

〈今日の放課後、体育館の裏にこられたし。スッポかしたら●す!〉

そんな書付《かきつけ》を机の上に発見したのは、すでに衣替えも終わった六月のとある日。音楽室での授業を終えて自分たちの教室に戻った直後のことだ。

大きめの付箋いっぱいに、クセのある文字が書き殴られている。筆記具は黒のボールペンで署名はない。気になるのは当然、『●す』の部分だ。一文字分がボールペンで乱雑に塗りつぶされているけれども、よくよく眺めると左上の部分に小さな《メ》が見て取れる。してみると、おそらくこれは《殺》の字だろう。この位置に《メ》がくる漢字は他に思い浮かばない。きっと書いた本人が、あまりに物騒すぎる一文字を、自主規制でもって読めなくしたのに違いない。僕は机から剝がした付箋を、シゲシゲと見詰めながら呟いた。

「ふぅん、スッポかしたら僕、殺されちゃうのか。——なんで?」

正直、このように一方的な呼び出しを喰らってノコノコと出掛けていく義理はないし、殺されるほど誰かに恨まれる覚えもない。とはいえ、こんな謎めいた書付をもらって、まったく無視できるほど図太い神経をしているわけでもない。僕はごく普通の中学二年生男子なのだ。だから当然、午後の授業の間、頭の中はこの書付のことでいっぱいだ。結果、ホームルームが終了するや否や、僕は体育館の裏にノコノコと出掛けていくこととなった。

書付を寄越した名無しの正体は、果たして何者か。それを知りたいと思ったのだ。

ちなみに、どこの中学校でも似たようなものだと思うけれど、体育館の裏というのは、生徒や先生の姿など皆無で、実に殺風景な空間。その分、人目を憚《はばか》って悪事を成すには、うってつけの場所だったりするものだが、君乃中学校の体育館裏も、まさにそれ。薄暗くて妙にジメっとした空間は、過去には数々の《決闘》やら《果たし合い》の舞台になったと、生徒たちの間でもっぱらの評判である。——ならば、本日この場所にいったい誰がやってきて、この僕にどんな因縁を吹っかけて、それがどんな騒動に発展するのやら！

と、様々な可能性を考えつつ、いまかいまかと相手の到着を待ちわびる。だが、それから瞬く間に一時間が経過。相変わらず人けのない体育館裏にて、僕はひとり建物の外壁を両の拳で叩きながら、虚しい叫び声をあげていた。

「チックショー、名無しの書付野郎め、スッポかしやがった！　自分で呼び出しておいて、自分でスッポかすなんて、あんまりだ！　●す。マジでぶっ●す！」

自主規制せざるを得ない物騒な単語が、今度は僕の口を衝《つ》いて飛び出した。

すると、そのとき——「あら、あなたが、オカルト君なの？」

いきなり背後から問い掛けてくる声。瞬間ハッとなった僕は、外壁を叩く拳の動きをピタリと止める。慌てて振り返ると、目の前に立つのは純白のシャツに臙脂《えんじ》色のリボン、そして濃紺のジャンパースカートという装いの女子生徒。つまりは夏用の制服を着た女の子だ。

切れ長の目に尖った顎。生意気そうな鼻がツンと上を向いている。全体的には派手めの印象だ。髪の毛は黒で、前髪は校則にギリギリ引っ掛かる長さ（？）。いずれにしても、僕の知らない女子だ。いったい誰だろう——と思ったものの、それを尋ねるより先に、まず正すべき点がある。僕は彼女の問い掛けを押し返すように、掌を前へと突き出した。

「いや、待って。僕の名前は『丘晴人』だから。『オカルト』じゃないから」

「うん、知ってる。『おかぁるとクン』でしょ。ちゃんと、そう呼んだわ」

「…………」全然、ちゃんと呼ばれた気がしないけれども、あまり話を長引かせるのも面倒だ。僕は問題の書付を彼女の前に示しながら、単刀直入に問い掛けた。「この果たし状を僕に寄越したのって、ひょっとして君か？」

「そうよ。果たし状じゃないけどね。それは、ただの呼び出し状」

「ただの呼び出し状に《殺》の字は使わないだろ、普通」

「そう思って消しといたんだけど。——よく読めたわね。なるほど、さすが」

『さすが』と感心される意味が、よく判らない。首を傾げる僕は、いままで聞きそびれていた大事な問いを、ようやく彼女にぶつけた。

「ところで君は……誰？」

「え、あたし？」聞き返した彼女は、「そういや、まだ名乗っていなかったかしら」と芝居がかった口調でいうと、胸許《むなもと》に右手を当てながら、堂々と名乗りを上げた。「あたしの名前はサオトメユウ。五月の女優って書くの。よろしくね、丘クン」

「はぁ、『五月』の『女優』でサオトメユウ!?」最初、意味が判らず眉根を寄せた僕は、やがて名前の読みと漢字がピタリ一致して頷いた。「ああ、はいはい、五月女優《さおとめゆう》さんね」

「そう、2年D組よ。まあまあ有名だから、あなたも噂ぐらいは知ってるでしょ」

「…………」へえ、有名なんですか？　知りませんでしたよ、噂も名前も、いっさい！

心の中で密かに舌を出した僕は、初対面の女子に向かって、あらためて問い掛けた。

「で、その五月女さんが、僕になんの用？　なにか因縁でも吹っかけようっていうの？」

「まさか、そんなことしないから安心して」

「じゃあ、なんでわざわざ体育館裏に？　ハッ、もしかして僕に愛の告……」

「告白じゃないから、安心して！」

皆までいわせまいとするように、五月女さんは猛スピードで首を横に振る。そして唐突に聞いてきた。「丘クン、あなた、オカルト好きよね。そういう名前だわ」

「…………」酷《ひど》い偏見である。僕は咄嗟《とっさ》に抗議の声をあげた。「待って。名前が丘晴人だからって、オカルト好きだと決めつけられるのは心外だな。だって、その理屈でいうなら、君は五月生まれで、俳優を目指しているって話になるじゃないか」

「ええ、あたしは五月生まれで、将来は役者志望よ。いまは演劇部で部長を務めているわ」

「あ、そう……じゃあ仕方ないな……」

僕は思わず腕組みだ。いったいなにが『仕方ない』なのか、自分でもよく判らない。そんな僕に彼女はもう一度、真顔で聞いてきた。「ねえ、嫌いなの、オカルト？」

「いや、べつに嫌いってことはないけど」むしろ好きなほうだけど。ていうか、大いに興味を惹《ひ》かれるタイプではあるけれど。「でも仮に僕がオカルト好きだとしたら、それがなんだっていうのさ。――あ、さては部活の勧誘？　心霊研究会に入部しろ、とか？」

「あたし、演劇部だって、二十秒前にそういったわよね。――話、聞いてなかった？」

「い、いや、聞いてた聞いてた！」ただ聞いた二十秒後に忘れちゃっただけです。僕は気まずい思いで頭を掻きながら、「じゃあ、演劇部に入りなさいとか、そういう話？」

「それも違うわ」首を横に振った彼女は、ふと真剣な表情を浮かべると、真正面から僕を見詰めた。「あなた、名探偵なんでしょう？　そういう噂を耳にしたわよ」

とんだ勘違いである。この僕が名探偵なのではなくて、僕の両親が私立探偵事務所を営んでいるというのが、実際のところだ。あと、ここ二ヶ月ほどは、まさに名探偵のごとく難事件を解決に導いたりもしたけれど、厳密にいうならそれも僕の功績ではなくて、変な発明家とたまたま知り合いになったせいなのだ。けれど僕が口ごもっているうちに、五月女さんは勝手に話を進めた。「実は、あなたをオカルト探偵だと見込んで、頼みたいことがあるの」

「え、『オカルト探偵』……!?」僕は思わず眉をひそめた。

もちろん僕はオカルト探偵でもなんでもない（ていうか、なにさ『オカルト探偵』って？）。けれど、この勘違いを否定してしまうと、彼女は『あ、そーなのね』といって魅力的な謎を抱えたまま、アッサリと踵《きびす》を返してしまうかもだ。そうなっては面白くないので、僕はせいぜいオカルト好きな少年探偵を気取って、重々しく頷くことにした。

「ふむふむ、なるほど。この僕に依頼したいことね。——というと、何かな、『ドッペルゲンガーを見てしまった』とか『教室に幽霊が出る』とか？　あるいは、『友達と撮った写真の中に見知らぬ老婆が写り込んでいた』みたいな話かい？」

「ううん、違う違う。そんな低レベルの心霊現象とはまったく別の出来事だから」

「だ、大丈夫なの、五月女さん、そんなことといって……」いまの発言で随分とハードル上がっちゃいましたよ！　こうなったらもう、少々の心霊現象じゃ誰も驚きませんからね！

なんだか心配になる僕をよそに、五月女さんは重大な秘密を打ち明けるかのごとく真剣な表情。そして小声でささやいた。「実はあたし、幽体離脱《ゆうたいりだつ》を見たことがあるの」

「幽体離脱!?」僕は呆《ほう》けたように鸚鵡《おうむ》返《がえ》し。本来なら興味を掻き立てられて前のめりになるところだが——ほらね、五月女さん、全然驚けないでしょ、幽体離脱ぐらいじゃ！

むしろ僕は落胆の溜め息だ。と、そのとき彼女の口から魅力的な二の矢が放たれた。

「でもね、ただの幽体離脱じゃないのよ。離脱した幽体がナイフで人を殺したの」

「えッ!?」落胆の溜め息は一瞬で期待に満ちた問い掛けに変わった。「それ、ホント!?」

「さあ、どうかしら。よく判らないから、誰かに相談したかったんだけど」五月女さんは意味深な呟きを漏らすと、横目で僕の反応を見ながら、「ねえ、この話、詳しく聞きたい？」誘うような彼女の問い掛けに、僕は黙って頷くしかなかった。

2

それから、しばらくの後。僕は学校の敷地の片隅に建つ木造の小屋の前に佇《たたず》んでいた。

その小屋は僕が入学した当時から存在する謎の建築物だ。体育倉庫ではないし、音楽室や美術室といった特別教室でもない。『実は校長先生が住んでいる』という噂もあるけれど、たぶん愉快すぎる冗談だろう。いまさら考えても無駄なので、僕は隣の女子に尋ねた。

「あのー、五月女さん、前から気になっていたんだけれど、この建物ってなに？」

「あら、知らないの？」彼女は建物を指差しながら、「これ、校長先生の家よ」

「嘘ッ！」

「ええ、もちろん嘘」コンマ五秒で自らの発言を翻《ひるがえ》した五月女さんは、ペロリと赤い舌を出す。そしてアッサリ正解を口にした。「これ、演劇部の部室なの。元々は倉庫だったみたいね。昔はその倉庫の片隅で、演劇部員が細々と芝居の稽古《けいこ》をしていたんだって。だけど、やがて『これじゃあ狭すぎて稽古に集中できない』って部員の不満が爆発。それで当時の先輩たちが倉庫のガラクタを少しずつ少しずつ、誰にも気付かれないように別の場所に移し変えていき……で、とうとう小屋まるごと演劇部の部室にしちゃったんだって。ね、凄くない？」

「す、凄い……と、思うけど」しかし、先ほどのようなオチがあるのかもしれない。疑心暗鬼の僕は慎重に聞き返した。「だけど、それも『もちろん嘘』……なんでしょ？」

「…………」五月女さんは意味深なダンマリを決め込むと、次の瞬間にはクルリと僕に背中を向けながら、「さてと、幽体離脱の話だったわね……」

——えッ、えッ、なになに!? 部室の話は嘘じゃないの!? 先輩たちのやったことは、まさか歴史的事実!? いやいや、そんなわけないよね、五月女さん!?

問いただしたい点は数々あったが、そんな僕の発言を遮るように五月女さんが、

「いい、丘クン？ 問題の事件が起こったのは、いまから五年前のことよ」

と一方的に昔話を始めたので、僕の疑問は一瞬で雲散霧消《うんさんむしょう》した。「え!? ちょ、ちょっと、待って。いまから五年前っていうと、五月女さんはまだ小学生ってこと？」

「そう、あたしが九歳のころの話よ」彼女は腰に手を当てて、堂々と僕を見やった。「あら、なにか不満でも？ つい最近の出来事だなんて、あたし、ひと言もいってないわよね？」

「それはそうだけど」——でも、まさか五年も前の出来事だとは！

唖然とする僕をよそに、五月女さんは小さく溜め息。そしてまた一方的に口を開いた。

「丘クンがこれ以上勘違いしないように、まず基本設定を説明するわね。いい？ あたした

ちの目の前にある、この建物は木造小屋に見えるけれど木造小屋じゃないの。もちろん演劇部の部室でもない。そもそも、ここは君乃中学じゃないのよ」

「…………」なにいってんだ、この娘《こ》？　そろそろ僕も恐くなってきたな。「じゃあ聞くけど、五月女さん、君乃中じゃないなら、いったいここはどこなのさ？」

「ここは、大和田《おおわだ》家よ」

「大和田家!?」また知らない名前が出てきたぞ。「なにさ、それ？」

「あたしの母親、五月女京子《きょうこ》さんの実家よ。五年前のちょうどいまぐらいの季節に、あたしは母と一緒に、この大和田家にお泊まりしていたの。その日は、おじいちゃんのお誕生日でね、それをお祝いするために子供たちや孫が集まったってわけ。ちなみに大和田家のお屋敷は、それはそれは立派な西洋建築で、そんじょそこらの庶民の家とは違う、まさに豪邸と呼ぶに相応しいものよ。敷地の面積でいうと、そうねえ、この学校の校庭よりは少しだけ狭いかしら。いずれにせよ、屋敷も庭も相当なものってことね。――なにか質問ある？」

「いや、なにもない」むしろ、いまの説明を聞いて腑に落ちた部分が多い。五月女さんの高飛車な態度や気取った言葉遣い、そして傍若無人《ぼうじゃくぶじん》で高圧的な振る舞い。それもこれも母方の実家が超絶お金持ちであることの悪影響だと考えるなら、大いに納得だ。「――それで？」

「まずは登場人物を説明しといたほうがいいわね。事件の夜、大和田家にいたのは、あたしと母を除けば、四人だけ。全員、大和田の姓を名乗る人たちよ。まずは、そうねえ……」

といって五月女さんは『大和田家の一族』についてダラダラと話しはじめた。彼女の纏《まと》まりに欠ける説明を簡潔に要約すると――

まずは、大和田家の最年長である信三《しんぞう》さん、当時ちょうど八十歳の誕生日を迎えたばかりのこの人こそは、五月女さんの祖父だ。ちなみに奥さんはすでに他界しており、今回の話には登場しないので説明は省く。この夫婦には二人の息子とひとりの娘がいた。この娘というのが五月女さんの母、京子さんだ。京子さんは五月女ナントカさんと結婚して、すでに大和田の家を出ていたわけだが、その一方で長男の一樹《かずき》さん当時五十歳は高齢の信三さんの面倒を見る形で同じ屋敷にて暮らしていた。その一樹さんには、ひと回りほど歳の離れた若い奥さんがいて、これが美紗《みさ》さん。一樹さんと美紗さんの間に子供はいなかった。そして最後が次男の礼二《れいじ》さん、当時四十五歳だ。礼二さんは独身で、普段は隣町のマンションでひとり暮らし。だが事件のあったこの日は、やはり父親の誕生日を祝うために、大和田邸に顔を見せていたということだ。

たったこれだけのことを説明するのに、たっぷり十五分以上を費やしてから、五月女さんの話は、ようやく本題へと移った。すなわち《幽体離脱》と《殺人》の話だ。

「その奇妙な出来事が起こったのは、誕生日の会食も終わった夜のことよ。ドンヨリと上空を覆う雲が月を隠していたわ。あたしは美紗さんと一緒に、大和田邸の広い庭を歩いていたの。――え、なになに？　なんで暗い夜に庭を歩いていたのかって？　いい質問ね」

「いや、べつに僕、質問とかしてないけど……」

「だったら、質問しなさいよ！」五月女さんは苛立たしげに靴の踵《かかと》で地面を蹴りながら続けた。「あなたねえ、ボーッと突っ立っているだけで、自動的にあたしの口から《幽体離脱情報》が流れてくるとか、そんな安易な考えはナシにしてよね。――え、なになに？　なんで僕がそんな面倒な真似をしなきゃならないのかって？　あーやれやれ！」

「だから、そんな質問、してないってば！」

抗議の声をあげると、五月女さんはその訴えを完全スルー。そして僕の胸を指さしながら、

「あなた探偵なんでしょ！　オカルト探偵、丘晴人クン――そうでしょ？　違うの？」

「あ、ああ、そうだったね」そういえば、そういう設定でした！

僕は頭をポリポリ掻きながら、自分の役割を再認識。ならば、とばかりに精一杯探偵っぽい口調で彼女に問い掛けた。「では、あらためて尋ねよう。君と美紗さんは、なぜ夜の庭を二人で歩いていたのかな？」

「離れを訪れるためよ。大和田邸の広い庭の片隅には、お洒落《しゃれ》な離れがあった。そこを美紗さんの夫、一樹さんが書斎として使っていたの。ねえ、知ってる？　一樹さんはプロのミステリ作家なのよ。丘クンは読んだことないかしら。『キミノベル』から刊行された少年少女向けのミステリ・シリーズ、『僕たちポプラっ子探偵団』って？」

「え、えーっと……」ここは知ってるフリをするべきかしらん？

ついつい僕が口ごもっていると、

「あ、そう」五月女さんは一瞬ですべてを察したらしく、「コホン」と可愛く咳払い。そして何事もなかったように平然と口を開いた。「――んじゃあ、話を続けるわね」

3

五月女優さん（当時九歳）と大和田美紗さん、この二人が離れを訪れた目的。それは一樹さんに夜食を届けるためだ。一樹さんは、興《きょう》が乗るとひと晩中パソコンに向かって執筆に励むが、ちょっと行き詰まるとベッドに横になって、そのままフテ寝してしまうような、超天才肌の気まぐれなタイプ。「でも、今夜は頑張っているみたいだから、夜食を届けてあげようと思うの」と、そのように切り出したのは、美紗さんのほうだった。「優ちゃんも手伝ってね」といわれて、当時まだまだ素直で純粋だった少女は「うん、優もお手伝いするー」と二つ返事で頷いたのだ。こうして二人は校庭を思わせる広大な庭を歩き出した。少女の手には、夜食の入ったバスケットが大事そうに抱えられていた。そうして暗い庭を進むこと数分。二人の目の前に一軒の山小屋風の建物が現れた。大和田邸の離れだ――

「そう、それが、これよ！」といって現在十四歳の五月女さんが、あらためて目の前の木造小屋を指差す。「実際の離れは、これの二十倍は立派なものだったけれど、大きさは同じ程度。窓や入口の配置も、よく似ているわ。まさに五年前の事件を再現するため、わざわざあつらえたような小屋よ。これはもう先輩たちの暴挙に感謝を捧げるしかないわね」

「なるほど」つまり、ここは君乃中学ではなくて、大和田邸の庭の片隅。僕らはいまミステリ作家の書斎の前に佇んでいる。そのように見立てて、五年前の事件を考えようという趣向らしい。「で、離れにたどり着いた五月女さんと美紗さんは、どうしたの？」

「当然、やることはきまっているでしょ」そういって五月女さんは小屋の入口へと歩を進める。そして木製の扉の前に立つと、握った拳を二度三度と振り下ろしながら、「あたしと美紗さんは離れの玄関の前に立ち、その扉をノックしたわけよ。ところが……」

ところが、なぜか中から返事がない。「おかしいわねえ。寝ちゃったのかしら」と首を捻《ひね》る美紗さん。バスケットを抱える五月女さんも「おじさん、いないのー？」と可愛らしく小首を傾げる（まあ、『可愛らしく』というのは、十四歳になった彼女が昔の自分を振り返って、そう表現しているだけだが）。そんな五月女さんに美紗さんが、「そこの窓から、中を覗いてみましょ」と提案した。美紗さんが指差す先には大きなガラス窓。ちょうど少女の顔ぐらいの高さにある窓だ。カーテンが引かれているが、隙間から中を覗くことぐらいはできそうだ。だが、そのとき五月女さんは、ふと気付いた。「窓から明かりが漏れていないよ。てことは、おじさん、やっぱり寝てるんじゃないの？」と疑問を呈する少女。すると、美紗さんは玄関先を離れながら、「そうかもね。でも一樹さんの場合、部屋の明かりを消してデスクの明かりだけで、お仕事することもあるから」といって問題の窓に歩み寄る。五月女さんは、抱えていたバスケットをいったん玄関先に置いて、美紗さんの後に続いた——

「それが、こっちの窓」十四歳の五月女さんは小屋の入口を離れると、引き違い式のガラス窓の前へと僕を誘った。それは建物の正面にある木枠の窓だ。薄汚れたガラスにはヒビが入り、それをガムテープで補修してある。窓の外には、錆《さ》びついた鉄製の柵が嵌《は》まっていた。

僕は鉄柵に両手を掛けながら、透明なガラスの向こうを覗いてみる。するとベージュのカーテンが——いや、違う、なにやら茶色い物体が、ガラス窓のほぼ全面を覆っていた。

「なに、これ!?　部屋の中、覗けなくなってるけど」

「本当はカーテンを用意したかったんだけれど、ちょうどいいのがなかったのよねえ。だから仕方なく段ボールで窓を覆ったのよ。要するに、視界が遮られてりゃ、なんだっていいんだし。——だけど、ほら！」といって五月女さんは窓の中央付近を指差しながら、「見て。ここに、ほんの少しだけ隙間があるでしょ。ここから中の様子が覗けるわよ」

「つまり実際の離れの窓も、こうなっていたってこと？　視界はほぼ遮られていたけれど、カーテンの合わせ目の隙間から、辛うじて中が覗ける状態だった、とか？」

「まさに、そういうことよ。現場の再現度は相当に高いと思ってちょうだい」

「ふぅん」ということは、このカーテンの——いや、段ボールの隙間から室内を覗くと、そこに当時の少女が見たという幽体離脱が見事に再現されている、ということだろうか。僕は期待を抱きながら確認した。「覗いてみていいんだね、この隙間から中を?」

「ええ、もちろんよ。ご覧になって！」自信たっぷりにいうと、五月女さんは窓の前を退《ど》いて、僕のためにスペースを空けた。「当時のあたしも、ちょうどあなたのようにして中を覗いたのよ。美紗さんと一緒にね」

「うんうん、なんとなく想像つくよ……」

そういって僕は窓へと顔を近づける。鉄柵ギリギリまでに顔を寄せると、薄暗い室内の様子がおぼろげに見て取れた。僕は目に映る光景を、そのまま口にした。

「ふむふむ、正面に小さめのベッドが見えるね……で、ベッドの上には人が寝ているみたい。制服姿の男子生徒だね。仰向けに横たわっている……で、その上にもうひとり……同じ恰好した男子が重なるように横たわっているみたいだけれど……ん!?」

これって、もしや——と嫌な予感を覚える僕。その眼前で嫌な予感は、まさしく現実のものとなった。男子の上にピッタリ重なるように横たわった別の男子が、むっくりと上半身を起こす。それを見るなり僕は、ほぼ条件反射的に声をあげた。「ゆーたいりだつぅ！」

「そう、まさに幽体離脱よ。その怪奇現象が当時まだ幼かったあたしの目の前で実際に起こったの。ああ、いま思い出しても、背筋が凍るような恐怖だったわ……」

「いやいや、五月女さん！」もはや付き合いきれない気分の僕は、ガラス越しの光景を指で示しながら、「あれの、どこが恐怖なのさ。あれは『幽体離脱』じゃなくて、むしろ『ゆーたいりだつぅ！』——双子のお笑いコンビがよくやる鉄板のギャグだよね！」

「ええ、そうよ。鉄板かどうかは、知らないけれど」

「帰ります」——ここまで我慢してきて損した。僕の大事な放課後を返してほしい！

ひとり踵を返して歩き出す僕。その背中を五月女さんが「まあ、待ちなさいよ」と余裕の態度で呼び止めた。「確かに、いま丘クンが見た光景は、日本一面白い双子のお笑いコンビ『ザ・たっち』の有名なギャグよ。幽体離脱を再現する方法を他に思いつかなかったから、仕方なくこの手を使ったの。演劇部の男子に協力してもらってね。でも、五年前にあたしが目撃した幽体離脱は、あんなもんじゃなかった。もっと、こう神秘的で謎めいて、それこそ目を見張るような現象だったの。——あんな《茶番》とは一緒にしないでね」

「…………」いやいや、その言い方だと、なんだか『ザ・たっち』に悪いじゃありませんか、五月女さん。「じゃあ実際は、どんな感じだったのさ？」

僕は再び窓の前に戻って尋ねる。五月女さんは五年前の出来事の続きを話しはじめた。

当時九歳の五月女さんは、背の高い美紗さんと顔を上下に並べるようにして、カーテンの隙間から中を覗き込んだ。室内は薄暗く、視界は狭い。まず目に入ったのは、真正面に見えるベッド。そこに長々と横たわる男性の姿があった。当然ながら一樹さんが寝ているのだと、五月女さんは思った。一樹さんは布団も被らずに、ただ白い服を着たままの恰好で、ゴロンとベッドの上に横になっているのだ。「一樹おじさん、寝てるね」と五月女さんが声を発すると、美紗さんも「そうみたいね」と少女の頭上で頷く。と、そのとき、二人の目の前で信じられない現象が起こった。横になった一樹さんの身体。その輪郭がボンヤリと滲《にじ》むがごとき奇妙な感覚があった。すると次の瞬間、一樹さんの身体が二つに分かれた。横になったままの一樹さんは、いままでどおり。だが、それとは別に、もうひとりの一樹さんが、ベッドの上でむっくりと上半身を起こす。その身体は奇妙なことに、なんだか透きとおって見える。透明な身体が本体から分離していくようだ。その様子はエビかなにかが脱皮する様子にも似ている。だが、もちろん脱皮する人間などいない。信じられない光景に、五月女さんは目を丸くするばかり。だが当時九歳ながら、すでに大人顔負けの知識を身に付けていた彼女は、目の前の現象を言い表す言葉を、ちゃんと知っていた。「ゆーたいりだつ！　あれって、ゆーたいりだつ、だよね！」と五月女さんは大きな声で叫ぶ。だが彼女と一緒になって窓を覗き込む美紗さんは、「え、幽体離脱!?　え、なにをいっているの、優ちゃん!?」と驚いたように答えるばかり。その言葉に、むしろ五月女さんは驚きを禁じえなかった——

「なんと、見えていなかったのよ、美紗さんの目には！　幽体離脱の光景が！」

木造小屋の窓ガラスを指差しながら、五月女さんが顔を引き攣《つ》らせる。

「じゃあ、当時の五月女さんが幻を見ていたんじゃないの？」正直そんな気がしてきた。なにせ九歳の女の子の目撃談なのだ。信憑性を感じるほうが、どうかしている。僕は肩をすくめながら、「普通に考えて、見間違いの可能性が高いと思うよ。それとも、もう夜だから、当時九歳の五月女さんはおネムで、立ったまま夢でも見ていたのかも」

「そう、丘クンもそういう考えなのね。オカルト探偵の丘晴人クンまでもが……」

——その設定、まだ生きてるの？

首を傾げる僕の前で、五月女さんは「でもね！」と力強く拳を握って訴えた。「あれは幻なんかじゃないわ。夢見ることを忘れたオトナたちの目にはけっして見えないなにかが、純真無《む》垢《く》な心を持つ可《か》憐《れん》な少女の眸《ひとみ》にはハッキリと映っていたのよ」

「はぁ……」僕は溜め息まじりに『可憐な少女』の五年後の姿を眺めた。「なんで、そうキッパリ断言できるの、五月女さん？」

「だって、そうとでも考えなきゃ、理屈に合わないでしょ。百歩譲って幽体離脱だけなら、子供の見間違いってこともあるかもしれない。でも忘れないでね。その離脱した幽体が人を殺したのよ。これは間違いなんかじゃないわ。疑いようのない事実よ！」

「そういや、そういう話だったね」ウッカリ忘れそうになるが、そもそも僕はただの怪談を聞きたくて、彼女に付き合っているわけではない。これは殺人事件の話なのだ。「それって、どういうことなの？　幽体がどこの誰を殺したっていうのさ？」

　すると五月女さんは、僕の問いには答えずに、目の前のガラス窓を黙って指差した。もう一度、覗いてみなさい、といいたいらしい。——やれやれ、今度はいったい、どんな茶番を見せられるのやら！

　そう思いつつ、僕は渋々と窓の鉄柵に顔を寄せ、段ボールの隙間越しに再び中の様子を覗き見る。だがその直後に僕は「——おや!?」と首を傾げた。

　先ほどベッドの上に折り重なりながら、『ゆーたいりだつぅ！』のギャグ（？）を披露していた制服姿の男子二人。それが、いまはすっかり油断した状態で、ベッドの上に並んで腰を下ろしている。そんな二人に活を入れるように、そのとき五月女演劇部長が「ゴホン」とひとつ咳払い。すると二人は大魔王の声でも耳にしたかのように、ベッドの上で跳び上がる。そして大慌てで茶番劇の続きを演じはじめた。

　男子のひとりは、先ほどと同じようにベッドの上に長々と横たわる。こちらが一樹さんの本体ということだろう。一方、その本体から離脱した幽体（を演じる男子）は、ベッドのかたわらで完全に立ち上がった状態。その幽体が大きく右腕を振り上げる。その手に握られているのはキラリと光る刃物だ。次の瞬間、幽体は目の前に横たわる一樹さん（を演じる男子）に向かって——えいッ、とばかりに刃物を振り下ろす。ベッドの上の一樹さんの本体は、瞬間ビクッと全身を痙攣《けいれん》させるようなアクション。そして力尽きたように脱力すると、そのままピクリとも動かなくなった。僕は唖然《あぜん》として窓から顔を離すと、

「あの人、どうなっちゃったの……動かなくなったけど？」

「だから、いってるでしょ。幽体に殺されちゃったのよ！」

「殺されたって……え、本体が!?」

「そう、一樹さんの身体から離脱した幽体は、一樹さんの本体を刃物で刺し殺したのよ」

「え、嘘!? じゃあ大和田一樹っていうミステリ作家は……実際、死んだわけ!?」

「ええ、そうよ」五月女さんは真顔で頷いた。「もっとも、世間的には『大和田一樹は創作に行き詰まって自殺した』ってことになっているけどね」

4

「ふむふむ、それでそれで？」そういって白衣の女性発明家は大いに興味を惹かれた表情。テーブルの向こう側から身を乗り出しながら、目の前に座る僕に確認した。「じゃあ、その大和田一樹とかいうミステリ作家は、本当に死んでいたんだな。幽体に刃物で刺されたように見えただけじゃなくて、実際に血を流して死んでいた。そういうことなんだな？」

「ええ、本当に死んでいたらしいですね」といっても、あくまで《五月女優さんの話によれ

ば》という注釈付きではあるが——「これって、どう思います、ヒカルさん？」

気安く問い掛けてみると、彼女はいっさい何の反応も示さないまま、「…………」

こちらの質問に沈黙と無表情で応えるばかり。僕はハッとなって質問をやりなおした。

「どう思いますか、博士？」

瞬間、彼女の中で何らかのスイッチがＯＮになったらしい。『博士』は鼻先の眼鏡を指先でクイッと押し上げると、滑らかな口調で喋りはじめた。

「話を聞く限りでは、確かにオカルト探偵が扱うべき案件らしいな。もっとも、丘クンがオカルト探偵と呼べるか否かは、ちょっとアレだが……まあ、いずれにせよ、その演劇部長がいったような『幽体離脱を遂げた幽体がナイフを持って、その本体を刺した』などという現象は、さすがに突拍子もない話だ。まさにオカルト的ではある……」

そういってヒカルさんは、いや、暁博士は沈思《ちんし》黙考《もっこう》する様子で尖った顎に右手を当てた。

場所は僕の住む君立市君乃町の一角にある廃工場のごとき外観の建物。その名を『ひらめき研究所』という。一歩中に足を踏み入れれば、そこは研究機材と実験用具、測定器具や運動器具、調度品に嗜好《しこう》品、本に雑誌にプラモデル、ガラクタや粗大ゴミが渾然《こんぜん》一体となった一種のカオス空間だ。その奥まったスペースにて、僕はこの研究所の所長にして唯一の研究員である女性と向き合って座っていた。

科学者らしく白衣を身に纏う彼女の名前は暁ヒカルさん、二十九歳。職業は《自称》天才発明家。本人は『博士』と呼ばれたがっているようだが、彼女がどんな大学を出てなんの博士号を取得しているのか、僕はいっさい知らない。ただ、そんな彼女について知っていることがひとつ。それは彼女が優れたひらめきを有する名探偵であるということだ。

そんな暁ヒカルさんを前にして僕は、五月女さんから聞かされた五年前の事件の話を語って聞かせたところである。彼女は顎に手を当てたまま、独り言のようにいった。

「大和田一樹というミステリ作家が本当に妙な死に方をしたのなら、当時の新聞になにかしら記事が載っているはずだよな。よーし、ちょっと調べてみようじゃないか」

「え!? わ、わわッ……」

瞬間、僕は怯えた声を発すると、椅子に座ったまま後ずさり。目の前のローテーブルから無理やり距離を取る。そんな僕の姿を見て、ヒカルさんが怪訝そうに眉根を寄せた。

「ん!? なにをそんなに怯えてるんだ、君!?」

「だ、だって新聞を読むんでしょ? てことは例の『新聞読むぞう君』が発動するんですよね。つまり、またこのテーブルがドッタンバッタンと開閉して、新聞紙が開いたり閉じたりするわけで……」詳しい説明は省くけれど、前回の事件の際、なにも知らない僕はその開閉する謎の装置に接近しすぎたせいで、ウッカリ新聞紙の間に挟まれてしまう、という辱《はずかし》めを受けたばかりなのだ。二度とあのような失態を演じないようにと、僕が警戒を強めるのは当然のことだった。「もう挟まれて身動き取れなくなるなんて、ゴメンですからね」

「なんだ、君、そんなこと気にしていたのか。なーに、心配するな」ヒカルさんは片手を左右にヒラヒラ振りながら、「今回は『新聞読むぞう君』なんて使わない。ていうか、なんだよ『新聞読むぞう君』って！　私はそんなクソダサい名前を付けた覚えはないぞ。それに、そもそもこの装置で読めるのは最近の新聞のみ。五年も前の記事を読むことはできない」

「え、じゃあ、どうやって五年前の記事を……？」

「簡単じゃないか。スマートフォンで当時の記事を検索するのさ。そうすりゃ一発だろ」

「あ、ああ、確かに、そうですね」――でも、それだと『新聞読むぞう君』の存在意義を発明者であるあなた自身が否定することになりますよ。判ってます、ヒカルさん？

僕は疑問に思ったものの、発明家本人が何ら矛盾を感じていないようなので、この問題はアッサリとスルーされた。ヒカルさんは嬉々として自分のスマホを操作する。そして、お目当ての記事にたどり着くと、小さな画面を覗き込みながら、

「なになに……『ミステリ作家、大和田一樹氏、死亡』……なるほど、確かに五年前の記事だな。ふむふむ……『自宅の寝室にて血を流して倒れているところを発見されて、病院に送られたが、間もなく死亡が確認された』とある。『警察は殺人と自殺の両面から捜査を進めている』か……ふむ、この時点では、まだ自殺とは断定されていないようだな」

「そうらしいですね。警察もまだ殺人の可能性アリと考えていたんでしょう。幽体による殺人の可能性も充分アリと……」

「んなわけあるか！」ヒカルさんは馬鹿馬鹿しいとばかりに吐き捨てた。「オカルト大好きな丘クンや当時九歳の五月女さんはともかくとして、警察は昔もいまも心霊現象なんて信じない。もちろん幽体離脱もな。ましてや、その離脱した幽体が本体を刺し殺すなんてことは、到底信じてはくれないはず。実際、五月女さんの目撃証言は、当時の捜査員から完全に無視されたに違いない。だからこそ、ミステリ作家の死は創作に行き詰まったがゆえの自殺であると結論づけられた。——そうなんだろ、丘クン？」

「はあ、どうやら、そのようですねえ。五月女さんの話によると、幽体離脱にまつわる彼女の目撃談を聞きながら、当時の捜査員たちはニヤニヤヘラヘラと笑うばかり。まともに相手をしてくれる者はいなかったようです。——ま、当然かもしれませんが」

「だが、それから五年が経ち、中学二年生になった彼女はオカルト探偵、丘晴人クンの評判を聞いて、ふと相談してみたくなったってわけだ。あのとき自分が見た幽体は本物だったのか。それとも夢や幻だったのか。あるいは生身の人間だったのか……」

「な、生身の人間って……」僕は椅子の上でブルッと身体を震わせる。

ヒカルさんは、そんな僕に眼鏡越しの視線を向けながら、

「おや、なにか問題でも？　むしろ君が語った話を素直に解釈するならば、当然そういう推論に至るはずだろ。離れの一室には、亡くなった大和田一樹氏の他に、もうひとりナイフを持った何者かがいた。その人物を当時九歳だった五月女優ちゃんが、幽体だか幽霊だかは知

らないけれど、とにかく霊的な存在であると見間違えたわけだ。――違うのかい？」

「ええ、違うと思います」

「なぜ？　どうして、違うって断言できる？」

「だって……」と僕はいった。「五月女さんの話には、まだ続きがあって、それによると現場となった離れの一室には、亡くなった大和田一樹氏の他には誰もいなかったってことが、ハッキリと証明されているんですから」

「なんだって!?　君、そんなこと、ひと言もいってなかったじゃないか」

「僕がいう前に、ヒカルさんのほうが僕の話を遮ったんでしょ？」

　口を尖らせる僕に対して、ヒカルさんは面倒くさそうに片手を振った。

「ああ、そうかい。だったら、さっさと続きを話せよ。それから丘クン」白衣の天才発明家は、僕を真っ直ぐ見詰めると、「何度もいうようだが、私のことは――」

「『博士と呼べ』ですね！」――ええ、判ってますよ、ヒカルさん！

5

　演劇部の部室の前。幽体離脱の目撃体験を語った五月女優さんは、濃紺のジャンパースカートの腰に両手を当てて、僕を見やる。そして例の高圧的な口調で聞いてきた。

「どう、丘クン？　ここまでのところで、なにか疑問な点など、あるかしら？」

「はぁ、疑問な点ねえ……」

呟く僕の脳裏には、『なぜ男子演劇部員たちは、五月女さんの指図に唯々《いい》諾々《だくだく》と従っているのか？』という素朴な疑問が浮かんだものの、たぶんそれは五月女さんが演劇部の部長で、しかもこういう性格だからなのだろう。あるいは彼女が男子部員たちの弱みを握っているから、という可能性も考えられるけれど、それはともかく——

　僕は脳裏に浮かんだ別の疑問を口にした。

「大和田一樹さんが本当に死んでいることは、誰が確認したの？　まさか当時小学生だった五月女さんが刺された人のそばに駆け寄って、脈や呼吸を確認したわけじゃないよね」

「いい質問だわ」上から目線で頷いた五月女さんは、僕の問いに答えた。「それを確認したのは、大和田礼二さんよ。さっき説明したわよね。礼二さんは一樹さんの弟よ」

「礼二さん？　その人、突然どこから現れたのさ？」

「建物のコッチ側から小走りでやってきたの」といって五月女さんが指差したのは、倉庫のごとき部室に向かって左側だ。「礼二さんはあたしと美紗さんの声を聞いて、離れに駆けつけたみたい。『どうしたの？　なにがあったんだい？』って不思議そうな顔で聞いてきたわ」

「ふぅん」と頷きながら、僕は彼女が指差す方角を何の気なしに見やる。

　するとそこに現れたのは白髪まじりの初老の男性の姿。なにを隠そう、この人こそは君乃中学校の校長先生だ。校長先生はなぜか、僕らのもとに小走りで接近してくる。咄嗟に僕は頭を下げて、「こんにちはー」と会《え》釈《しゃく》。すると校長先生は不思議そうな顔を僕ら二人に向けながら、

「どうしたの？　なにがあったんだい？」

「いえ、なんでもないんです、先生」といって僕は片手を振った。「ただ演劇部長から、小学生のころの体験談を聞かされているだけですから」

「幽体離脱だよ。優、ちゃんと見たんだから！　嘘じゃないから！」

「なにいってんのさ、五月女さん。あれは幽体離脱じゃなくて、ゆーたいりだつぅ……」

「なにッ、幽体離脱だって!?」突然、校長先生の声が裏返る。そして次の瞬間、彼の口から驚くべき台詞が飛び出した。「ひょっとして兄さんの身になにかあったのかも！」

「え、『兄さん』って……!?」意味が判らず、僕は一瞬キョトンだ。

そんな僕をよそに校長先生の《熱演》は続いた。「よーし、それじゃあ、美紗さんは優ちゃんと一緒にここにいてくれ。僕が中に入って、兄さんの様子を見てこよう」

言うが早いか、校長先生は窓のそばを離れて、すぐ横にある部室の玄関へと移動。その扉を開け放つと、「兄さぁーん」と呼び掛けながら、建物の中へと飛び込んでいった。

「…………」あまりのことに言葉が出てこない。少し待ってから、僕はようやく質問の口を開いた。「ねえ、五月女さん、校長先生はどんな弱みを握られて、この茶番劇に参加させられ

ているわけ？」

「さあ、なにかしらね」トボけるようにいって、演劇部長は邪悪な笑みを漏らす。弱みを握っていること自体は、べつに否定しないようだ。僕は恐ろしくて、それ以上もうなにも聞けなくなる。五月女さんは「ま、それはともかく……」といって、話を事件に戻した。

「いま見たような感じで、礼二さんは建物の中に入っていったの。あたしは恐くてブルブル震えていたわ。美紗さんは私の手を握りながら、その目はカーテンの隙間越しに暗い室内を見詰めていた。やがて室内の明かりが点いたの」

　彼女の言葉に呼応するように、薄暗かった部室の窓に明かりが灯った。

「その瞬間、美紗さんの口から、『きゃあッ』という悲鳴が漏れたわ。あたしも同じ窓から室内の様子を覗こうとしたけれど、美紗さんから制止された。『見ちゃ駄目！』ってね。それで、あたしも子供ながらに事の重大さを理解したってわけ。あたしと美紗さんは窓辺を離れて、しばらく様子を窺っていた。すると間もなく玄関の扉が再び開かれたの」

　すると、またしても彼女の言葉に呼応するように、玄関扉が中から開かれる。現れたのは、礼二役を熱演中の校長先生だ。その口から決定的なひと言が告げられた。

「大変だぁ、兄さんがぁ、兄さんがぁ、刺されてぇ、死んでいるぅ！」

　五月女さんは「ゴホン」と小さく咳払いして、若干の注釈を加えた。「もちろん実際の礼二さんは、こんな棒読みの台詞じゃなかったわよ。もっと緊迫感のある声と表情だったわ」

「ぼ、棒読みって……」確かに校長先生の演技、完全に《棒》みたいだけど……

あまりに辛辣《しんらつ》な演劇部長の言葉に、僕は震えるしかない。かわいそうに校長先生は玄関先でしょんぼりだ。ひとり五月女さんだけが平然とした顔で話を続けた。

「美紗さんと礼二さんが、手分けして救急車を呼び、警察に通報したわ。そのころには屋敷にいた私の母さんや祖父の信三さんも、騒ぎを聞きつけて離れにやってきた。間もなく救急車とパトカーが到着して、大和田家は大騒ぎよ。一樹さんは病院に運ばれた後、死亡が確認された。もっとも、もう息がないってことは礼二さんが確認済みだったけどね」

その後、警察の本格的な捜査が始まった。美紗さんや礼二さんはもちろんのこと、当時九歳の五月女さんも刑事たちから質問責めに遭《あ》ったとのことだ。現在、十四歳の五月女さんはジャンパースカートの胸を張っていった。

「もちろん、あたしは刑事さんたちに、臆《おく》することなく自分の見たままを語ったわよ」

「ってことは、幽体離脱の目撃談を刑事さんたちの前で？」――そりゃあ、さぞかし《変な子》って思われただろうねえ。「刑事さんたちには信じてもらえた？」

「いいえ。警察はあたしの目撃証言をまともに取り上げなかった。『どうせ子供のいうことだ』『きっと夢でも見たんだろう』って考えて、それでお仕舞い。まあ、幽体やら幽霊やらの存在を示す証拠も、これといって見当たらなかったしね。かといって現場の状況からすると、人間の出入りは、なおさら不可能だった……」

「え、そうなの?」

「ええ。だって人が出入りできる窓には、泥棒避けの鉄柵が嵌められている。唯一の玄関は、私と美紗さんのすぐそばにあったんだから、人の出入りがあれば必ず私たちの目に入る。後から駆けつけた信三さんが礼二さんと一緒になって、部屋の中に誰か潜んでいないか調べたけれど、結局誰も見つからなかった。トイレやクローゼットの中に賊が潜んでいるなんてこともなかった。え、お風呂? いいえ、お風呂場はもともと離れにはないの」

「じゃあ、犯行時、離れの中にいたのは一樹さんだけだったってこと?」

「そういうこと。では、この状況で果たして誰が、ベッドで寝ている一樹さんの胸にナイフを突き立てることができるのか。考えられる可能性は二つだけ。ひとつは一樹さん自身。一樹さんがナイフを持って自分の胸にそれを突き立てた。つまりは自殺ってこと。警察は当然こちらの考えよね」

「じゃあ、もうひとつの考えって、なにさ?」

「もちろん幽体よ、幽体! つまり霊魂よ!」五月女さんは熱に浮かされた様子で猛然と訴えた。「一樹さんの肉体から分離した魂が、彼自身を刺したのよ。つまり一樹さん自身による自分に対する殺人行為ね!」

「ん、『自分に対する殺人』って……?」僕は思わず首を傾げた。「それって要するに自殺なんじゃないの? 殺人じゃなくて自殺なのでは?」

「そうかもね」五月女さんはガックリと肩を落とすと、溜め息まじりにいった。「うーん、そうなのよねえ。結局どう転んでも――オカルト的に解釈しても現実的に解釈しても――どっちにせよ、これは自殺。『犯人』は一樹さん自身って話になるのよねえ。だからこそ、警察もアッサリ自殺という判断を下したんでしょうけど」

そこまでいって五月女さんは、あらためて考え込むような顔。半袖から覗く腕を胸の前で組むと、嘆息するようにいった。「でも、やっぱり不思議なのよねえ。当時のあたしには確かに見えたのよ。ナイフを持った男の姿が一樹さんのベッドのそばに。それが幽体なのか生身の人間なのかはともかくとして、確かにそこに誰かいた……いたように見えた。これって、どういうことなのか説明できるかしら、オカルト探偵、丘晴人クン？」

「いや、いきなり、そういわれてもなぁ……」

頭をポリポリ掻きながら、あらためて僕は窓ガラスに顔を寄せて、部屋の中を覗き込む。正面に見えるベッドの上では、幽体離脱を演じた男子二名と礼二役を務めた校長先生、合計三名が退屈そうに腰を下ろしているばかりだった――

「……とまあ、そういうわけなんですよ」

ようやく五年前の事件の話を――正確には、五年前の事件について再現を試みようとする演劇部長の話を――ひと通り語り終えて、僕は尋ねた。「どう思います、この事件？」

するとヒカルさんはソファから立ち上がると、なにやら考え込む様子で、「あーでもない、こーでもない」とブツブツ呟きながら、僕の周囲を右へウロウロ左へフラフラ。方向性の定まらない彼女は壁にドスン、本棚にバタン、テーブルにガツン。身体のアチコチをぶつけながら迷い犬のような徘徊《はいかい》を続ける。

――眼鏡のレンズ、曇ってませんか、ヒカルさん？

不安な僕はハラハラしながら彼女の挙動を見守る。と、散々に歩き回った挙句、白衣から覗く彼女の両脚がピタリと静止。その直後、ヒカルさんはついに質問の口を開いた。目の前に直立する等身大の人体模型――理科室にあるような血管やら内臓やらがリアルに再現されたアレ――に向かって、「おい、丘クン、ひとつ教えてくれ」

「僕、コッチですよ！　それ、人体模型ですよ！」

「やあ、スマン。よく似ていたから……」と、ナチュラルに失敬なことをいって、ようやくヒカルさんは僕へと視線を転じた。「ところで、事件が起きた大和田邸の離れだが、それはいまも存在するのかな？」

「離れの建物ですか。それは、あるんじゃないですかね。――でも、それがなにか？」

「この目で見てみたいな。私の推理が正しいなら、そこにはきっとアレがあるはず……」

「え、なんですか、アレって!?」首を傾げた僕は、椅子から腰を浮かせながら、「ていうかヒカルさん、ひょっとして解けたんですか、事件の謎が!?」

「いや、謎が解けたかどうかは、まだ判らない。だが、いちおうの仮説はある。それを確かめるために、実際の建物を見てみたいのさ。演劇部の部室という仮の舞台ではなく、本物の舞台を。大和田邸の離れを、私のこの目でな」

そう訴えるヒカルさんの表情は真剣そのもの。あまりに真剣すぎて、彼女はもう『ヒカルさんじゃなくて、博士と呼べ！』という定番のツッコミをすっかり忘れてしまっている。

僕は期待に胸を膨らませながら、キッパリと頷いた。

「僕、五月女さんに掛け合ってみますよ。実際の現場を見せてもらえるように——」

6

後日、五月女優さんに尋ねてみたところ、「例の離れなら、いまも存在しているわ」とのことだった。「ただし、いまはもう廃墟も同然だけれどね」とも彼女はいった。

だが廃墟でもなんでも構わない。僕は離れを見せてもらう約束を取り付け、それから後出しジャンケンのごとく「実は僕以外に、もうひとり来るんだけど、いいよね？」と恐る恐る申し出る。すると五月女さんは、

「もうひとり？　ああ、判ったわ。探偵助手ね。——ええ、べつに構わないわよ」

と勝手に勘違いして、こちらの要求をアッサリ呑んでくれた。

実は探偵助手じゃなくて発明家なんだけど——という説明は余計なことに思えたので、僕はただ「ありがとう」といって、彼女の勘違いに全面的に乗っかることにした。

そんなこんなで迎えた約束の日の放課後。僕は五月女さんと一緒に校門を出る。すると、そこには僕らを待つ暁ヒカルさんの姿があった。考えてみると、研究所以外の場所で彼女と顔を合わせるのは、これが初めてのことだ。その瞬間、僕は「うッ」と呻《うめ》き声を発して、彼女を指差した。「まさか、研究所の外でも普段どおりの白衣姿だとは……」

天才発明家の超天才的なファッションセンスに、僕は絶句するしかない。だがヒカルさんは眼鏡の奥の両目を不満げに細めながら、

「こらこら、勘違いしてもらっちゃ困るな。どこが普段どおりだ？　よく見ろ。今日の白衣はよそ行き用のやつだ。それが証拠に、ほら、シミひとつないだろ？」

そういって僕らの前でくるりと回ってみせるヒカルさん。だが正直、僕には普段の白衣とよそ行きの白衣の差がサッパリ判らない。そんな僕の隣で五月女さんは怪訝そうな表情。

「誰よ、このオバサ……」と二十九歳の若き天才発明家を相手に、取り返しのつかない暴言を吐きそうになるので、僕は慌てて声を張った。

「さあッ、さっそく大和田邸にいきましょう！　ほらッ、五月女さん、案内して！」

こうして僕ら三人は大和田邸を目指して、住宅街の道を歩き出した。道すがらヒカルさん

と五月女さんは互いに自己紹介。ヒカルさんは自らを「天才発明家だ」と呼称して白衣の胸に手を当てる。五月女さんは「人気女優の卵よ」といってジャンパースカートの腰に手を当てる。なぜ、この二人は自己評価が異常なほど高いのかと、僕は不思議に思った。

そうするうちに僕らの前に姿を現したのは、古色蒼然《こしょくそうぜん》とした巨大な門だ。その錆びついた門扉を指差しながら、五月女さんが口を開いた。

「ここが大和田邸よ。それとも旧・大和田邸って呼ぶべきかしらね」

「というと……」ヒカルさんが閉じられた門扉の向こう側を覗き込みながら、「つまり離れが廃墟というだけじゃなくて、このお屋敷全体がもう空き家なんだな」

「そうよ。住む人がいなくなって、もう三年になるわ」

五月女さんは年上の相手に対して堂々のタメ口だ。僕はハラハラしながら口を挟む。

「じゃ、じゃあ、どうやって中に入るのさ？　五月女さん、門の鍵、持ってるの？」

「あら、鍵なんて必要ないわよ」五月女さんは頭上高くまで聳《そび》える門扉を指差しながら、事も無げにいった。「――これぐらい、よじ登れるでしょ？」

それから数分後――

門扉をよじ登った僕ら三人は、なんとか無事に敷地の中へと着地。雑草の伸びきった庭を奥に進むと、そこに問題の離れがあった。正確には、かつて離れと呼ばれた廃墟だ。だが、それほど酷い状態ではない。少し手を加えれば、いまでも充分に人が住めそうな建物だ。鉄柵の嵌まった窓は薄汚れているが、ガラスは一枚も割れていない。木製の玄関扉は、きっちりと閉じられている。僕はその扉を指差しながら、先ほどと同様の質問。

「これ、どうやって中に入るのさ？」――また、どこかよじ登らされるのかな？

そう思っていると意外や意外、五月女さんはスカートのポケットをまさぐりながら「大丈夫よ、コレがあるから」といって一本の鍵を取り出した。

――だったら門の鍵も持ってくりゃいいのに！

不満を呟く僕をよそに、五月女さんは閉じた玄関扉をその鍵で開錠。重厚な木製の扉を開けながら、「さあ、どうぞ中へ入って。靴のままで構わないわよ……って、ああ、もう上がっちゃってるわね、あなたたち……靴のままで思いっきり……」

「ん、構わないんだろ!?」上がりがまちに土足で立ちながら、ヒカルさんが振り返る。

五月女さんは溜め息まじりに、「ええ、どうぞ」といって自らも靴のまま上がり込んだ。

僕も二人の後に続く。短い廊下の先にトイレらしい個室の扉が見える。その手前を左に折れると、大和田一樹さんが書斎として使っていた部屋だ。広さは十畳程度か。がらんとした室内にはデスクやクローゼット、円形のローテーブルなど一樹さんが生前に使用していたらしい家具が、いくつか残されていた。積み上がった埃《ほこり》を払えば、なんとか暮らせそうな雰囲気だ。

そんな中、五月女さんの話に出てきたベッドは、いまもガラス窓の正面の壁際にあった。

離れの見取り図

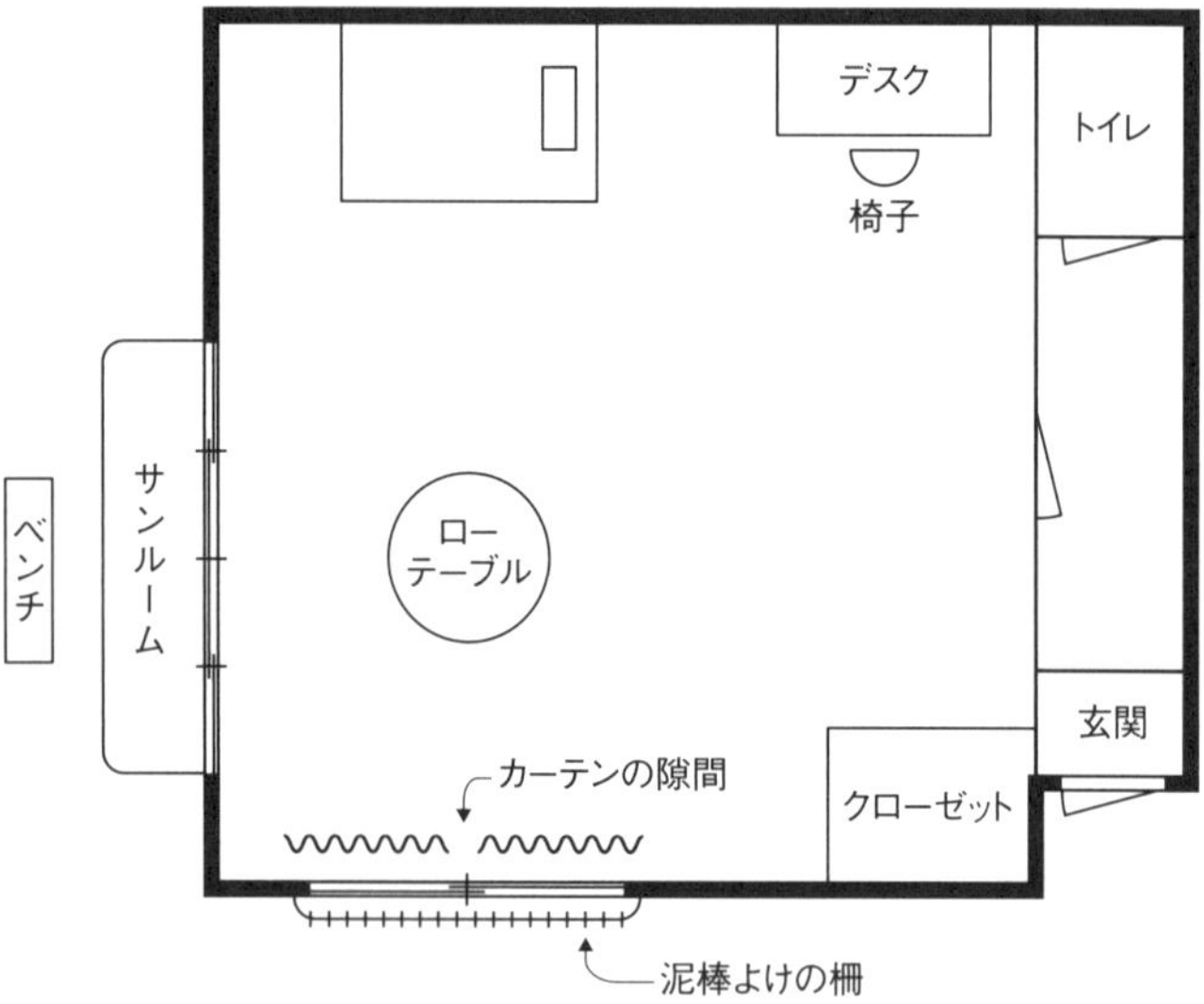

窓の外から室内を覗いたなら、ちょうどローテーブル越しにベッドを眺める恰好になるだろう。飾り気のないシンプルな木製ベッドだ。

　さすがに血に汚れた布団やマットレスはもうないが、それでもこの場所でミステリ作家が不審な死を遂げたのだと思うと、あまり近寄りたくはない。だがその点、天才発明家は頭の構造が違うらしい。ヒカルさんはよそ行きの白衣が埃まみれになることも厭《いと》わず、自らそのベッドに横たわると、「ゆーたいりだつぅ」と声を発しながら、上体を起こすアクション。それを見て、五月女さんが「そうそう、そんな感じ！」と愉快そうに手を叩く。

するとヒカルさんは自分が笑い者にされたと感じたのだろう。不機嫌そうな表情でベッドから立ち上がると、白衣の埃を叩きながら、「ふん、妙なことをやらせるんじゃない！」

――なにいってんですか、ヒカルさん、自分からやったくせに！

僕は思わず苦笑い。五月女さんは「なによ、この人？」と小声で呟くばかりだ。

それからヒカルさんはベッドの隣にあるデスクに目を留めた。かなり大きめのデスクで、広さは畳一枚ほどもあるだろうか。天板の上には、それとピッタリ同じ大きさのガラスの板が敷いてある。ガラス板の下には、創作にまつわる大事なメモなどが挟み込まれているらしい。だが、埃の積もったガラス越しでは、そこに書かれた文字を読むことができない。ヒカルさんはガラス板を持ち上げて、そこに挟まれていたメモを摘み出す。そして声に出して、その文字を読み上げた。

「なになに……『締め切りは、なるべくならば、守ったほうがいいはず』……なるほど。大和田一樹氏は毎日、このメモを眺めながら執筆活動を続けていたんだな」

「だから、おじさん、いつも原稿が遅れがちだったのねー」

五月女さんは溜め息をついて肩を落とす。ヒカルさんはニヤリと笑ってメモをまた元の場所に戻すと、デスクの前を離れた。向かった先は四枚並んだ引き戸だ。それは例の鉄柵の嵌まったガラス窓から見て左側の壁にある。その中央の戸板二枚に両手を伸ばすと、ヒカルさんはエイッとばかりにそれを両側に開け放つ。現れた光景を見るなり、彼女の口から

「むッ」という声が漏れた。

「なんだ、ここ……サンルームか」

　確かに、そこは透明なガラスに囲まれた空間。いわゆるサンルームだった。

「ええ、そうよ」五月女さんがいった。「昔は、ここに鉢植えなどが置いてあったの。おじさんは執筆が進まないときなどに、このガラス張りの部屋にひとりでこもって……」

「ふむ、構想を練っていたわけだな？」

「ううん、しょっちゅう昼寝をしていたんだって」

「…………」なんというべきか、聞けば聞くほど大和田一樹というミステリ作家、すこぶる呑気な人物のように思えてくる。少なくとも《創作に行き詰まって自殺》というタイプの人間とは思えない。――やっぱり彼、自殺じゃなくて殺されたのかも！

　そんなことを思いつつ、僕はガラスに囲まれた空間を眺め回した。そこはガランとした空間で、いまは鉢植えもなにも置かれていない。透明なガラス越しに外を見やると、目の前に背もたれのない平たいベンチが置かれていた。僕は五月女さんに尋ねた。

「サンルームのガラスは窓のようには開かないんだね？」

「ええ、そうよ。換気用の小窓が僅《わず》かに開くだけ。よって、殺人犯がここから出入りした可能性は、考慮しなくても結構よ」

「判っている。殺人犯にせよ幽体にせよ、ここから出入りしたわけではないさ」

ヒカルさんの言葉に、プライド高き演劇部長はムッとした表情だ。

「なんだか自信ありげね。まるで、幽体離脱の真相が判っているみたい」

「ああ、そうだ。この現場を実際に見て、ハッキリ判った」

「え、ホントですか、ヒカ……いえ、博士！」僕はヒカルさんがヘソを曲げないように、慎重に言葉を選んでいった。「だったら、教えてくださいよ、その真相ってやつを」

「いいだろう」ヒカルさんはアッサリ頷いてから一転、「でも、いまは駄目だ」

「なによ。本当はなにも判っていないんじゃないの、オバサ……」

「オバサンじゃない！　暁さんだ。もしくはヒカルさんと呼べ！」

——あれ、そこは『博士と呼べ』じゃないんですか、ヒカルさん!?

内心でツッコミを入れる僕をよそに、ヒカルさんの口からさらに奇妙な発言。

「いまはまだ昼間だからな。暗くならないと幽体は見えない。——そういうもんだろ？」

「そ、そりゃ幽体とか幽霊とかいうやつは、暗くなってから姿を現すものと、相場が決まっているけれど……」五月女さんは多少の恐怖を覚えた表情で、白衣の女性に尋ねた。「じゃあ、夜になれば、そいつは出るの……？」

「ああ、出る！」ヒカルさんが断言すると、

「きゃあ！」鋭い悲鳴が離れに響きわたる。

その直後、演劇部長がピシャリといった。

「なにが『きゃあ!』よ、丘クン、しっかりしなさいよね!」

「ゴ、ゴメン……ついビビっちゃって……」

悲鳴の発生源である僕は、気まずい思いを抱きつつポリポリと頭を掻いた。オカルトに興味を持つ僕ではあるが、べつに霊的現象を恐がらないわけではない。いや、むしろ恐がりのほうだろう。オカルトへの興味は、要するに《恐いもの見たさ》なのだ。

「……ったく、あんた、ビビり過ぎなのよ」と不満を漏らしながら、五月女さんはあらためてヒカルさんに向きなおる。そして挑むような口調でいった。「だったら夜まで待ってあげる。そうすれば、この目で見られるのよね、幽体離脱が」

ヒカルさんは白衣の腰に手を当てながら、他人事《ひとごと》のようにいった。

「ああ、そうだな。ひょっとすると、見られるのかもしれないな――」

7

「そういうことだから、若い二人はサテンにでもいって夜まで時間を潰しておいで……」

とヒカルさんは自ら世話焼きなオバサンの雰囲気を出しながら、僕と五月女優さんを現場の離れから遠ざけた。なんらかの考えが、彼女にはあるらしい。仕方なく僕らは近所のサテン――ではなくファミレスにてソフトドリンクをお代わりしながら時間を潰す。

そうして迎えた夜。僕と五月女さんは再び旧・大和田邸へと舞い戻った（つまり、もう一度、あの門扉をよじ登ったわけだ）。明かりのない母屋は黒々とした壁のように聳え立ち、荒れ放題の庭はまるで密林のよう。五月女さんの案内がなければ、僕は暗い庭で迷子になっていただろう。五月女さんは月明かりと自分の記憶のみを頼りに、広大な庭をズンズン進む。やがて僕らの前方に、見覚えのある離れの建物がシルエットとなって現れた。

窓に明かりは見えない。そもそも、この廃墟に電気が届いているか否かさえ、よく判らない。ともかく僕は玄関の扉をノック。だが返事はない。ノブを引いてみたが、扉はビクともしなかった。鍵が掛かっているらしい。

「そういえば、あの白衣のオバサン、私の鍵を借りてったわね。きっと、この玄関から中に入らせないためだったんだわ。まったく、なにを企んでいるのかしら、あのオバサン？」

本人の不在をいいことに、五月女さんは、ここぞとばかり禁断の言葉を連呼する。僕は彼女の言葉にはいっさい反応することなく、ただ「どうしようか？」と問い掛けた。

「当然やるべきことは、ひとつね。そこから中を覗いてみるのよ」

そういって五月女さんが示したのは、例の鉄柵の嵌まった窓だ。近寄ってみると、透明なガラス越しに僅かながらカーテンの隙間が確認できる。五月女さんは警戒するようにいった。

「うーん、ここから中を覗いてくださいっていわんばかりね」

「じゃあ、ヒカルさんがわざと窓をこの状態に？」

「そうに決まってるでしょ。——いいわ、丘クン、覗いてみなさいよ。きっと正面に置かれたベッドの上に誰か寝ているから」

「なるほど……」これが事件の夜の再現だとするなら、確かにそうなるはずだ。

興味を掻き立てられた僕は、ゆっくりと窓ガラスに顔を寄せる。僕の背後から五月女さんも同じ窓を覗き込む。手前に円形のローテーブル、その向こうに木製のベッドが見える。その上に白衣を着た女性が仰向けに横たわっていた。暗い室内だが、なぜかベッドと女性の周囲だけは不思議とほのかな明かりに包まれて見える。僕は小さな声でいった。「——ヒカルさんだ」

「そうみたいね。——で、これから、どうなるっていうの？」

そんな彼女の呟きが聞こえたかのように、そのとき突然ベッドの上に動きがあった。

仰向けに横たわる白衣の女性。その身体の輪郭が微妙に揺らいだかと思うと、次の瞬間、ひとつだった身体が二つに分かれた。ひとつの身体はベッドに横たわったまま。しかし、もうひとつの身体はベッドの上でむっくりと上体を起こす。瞬間、僕と五月女さんの口から叫び声が漏れた。

「——幽体！」「——離脱！」

双子のお笑いコンビがギャグとしてやる『ゆーたいりだつぅ』とは違う、それはまさに『幽体離脱』だった。呆気に取られる僕らの前で、本体から離脱したほう——つまり幽体のほうのヒカルさんはベッドを降りて、もうすっかり床に直立している。そして彼女は白衣の胸元に右手を突っ込む仕草。取り出したのは一本のナイフ――ではなくて一丁の拳銃でもなく、大きなトンカチだった。ハンマーと呼ぶのが相応しい大きさと形状だ。

キョトンとする僕らをよそに、ヒカルさんはベッドに横たわる《もうひとりの自分》を見下ろしながら、そのハンマーを高く構えると、次の瞬間――そのまま振り下ろした。

「あッ」と僕の口から小さな叫び声。だが次の瞬間、振り下ろされたハンマーはベッドの上の女性の身体を素通り。横たわった女性は、いっさい衝撃を受けていない様子で仰向けの姿勢を続けている。僕はいったん窓から顔を離すと、「これ、どーなってるの?」

「なんか、変だったわよねえ……」

五月女さんは首を捻りながら呟く。「部屋の中に白衣の女性が二人いるってこと?」と、そのとき突然――「いいや、違う。部屋の中にいるのは、ひとりだけだ」

暗闇に響き渡ったのはヒカルさんの声だ。驚いたことに、その声は僕らのすぐ背後から聞こえてきた。振り向くと、目の前には白衣を着た天才発明家の姿。泡を食った僕はガラス窓とヒカルさんの顔を交互に指差しながら「え、ええッ!? な、なんで……」

「幽体じゃないぞ。もちろん幽霊でもない。ちゃんと足だって付いてるしな」

ヒカルさんは足踏みしながらニヤリとした笑み。そんな彼女の右手には、プラスチック製のおもちゃのハンマー、いわゆる《ピコピコハンマー》が握られていた。

訳が判らない僕は両目をパチパチさせると、目の前に立つ白衣姿を見詰めながら、

「馬鹿な……ヒカルさんは部屋の中にいたはずじゃ……？」

「そんなわけないだろ、丘クン。私はここにいる。ずっと建物の外にいたんだ」

「じゃあ中にいたのは……？」僕がポカンと口を開けると、

「いったい誰ってわけ……？」五月女さんも小首を傾げる。

「なーに、実際に見てみれば判る。百聞は一見にしかずだ」

そういってヒカルさんは借りていた鍵で玄関扉を開錠。さっさと土足で室内へと入っていく。僕と五月女さんも慌てて彼女の背中に続いた。

短い廊下を左に折れて、大和田一樹氏の書斎へ足を踏み入れる。夜なので室内は本来なら真っ暗なはず。だがヒカルさんが、あらかじめ持ち込んでいたのだろう、ベッドサイドにはLEDランタンが置かれており、白い光を放っている。お陰でベッドの周辺はボンヤリとした明るさがある。と思った瞬間、僕はギョッとなった。

ベッドの上に白衣の女性が仰向けに横たわっていたからだ。だが、もちろんヒカルさんではない。よく似た体形の別人だろう。驚く僕の隣では、五月女さんも恐怖に顔を引き攣らせながら、「だ、誰なのよ、こ、この人……？」

「なーに、誰でもないさ」ヒカルさんは女性の着ている白衣に手を伸ばすと、「えいッ」

ひと声発して、それを強引に剝ぎ取る。白衣の下からゴロンと現れたのは――血管やら内臓やらがリアルに再現されたアレ――等身大の人体模型だった。頭の部分にはご丁寧に女性用のかつらが被せてある。

不気味な模型の登場に、五月女さんの口から「きゃあッ」と悲鳴があがった。

僕はその模型をしげしげと見やりながら、「これって、研究所にあったやつですよね」

「そうだ。私がここまで運んできたんだ。私の分身を演じてもらうためにな」

「分身ってことはつまり、部屋の中にはヒカルさんに似せた白衣姿の人形がひとつ。その一方で、ヒカルさん本人はずっと建物の外にいた。――そういうことですね？」

「ああ、そのとおり。私は建物の外にいた。部屋の中には人形だけがあった」

「でも窓から覗く僕らの目には、室内に二人いるように見えました。いや、正確にいうと、ベッドに寝ていたひとりの女性が二人に分離した。そんなふうに見えましたが……？」

「そう、そこには必ずやトリックがある」窓へと向きなおったヒカルさんは、「トリックには必ずタネがあるもの」そういって前方を指で示した。「そのタネが、これだ！」

そちらに目をやった瞬間、僕はムッと眉根を寄せた。

そこにあるのは円形のローテーブル、その上に大きなガラスの板があった。といっても窓ガラスではない。畳一枚ほどもある板ガラス。それがローテーブルの上に、垂直に立てて置いてあるのだ。僕はそれに歩み寄りながら、

「どこから持ってきたんですか、こんな大きなガラスの板……」

「なーに、わざわざ持ち込んだものではない。これは最初から、この部屋の中にあった。埃で薄汚れていたものを、私がこの数時間の間にピカピカに磨いてやったんだ」

「判ったわ」と五月女さんがいった。「これ、デスクの天板の上に敷いてあったやつね」

「そう、その板ガラスに台座をくっつけて、自立するように加工したんだ。五年前の事件の犯人も似たような細工をしたんだろう。だが大事なのは、そこじゃない。問題はガラスの置かれた位置。そして、その角度だ」

そういってヒカルさんは、問題のガラスを指差しながら説明した。

「見てのとおり、ガラス板が置かれたローテーブルはベッドと窓とのほぼ中間。正確には、窓のほうにより近い位置だ。そしてガラス板は窓に正対しているのではなく、わざと斜めに置かれている。その角度はピッタリ四十五度だ。先ほど窓から室内を覗き込んだ君たちは、直接ベッドを見ていたつもりだったろう。だが実際は、この斜めになったガラス越しにベッドを見ていたわけだ」

「それなのに、僕らはそのことに気付かなかった」

「当然だわ。こんな大きなガラスが目の前にあるなんて思わないもの！」

五月女さんのいうとおりだ。カーテンの隙間から室内を覗く僕らの視野は狭く、目の前のガラス板はあまりに大きかった。もちろんピカピカに磨かれたガラスの透明度が高かったこ

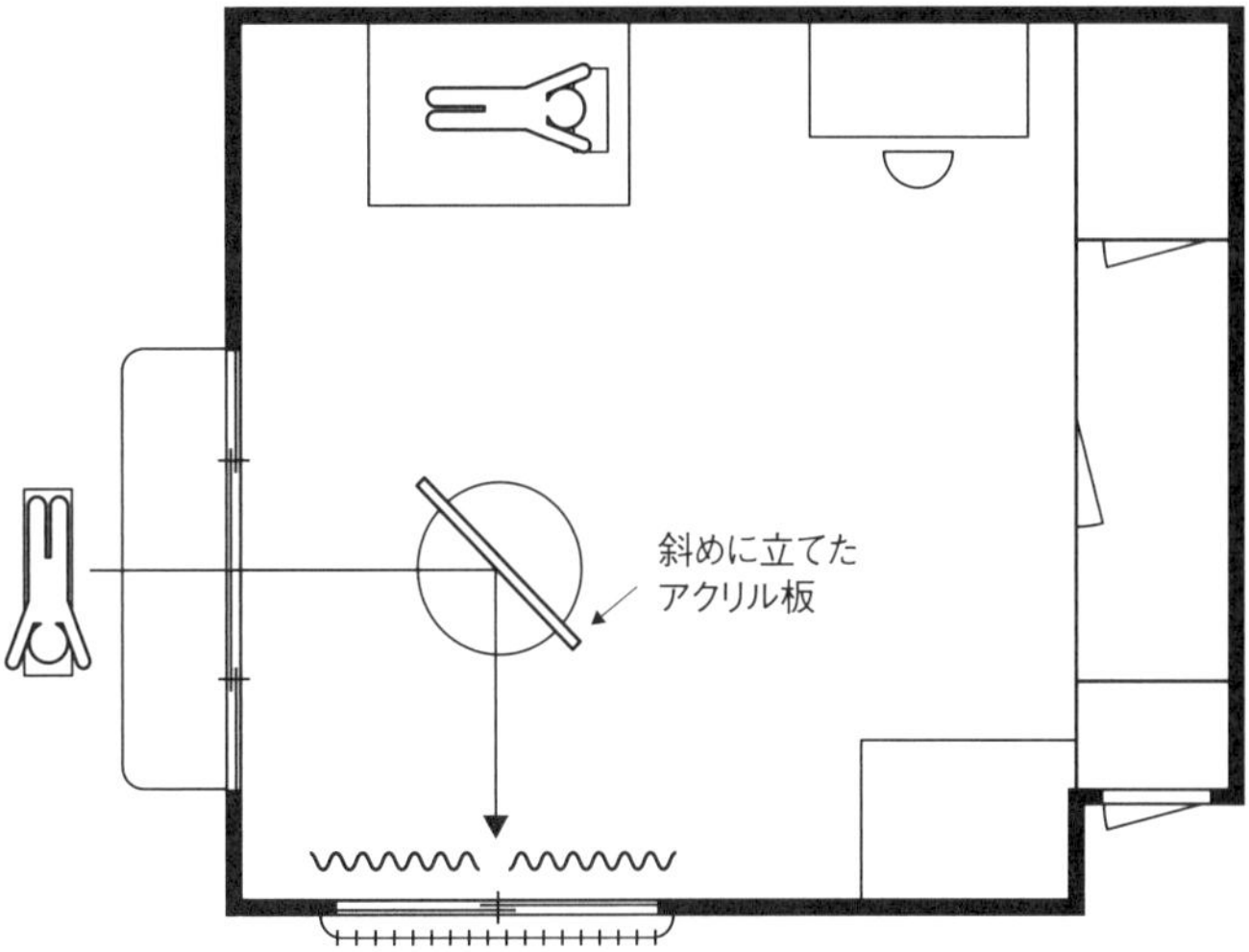

とも大事な要素だろう。そう思って納得する僕に、ヒカルさんが問い掛けた。
「ところで、ピカピカに磨かれたガラスというものは、鏡のように周囲の風景を映すものだよな。では、このガラス板がもし鏡だったなら、どうだったと思う？　窓から覗く君たちの目には、果たして何が映っていただろうか」
「それは角度的にいって、こっちの景色が映るはず……」といって僕は、窓から見て左側を指差した。そちらの壁にある引き戸は、なぜか戸板二枚分が開かれている。開いた引き戸の向こう側に見えるのは例のサンルーム。すなわちガラス張りの部屋だ。瞬間、僕の口から「あッ」という声。その様子を見て、ヒカルさんがニヤリと笑みを浮かべた。

「どうやら気付いたようだな、丘クン。そう、先ほど私は部屋の外、あのサンルームの外にいたんだ。ちょうど、おあつらえ向きのベンチがあるだろ。そこにゴロンと横になっていたのさ。その姿を私が持ち込んだもうひとつのLEDライトが照らしていた。光を浴びた私の白衣姿は、このガラス板に映る。その映った姿を君たちが窓から覗き見ていたわけだ。と同時にガラスは透明なのだから当然、正面のベッドの様子も君たちの目に入る。そのベッドには等身大の人形が白衣を着た恰好で横たえられている。ガラスに映り込む私の虚像と、ガラス越しに見える人形の実像。この二つは最初、ほぼ重なって見えていたはず。だから君たちの目には、白衣の女性がただひとりベッドに寝ている。そんなふうにしか見えなかった」

「そうでした。ヒカルさんがベッドで寝ているとばかり思っていました」

「そこでサンルームの外にいる私が、むっくりと上体を起こす。その動きは斜めになったガラスに映る。窓を覗く君たちが、それを目撃する。一方、ベッドに横たえられた人形は、もちろん姿勢を変えることはない。君たちは一枚のガラスの中で、このよく似た二人の異なる動きを同時に見ることになる。ガラスの存在に気付いていない君たちの目に、その光景は果たしてどう映ったか……?」

「幽体離脱のまさに決定的瞬間、そんなふうに見えました。——ね、五月女さん！」

「え、ええ、確かにそう見えたわ」五月女さんは戸惑いの表情を浮かべながら、ヒカルさんに直接尋ねた。「てことは、五年前の事件のときも、これと同じことがおこなわれたってことなの？　あの夜も、この部屋には大きなガラス板が斜めに立てて置かれていたの？　小学生だった私は、一枚のガラスの中で二人の男性の姿を見せられていたってこと？」

「ああ、そういうことだな」

確信を持った口調でヒカルさんが頷く。五月女さんは、こわごわと口を開いた。

「じゃ、じゃあ聞くけど、五年前の夜、ベッドに寝ていたのは誰なの？　まさか人体模型じゃないはずよね？」

「ああ、もちろん模型ではない。それは大和田一樹氏だ。そうとしか考えられないだろ」

「そうよね……じゃあ、そのときサンルームの外にいたのは、いったい……？」

「それは一樹氏とよく似た人物でなければならない。そうでなければ、幽体離脱には見えないからね。とするならば考えられる人物は、ひとりだけ。一樹氏の弟、礼二だろう」

その名を聞いて、五月女さんは衝撃を受けた様子。震える声で問い掛けた。

「つ、つまり五年前の幽体離脱トリックに関わったのは、その二人ってこと？」

「いや、実はもうひとりいる。五月女さんを言葉巧みに離れへと連れ出して、窓から室内を覗き込むように仕向けた人物がな」

「それって、つまり……美紗さん？」

「そうだ。彼女の誘導がなければ、このトリックは成り立たなかっただろう」

「ちょ、ちょっと待ってくださいよ、ヒカルさん」訳が判らない僕は、思わず横から口を挟んだ。「そもそも、これってなんのためのトリックなんですか。まさか、当時小学生の五月女さんに心霊現象を見せるためのトリック……じゃあ、ないはずですよね？」

「いや、ところが、実はその『まさか』なんだよ、丘クン」ヒカルさんは意味深な口調で続けた。「これはおそらく、小学生だった五月女さんにインチキな心霊現象を見せようとして、当時の大人たちが面白半分に考えたトリックだったんだよ。——最初はね」

8

「なによ、『最初はね』って？」呟くように問い掛けたのは五月女優さんだった。「どういうことよ、それ？　途中から話が変わっちゃったってこと？」

「まさしく、そういうことだ」暁ヒカルさんは頷いた。「このトリックは、もともと一樹氏も含んだ大人三人で計画したものだろう。ひょっとすると一樹氏自身が言い出しっぺだったのかもしれない。なにより一樹氏の協力がなければ、この離れを舞台にして、こんな大掛かりなトリックを弄することは不可能だろうからな。案外、一樹氏は自ら嬉々としてトリックの仕込みをおこなっていたのかもな。『可愛い姪っ子が遊びにくるから、とっておきの幽体離脱トリックを見せてあげよう。優ちゃん、きっと喜ぶぞ、うふ』とか思って……」

「いやいや、絶対思わないでしょ。『きっと喜ぶぞ』なんて！」僕は片手を顔の前でブンブンと振りながら、「ねえ、五月女さん？」

「いいえ、充分考えられるわ。一樹おじさんは、いかにもミステリ作家らしく、そういう度が過ぎた悪戯《いたずら》を妙に面白がるところがあったから」

「へ、へえ、そーなんだ……」だけど『いかにもミステリ作家らしく』ってところは偏見じゃないのかな？　僕は首を捻りながら、今度はヒカルさんに尋ねた。「じゃあ愉快な悪戯のはずが、どうして実際に人が死ぬって話になっちゃったんですか」

「うむ、途中までは筋書きどおりの心霊トリックだったはずだ。美紗が五月女さんを誘導して二人で窓から室内を覗く。正面のベッドには一樹氏が寝ている。直後に幽体離脱が起きる。つまりサンルームの外で横になっていた礼二が起き上がるアクションをしたわけだ。そして礼二はナイフを手に持ち、それを振り下ろす。その姿はガラスの中に映り込み、ベッドに横たわる一樹氏の姿と合成される。結果、あたかも一樹氏の幽体が、その本体をナイフで刺したかのような光景ができあがった。少なくとも小学生の五月女さんの目には、そういう光景に映ったろう。悪戯としては、これで充分。あとはもうタネ明かしだ。サンルームの側から登場した礼二が、美紗や五月女さんを連れて室内に入る。ベッドにいるのは怪我ひとつない一樹氏だ。そして五月女さんはローテーブルの上に置かれたガラスの板を発見して、幽体離脱のトリックを知る。——おおかた、そんな段取りだったはずだ」

「ところが礼二と美紗は、その段取りのようには動かなかったんですね」

「うむ、礼二は五月女さんを美紗に預けて――正確には小学生の女の子が計算外のことをしないよう、美紗に監視させた状態で――自分ひとり室内に飛び込んでいった。ベッドの上では一樹氏がタネ明かしの瞬間を楽しみにして待っている。一樹氏が殺害されたのは、おそらくこの瞬間だ。礼二は手にしたナイフを、今度こそ本当に一樹氏の胸へと突き立てた。そう、要するにこれは古典的な早業殺人なんだよ」

「早業殺人！」僕は思わず鸚鵡返しだ。

「そうだ。幽体が犯人にしろ、誰かが室内にいたにしろ、あるいは一樹氏が自分で胸を刺したにしろ、いずれにしても一樹氏の死は、五月女さんと美紗が窓から中を覗き込んだ、まさにそのときに起きたこと。いかにも、そう思えるだろ。だとするなら、その直後にサンルーム側の庭から姿を現した礼二が、まさか一樹氏殺害の張本人だとは誰も思わない。――そうだろ、五月女さん？」

「え、ええ、物理的にも時間的にも不可能だって、あたしもそう思い込んでいた……」

「だが実際は、礼二が登場した時点では、まだ一樹氏の身にはなにも起こっていないんだ。実際に一樹氏がナイフで刺されるのは、その後のことなんだ。よって礼二にも犯行は可能だ。いや、むしろ礼二にしかできない。そして美紗が彼の共犯者ってわけだ。早業殺人を終えた礼二は、ナイフの柄《つか》を一樹氏の手に握らせたり、あるいは大きなガラス板をデスクの上に戻したりなどして、トリックの最終仕上げをおこなった。その間、美紗は五月女さんが室内に入り込まないように、あるいは窓から中を覗かないように、巧みに五月女さんを操る。そして礼二は玄関から姿を現すと、一樹氏が死んでいることを告げたんだ。——以上が五年前に五月女さんの目撃した『幽体離脱事件』の真相ってわけさ」

　こうして暁ヒカルさんは幽体離脱の謎を解き明かし、それどころかミステリ作家殺害事件の真犯人までもズバリ指摘して、自らの推理を終えた。だが、それでもまだ判らないところがある。僕はその点をヒカルさんに尋ねた。

「なぜ礼二は美紗と協力して一樹氏を殺したんでしょう？　一樹氏は礼二にとって実の兄、美紗にとっては夫だというのに、いったいなぜ？」

「動機の問題だな。さあ、三人の間にどんな感情の縺《もつ》れがあったのか、それは私にも判らない。だが私なりに想像を逞《たくま》しくするに……」といってヒカルさんは真面目くさった顔。眼鏡を指先で押し上げながら続けた。「礼二と美紗の二人は、実はデキていたんじゃないか。つまり礼二は兄貴の嫁さんと密かにネンゴロになっていたわけだ。それで一樹氏の存在が二人にとって邪魔になった。そういうことなんじゃないかと思う」

「うわぁ、随分とゲスな動機ですね！」

　僕はともかくとして、ここには中学生の可憐な（？）女子もいるのだ。その目の前で、わざわざ披露するような話だろうか。しかも真面目くさった顔で。——疑問に思う僕は非難する口調でいった。「あのー、ヒカルさん、ちょっと想像力、逞しすぎませんかねえ」

「そんなことないさ。それに一樹氏が死ねば、やがては大和田家の当主の座が、礼二のもとに転がり込んでくるだろう。まさに一石二鳥じゃないか。夫に不満を抱える美紗が、そんな礼二に協力したんだ。あり得ない話じゃないだろ。——な、五月女さん？」

「ええ、充分にあり得る話ね」

「…………」あり得るのか！　だったら僕はもうなにもいうことはないな！

「ところで五月女さん」とヒカルさんがいった。「私の推理が正しいとするなら、君のおじいさんが亡くなった時点で、その遺産の多くは礼二のもとに転がり込んだはず。おそらく、この屋敷も礼二のものになったろうと思うんだが……」

「ええ、そのとおりよ。この屋敷も離れも、いっとき礼二さんのものだったわ」

「『だったわ』って……過去形なんだな」ヒカルさんは窓辺に歩み寄ると、カーテンを開け放ち、透明なガラスの向こうを見やる。そこに見えるのは、いっさい明かりのない母屋だ。そのシルエットを眺めながらヒカルさんは続けた。「礼二が受け継いだはずの屋敷は、いまこうして無人の廃墟と化している。ということは、ひょっとして礼二は、もう……？」

「ええ、そうよ。察しがいいのね」五月女さんは感心したようにいった。「礼二さんは死んだわ。遺産で購入した高級車でドライブしていて事故ったの。助手席には美紗さんが乗っていたんだけど、彼女も一緒に天国へ……いえ、それとも地獄だったのかしら……」

　感情のこもらない声で、五月女さんが皮肉を呟く。真相が明らかになったいま、死んだ二人に同情する気持ちは、どこにもないらしい。僕は意外な事実に黙り込むばかり。ヒカルさんは溜め息まじりに呟いた。

「なんだ、そうか。てことは、せっかくの私の推理もほとんど無意味。捕まえるべき悪党は、もうこの世にはいないってわけだ」

　ヒカルさんは、つまらなそうに肩を落とす。そして白衣のポケットに両手を突っ込むと、気を取りなおすようにいった。

「ま、仕方がない。犯人の幽霊を捕まえるわけにもいかないしな」

04

天才博士と昭和の幽霊

1

君立市君乃町の外れにデンと建つ豪勢な日本家屋、その名も富島《とみしま》邸。そこに暮らす七十代女性、富島弘江《ひろえ》が不思議な声を聞いたのは、長かった梅雨が明けた七月初めのこと。時計の針は午後十一時を回っていた。弘江にとっては、ちょうど就寝の時刻だ。畳の上に敷かれた寝床に横たわって静かに目を閉じる。直後に、その声はどこからともなく聞こえてきた。

『苦しい……苦しいよ……誰か助けて……誰か……』

大きな声ではない。耳を澄ましていないと聞き逃しそうなくらいの、ささやくような音量だ。最初、弘江は布団の中で目を閉じたまま、黙ってその声をやりすごそうとした。どうせ空耳、あるいは気のせいだと思ったのだ。ところが――

『助けて……誰か……殺される……』

怪しい声は徐々にボリュームを上げて、容赦なく耳の中へと飛び込んでくる。とうとう弘江は我慢できずにパチリと目を開けた。明かりの消えた蛍光灯が、暗い天井からぶら下がっているのがボンヤリと見える。弘江は耳を澄まして、その声に集中した。

『やめて……殺さないで……ああ！』

それにしても、なんと奇妙な声だろうか。それは人間が当たり前に発する声とは、どこか違っていた。声の調子に微妙な振動というか、ゆらめきのようなものが感じられる。ときおり不協和音のごとくヒビ割れた音声になったりもする。いちおう男性の声らしいが、女性が男性の声マネをしているようにも聞こえる。しわがれた老人の声のようにも思えるし、甲高い子供の声のようでもある。まるで捉えどころのないその声は、明かりの消えた畳の間に、途切れ途切れに響き渡っている。もはや空耳でも幻聴でもないことは明らかだ。

——間違いない。誰かいるのだ！

そう確信した弘江は、布団の上でガバッと上体を起こした。浴衣姿の彼女は素早く畳の間を見回して、暗闇の中に何者かの気配を探る。だが誰の気配も感じることはない。そこで彼女は勇気を振り絞り、暗闇に向かって大きな声で問い掛けた。

「だ、誰かいるのかい？　い、いるんだね……ひょ、ひょっとして……幽霊かい？」

『…………』しばしの沈黙があった後、闇の中から応える声があった。例によって、ささやくような声が、どこか遠慮がちに『……う、うらめしやぁ……』

「はぁ、『うらめしや』って？」弘江は思わず脱力してガックリと肩を落とした。「なんだい、やっぱり幽霊か……はははッ、しかも昭和の幽霊だね……ふん、だったら全然、怖くないよ。私だって昭和の女なんだからね」

再び寝床に横たわると、弘江は布団を被って目を閉じる。だが次の瞬間——

「なんだってぇ!?　昭和の幽霊だって……んな馬鹿なッ」

あらためて驚きなおした弘江は、今度は布団をはね退けて、畳の上にすっくと立ち上がった。目の前にぶら下がった紐を引っ張って、蛍光灯の明かりを点ける。白い光に照らされて、寝床の周辺の様子が明らかになる。そこはなんの変哲もない和室の光景だ。

漆喰《しっくい》の壁とふすまと障子によって区切られた八畳間。そこにひと組の布団が敷いてある。家具らしい家具といえば、部屋の片隅に置かれたタンスのみ。そんな中、人の隠れられる場所といえば、ふすまで仕切られた押入れしかないが——いや、違う。あの声は押入れから響いてきたものではない！

弘江はそう確信した。方角が逆なのだ。そこで弘江は押入れとは正反対の方向へと歩を進める。そこにあるのは四枚の障子だ。その一枚を真横に引くと、その先に現れたのは、日本家屋特有の縁側だ。障子の陰から首を覗かせながら、左右を見回してみる。だが明かりのない縁側に、人の姿は見当たらない。もちろん幽霊の姿もだ。にもかかわらず——

『うらめしやぁ……この恨み、いつか晴らさずにおくものか……』

ゆらめくようなささやき声だけが、暗い縁側に響き続けている。——間違いない。怪しい声の主は、きっとこの近くにいるのだ！

直感でそう思った弘江は、縁側を横切って目の前のガラス戸へと歩み寄った。縁側と庭の間は何枚ものガラス戸で仕切られているのだ。木製の窓枠には透明な板ガラス。その一枚に顔を近づけて、庭の様子を窺ってみる。だが手入れの行き届いた日本庭園の景色が、月明かりに照らされて見えるばかり。やはり人の姿を見つけることはできない。弘江は縁側を右に左に歩き回っては、ガラスの向こうを眺めてみる。だが、やはり結果は同じこと。怪しい人物の姿は、どこにも見つからない。

ふと気付けば、謎めいた声はもう聞こえなくなっている。

結局その夜、弘江は怪しい声の正体を突き止めることができなかった――

2

「あなたのことを優秀な探偵だと見込んで、ぜひ頼みたいことがあるんだよ」

富島弘江さんが、突然そんなことをいって『オカリナ探偵局』を訪れたとき、学校帰りの僕はたまたま事務所にいた。夏の制服を着たまま来客用のソファに寝転びながら、『学園の怪談特集』みたいな超興味深い本に熱中していたのだ。

もちろん、そんな僕のことを弘江さんが『優秀な探偵』だなどと見込むはずがない。彼女が頼ろうとしたのは、この探偵事務所の所長である丘理奈さん。要するに僕の母親だ。

弘江さんの真剣みあふれる表情を見て、母さんは不穏なものを察したのだろう。

「晴人は上にいってなさい」

一方的にいって天井を指差す仕草。といっても、ハエみたく天井にへばりついてなさい、といっているのではない。事務所のひとつ上の階が、僕ら丘家の居住空間になっているのだ。要するに『大人同士の話があるから、子供は家に戻ってなさい』というわけだ。

はいはい、判りました、どうせオカルト好きの中坊なんか邪魔者ですよね——と自虐的な呟きを漏らしながらパタンと本を閉じた僕は、のろのろとソファから立ち上がる。ところがそのとき弘江さんの口から、「いや、晴人クンも一緒に聞いておくれ」と意外な言葉。

やあ、そんなふうにいわれたんじゃ、仕方がないですねえ。ええ、いいですとも、弘江さんの頼みとやら、僕も一緒に伺おうじゃありませんか——といわんばかりの態度と表情でもって、僕はあらためてソファに腰を下ろす。隣で母さんは怪訝そうな表情だ。

「どういうことなんです、おばさん？」

と、正面に座る弘江さんに視線を向ける。ちなみに『おばさん』と呼んではいるけれど、富島弘江さんは母さんの叔母《おば》などではなくて、実際は遠い親戚。それでも母さんが子供のころは、互いの家が近所だったこともあって、家族ぐるみの親しい付き合いだったらしい。

お陰で僕も子供のころから——って、いまでも子供だけれど、もっとずっと小さいころから——弘江さんのことはよく知っている。彼女が街外れに建つ大きな日本家屋に住んでいることも、数年前に連れ合いを亡くして、いまはお孫さんと一緒に暮らしていることも。

そんな弘江さんは僕ら親子の顔を交互に見返すと、真剣な顔でこんなふうに切り出した。

「実はここ最近、ちょくちょく幽霊が出るんだよ……妙に昭和っぽい幽霊が……」

それから弘江さんは、奇妙な声にまつわる体験談を、僕らに語って聞かせた。その話が一段落つくのを待ってから、母さんは意外そうに口を開いた。

「ふぅん、それで『昭和の幽霊』ってわけなんですね」

「そうなんだよ。だって最近の幽霊は絶対いわないだろ、『うらめしやぁ～』なんて」

「なるほどー」腕組みして頷いた僕は、「でもさ、昭和の幽霊はホントにいってたの、『うらめしやぁ～』って？」と素朴すぎる質問。

すると弘江さんは迷うことなく首を縦に振って、

「ああ、いってたね。昔の幽霊は、みんないってたよ。こう両手を身体の前でブラブラさせながら、低い声で『うらめしやぁ～』ってね」

「信じちゃ駄目よ、晴人」母さんは現実主義者らしく断言した。「そもそも幽霊なんていないの。ましてや令和のこの時代に、そんな昭和っぽい台詞を口にする幽霊なんて出るわけないわ。きっと誰かの悪戯よ。――おばさんも軽々しく幽霊だなんていわないで！　ほら、両手ブラブラさせて白目を剝《む》くのはやめて！　もう、ふざけてるんですか、おばさん！」

「なーに、ふざけちゃいないさ」弘江さんは白目を剝くのをやめてペロリと舌を出す。それから再び真顔になって続けた。「でもね理奈ちゃん、実際おかしな声なんだよ。どこからどうやって聞こえてくるのか、何度聞いてもサッパリ判らないんだから」

「そんなに何度も耳にしたんですか、その幽霊の……じゃない、怪しい人の声？」

「ああ、ここ一週間のうちに、もう三度も聞いたね。お陰ですっかり寝不足だよ」

「三度とも寝床に入ったタイミングで？」

「ああ、判で押したように同じパターンだね。で、慌てて縁側に出てみると誰もいない。もちろん庭にもね。だけど、声だけは聞こえてくるんだよ。『うらめしやぁ〜』って暗い闇の中から。——ね、変だろ、晴人クン？」

「うん、確かに変だね」僕は素直に頷いた。「言葉のチョイスが凄く変！」

「変なのは、そこじゃないでしょ、晴人」母さんは呆れたように肩をすくめながら、「誰もいないはずの縁側や庭先で何者かの声が聞こえる。どんな言葉であれ、奇妙な話だわ」

そう、まさに母さんのいうとおり。昭和の怪談でお馴染みの台詞だろうが、令和の女子たちが喋るギャル語だろうが、そこは問題ではない。大事なのは『誰がどうやって、なんの目的で、その奇妙な声を響かせているのか』だ。

そこで僕は少し真面目になって、ひとつの現実的な可能性を口にした。

「庭にスピーカーが仕込んであったんじゃないの？　最近は凄く小さくて性能のいいスピーカーがあったりするよね。しかもワイヤレスで音源と繋げられたりするよ」

つまり小型スピーカーを庭石の陰にでも置いて、それと手許にある音声レコーダー（スマートフォンやパソコンでも可）をワイヤレスで繋ぐわけだ。この状態でレコーダーから稲《いな》川淳二《がわじゅんじ》の怪談噺《ばなし》かなにかを流してやれば、誰もいない庭のほうから「うらめしやぁ～」みたいな台詞が聞こえてくる――という実に画期的な最新システムだ。この令和の時代に昭和の幽霊を登場させるための、これは唯一にして最も確実なやり方ではあるまいか。

　そう思った僕は意気込んで自分の考えを披露したのだが、弘江さんは腑に落ちない表情。

「でも、あの声は稲川淳二ではなかった気がするねえ……」

と、なんだかピント外れの感想を漏らす。「それに私だって、いちおう庭に出て探してみたんだよ。スピーカーとかカセットテープの類があるんじゃないかと思って」

「でも見つからなかったんですね」と母さんは頷く。「なるほど、そうですか」

「そりゃ見つからないよねえ。うん、カセットテープは見つからないと思うよ」――だって、そんな骨董品みたいな家電を使う人って、いまどき滅多にいないもんね！

「話の腰を折らないで、晴人」母さんは横目で僕のことを睨《にら》みつけてから、再び弘江さんのほうを向いた。「話はよく判りました。それで怪しい声に悩まされるおばさんは、私のところに相談に訪れた。要するに謎の声の正体を突き止めてほしいってわけですね」

「そういうことさ。だって、このままじゃ気味が悪いだろ。お化けだか幽霊だか知らないけれど、おかしな声が毎晩のように聞こえてくる家なんて。このままじゃ、私はあの家に住めなくなっちゃうよ」

「え、おばさん、富島邸を手放す気なんですか。あの代々続くお屋敷を？」

「いやいや、いまのところ、そんなつもりはないけどね。――でも、こんな妙なことが続けば、この先どうなることやら。そもそも、あの古い日本家屋は私みたいな年寄りには、あんまり住みやすい家じゃないしねえ」

嘆くようにいった弘江さんは、あらためて僕らの顔を交互に見やりながら、

「とにかく、そんなわけだから、ひとつ頼むよ、理奈ちゃん。――それに晴人クンもね。噂は聞いてるよ。あんた、結構好きなんだろ、この手の話が」

そういって弘江さんは、僕の傍らにある本の表紙にチラリと視線を送る。気まずい思いの僕は、慌ててその本の表紙を自分の掌で隠した。

3

こうして弘江さんの依頼を引き受けた母さんは、翌日の午後、助手席に僕を乗せて富島邸へと車を走らせた。道の両側には昔ながらの畑や古い農家が点在する一方、いかにも最近建てられたようなピカピカの住宅も多く並んでいる。もちろん富島邸は前者に属する古い建物だ。元をたどれば、この地域でも有数の農家だったらしい。

「母さんが子供のころは、この付近はまだまだ畑のほうが多いくらいだったのよ。いまはもう見てのとおり、大半が住宅地になってしまったけどね」

　運転席の母さんは、探偵らしく黒のパンツスーツ姿。懐かしむような目でフロントガラスの向こうを見やる。そして溜め息まじりに続けた。「弘江おばさんの家も、いつまで持ちこたえられるかしらね」

「ん、それ、どういうこと？」

「おばさんから前に聞いた話なんだけどね、『いまの古い家を売って、最新のマンションを建てませんか』――みたいな儲け話が、ひっきりなしなんだって。いまどき、あんなにまとまった土地って滅多にないから、業者さんの目には魅力的に映るんでしょうね」

「うんうん、判る判る」僕は助手席で軽々しく頷いた。「弘江さんちって無駄に広くて、おまけに平屋だから、なんかもったいないよね。いまの建物を潰してサラ地にしちゃえば、大きなマンションが二つぐらい建つんじゃないの？　僕ならさっさと売っちゃうなぁ。ひょっとすると、一生遊んで暮らせるくらいの大金が転がり込んでくるかもしれないよ」

　そんな僕の発言は、あまりに計算高くて子供らしくないものと映ったのだろう。母さんの口からは「はぁーッ」と深い落胆の吐息が漏れた。「以前、あなたとまったく同じことをいった人がいたわ。しかも弘江おばさんに面と向かってね。――え、誰かって？　晴人もよく知っている人物。そう、丘登さんよ」

「父さんかぁ！」確かに、いいそうだなぁ、弘江さんの目の前で『おばさん、あの家、売っちゃいましょうよ』とかなんとか。「父さんって迂《う》闊《かつ》で無神経なところがあるから……」

「あなたもよ、晴人」母さんは横目で僕を睨みつけながら、警告を発した。「いい？　おばさんの前で絶対そんなこといっちゃ駄目よ。いったら出入り禁止になるんだから」

「あ、ああ、そう……そうなんだ……」てことは、父さんは出入り禁止なんだ。富島の家に入れてもらえないんだ。だから父さんは今回の仕事に同行させてもらえなかったんだ。

　そう思って、僕はひとつ謎が解けた気分。その隣で母さんは続けた。

「おばさんは、あの家を誰にも売る気はないって、ハッキリそう断言しているの」

「ふぅん。でも弘江さん、昨日の話では『家を手放すかも……』みたいな弱気なことをいっていたけれど。——あ、ひょっとして！」僕は助手席で思わず大きな声をあげた。「例の怪しい声って、弘江さんをあの家から追い払うために、誰かがワザとやっているとか？　あの家を売ってほしい誰かが、弘江さんを怖がらせるために、幽霊の声をマネしている。そういうことなんじゃないの。——ねえ、母さん！」

「そんな大きな声出さなくたって聞こえてるわよ」母さんはハンドルから片手を離して、左の耳に押し当てた。「そうね、晴人がいったとおり、富島邸を売ってほしい誰かが、あの家の庭先になんらかの仕掛けをして、おばさんに変な声を聞かせているのかも。それで、おばさんが気味悪がって、実際に家を手放す気になってくれたら儲けもの。——そういう考えね」

「確か、そういう嫌がらせをする人たちのことを、ナントカって呼ぶんだよね……ええっと、なんだっけ……《凧《たこ》揚げ》じゃなくて《唐揚げ》でもなくって……」

「それなら《地上げ》でしょ。《地上げ屋》っていうのよ、そういう人たちのことを」

「そうそう、それそれ！」――《唐揚げ屋》じゃあ、嫌がらせにならないもんね！

パチンと指を弾く僕をよそに、母さんは困惑の表情を浮かべた。

「だけど、地上げ屋の嫌がらせにしちゃ、ずいぶんと変わったやり方よねえ。普通は乱暴な人を差し向けて、無理やり因縁をつけたり、玄関の前で近所迷惑な振る舞いをするものだけど、わざわざ幽霊の声で脅かすなんて。そんな地上げ屋って、いるかしら？」

独り言のような呟きを漏らす母さん。その視線の先に、大きな日本家屋の黒々とした瓦屋根が見える。目指す富島邸の大きな門が、もう僕らの前方に迫っていた。


昔は納屋だったらしい駐車スペースに、母さんは車を停めた。ドアを開けて外に一歩足を踏み出すと同時に、どこからともなく聞こえてきたのは甲高い女性の声。「もう、いい加減にしておくれ！」とか「何度いわれたって、こっちの返事は変わらないよ！」などと、かなり興奮気味に叫んでいるのは、おそらく富島弘江さんだ。

僕と母さんは互いに顔を見合わせると、揃って駐車スペースを飛び出していった。向かった先は、日本家屋の古めかしい玄関。見ると、いままさに大きな引き戸を開けて、若い男が玄関先に飛び出してきたところだ。「じゃあ、またきますからね！」と捨て台詞を口にした男は、ピシャリと音を立てて引き戸を閉める。男はこの暑い中、熱吸収率バツグンのダークスーツを着込んで、分厚いビジネスバッグを手にしていた。

――ははぁーん、さてはこの男、不動産業界の人だな！

先ほどの車内での会話を思い返しながら、僕はそう見当をつけた。男はしばしの間、恨めしそうに玄関を見やった後、ようやく踵《きびす》を返す。その直後、黒のパンツスーツで決めた母さんの姿を目の当たりにすると、男の顔に怪訝そうな表情。「おや、あなたは、どちらの会社から？」と見当違いな探りを入れてくる。――あれ、ひょっとして母さんのことが同業者に見えているのかな？　それとも女性の地上げ屋に見えてるのかしらん？

と首を傾げる僕。いずれにせよ、母さんの背後に制服姿の中学生を認めた瞬間、男は自分の勘違いに気付いた様子。あらためて母さんのほうに作り笑顔を向けると、

「ああ、ひょっとして、あなたはこの家の娘さん？　それともお嫁さんですか。だったら、ちょうどよかった……」

と一方的に喋りだす。だが母さんは、いっさい聞く耳持たん、といわんばかりの態度で、

「いいえ、娘でも嫁でもありません。赤の他人ですから！　仕事できただけですから！」

本当は遠い親戚だけれど、無理やりそう言い切って、母さんは男との会話を拒絶。

すると男は「なんだ、やっぱり同業者か」と、あらためてなにか勘違いした様子で、「残念だけど無理だよ、無理。ここのばあさん、この家を売る気は全然ないらしい。悪いことはいわないから、諦めな」と母さんにとって一円の役にも立たない情報を口にする。

そして勘違い男は、僕らの横をすり抜けるようにして門のほうへと歩を進めた。咄嗟《とっさ》にその背中を「あ、待って！」と母さんが呼び止める。そして振り向いた男に真顔で問いかけた。「つかぬことを聞くようだけれど……あなた、最近この付近で幽霊とか見かけなかったかしら？」

「はぁ、幽霊!?」男はキョトンとした表情で聞き返す。「幽霊ってアレかい？　白い着物を着てて足がなくて『うらめしやぁ〜』っていう、あの幽霊かい？」

「そう、それよッ、それそれ！」

母さんは男の言葉を串刺しにするように、真っ直ぐ指を突き出す。すると男は一瞬唖然とした表情。それから哀れむような視線を母さんに向けると、「いまどき、そんなもん、出るわけないだろ。あんた、いい歳して、なにいってんのさ？」

そう言い残すと、男は再び踵を返してスタスタと門を出ていく。玄関先に取り残された母さんの口から、ふいに自嘲《じちょう》気味な呟きが漏れた。「ホントだわ。私ったら、いい歳して、なにいってんのかしら？」

――疑っちゃ駄目だ、母さん！　幽霊は実際いるかもしれないんだから！

僕は励ますように母さんの背中をぐいぐい押しながら、富島邸の玄関へと向かった。

玄関の引き戸を開けると、出迎えてくれたのは弘江さんだ。「あらまあ、よくきたねえ、久しぶりじゃないのさ、二人とも……」と、まるで突然の来訪者を迎えるかのような態度だが、実際のところ今日の訪問は事前の打ち合わせどおりだ。

するとそのとき弘江さんの背後から、ひとりの男性が顔を覗かせた。Tシャツにデニムパンツという恰好がよく似合う、すらりと背の高い青年だ。彼の名前は富島悠樹《ゆうき》さん。弘江さんの孫で現在大学二年生。近所の大学に通うため、この富島邸に同居中の男性だ。

高齢者のひとり暮らしは物騒なので、用心のために孫である悠樹さんが同居してあげている、という側面も当然あるのだろう。僕も母さんも過去に何度か彼と顔を合わせている。

お互いに簡単な挨拶を交わしただけで、僕らは屋敷の中へと上がり込んだ。

ちなみに名目上、僕らの《突然の来訪》は《夏休みを利用して、おばさんの顔を見にきただけ》ということになっている。《昭和の幽霊の正体を突き止めにきた》などということは、もちろんけっして口に出さない。来訪の真の目的は、悠樹さんにさえ内緒の話だ。

それでも悠樹さんはなんら疑問を持つ様子もなく、「よかったですよ、大学も休みなんで、僕も退屈していたところです」などと屈託のない笑みを浮かべながら、「今夜は泊まっていかれるんでしょう、お二人とも？」

「もちろんだとも。——ねえ、理奈ちゃん、泊まっていくよね？」

すると母さんは、丸っきり想定外の言葉を聞いたとばかりに両目をパチクリさせると、

「え!?　いえいえ、おばさん、とんでもない！　泊まるだなんて、そんな……そんなご迷惑

をおかけするわけには……ええ、すぐ帰りますから、いいえ、本当に……え、夕食を一緒にですか……でしたら、夕食だけいただいて、すぐ帰りますから……いえいえ、着替えも持ってきていませんし……そんな、申し訳ないです……そこまで甘えるわけには……はぁ、そうですかぁ……うーん、そうですねぇ……どうしようかぁ、晴人ぉ？」

「…………」ああ、もう大人って面倒くさい！　茶番そのものの無駄なやり取りにウンザリする僕は、無邪気な中学生を装って明るい声を発した。「僕、弘江おばさんちに、お泊まりしたいなぁ。——ねえ、いいでしょ、おばさん？」

「ああ、もちろんだよ。何泊でもしていきな」と笑顔で頷く弘江さん。

なにも知らない悠樹さんは、「じゃあ、今晩はご馳走だな」と声を弾ませる。

そして母さんは「もう、晴人ったら、わがままいっちゃって……」と、すべてを僕のせいにしてニンマリとした笑みを浮かべるのだった。

4

その日の夕餉《ゆうげ》は、悠樹さんがいったとおりのご馳走で、食卓は和やかな雰囲気。そこでの話題は、他愛のない日常のアレコレだったのだが、そんな中、悠樹さんが唐突に、

「ねえ、知ってるかい、晴人クン、ばあちゃんの寝室に最近、幽霊が出るって話……」

と声を潜めて聞いてくるので、僕はウッカリ「ええ、知ってま……」と答えそうになって、隣に座る母さんに肘で脇腹を小突かれた。瞬間、「うッ」と僕の口から呻《うめ》き声。「い、いえいえ、知りません。な、なんですか、寝室に出る幽霊って……？」と懸命に取り繕《つくろ》う僕の隣で、母さんはホッと安堵の溜め息だ。悠樹さんは特に不自然さを感じなかった様子で、

「うん、幽霊といっても姿が見えるわけじゃないんだ。ただ声が聞こえるだけでね……」といって事の詳細を話してくれたが、当然というべきか、それは僕らが弘江さんから聞いたのと、完全に同じ内容。よって僕は気持ちの乗らない相槌《あいづち》を繰り返すばかりだった。

「へえー、そーなんですかー、不思議ですねえー」

まさに、その不思議を解明するために、僕らはこの屋敷に滞在しているわけだ。

そこで弘江さんが上手い具合に、ひとつのことを提案した。

「そうだ、晴人クン、今夜は私の部屋で寝なよ。晴人クンが一緒なら、私も安心だしさ」

「ああ、それがいいわ、晴人。そうしてあげなさい」と母さんも話に乗っかった。「ひょっとしたら、幽霊の声が聞けるかもよ。――晴人、好きでしょ、そういうの」

確かに興味があることは否定しないが――「じゃあ母さんは、どこで寝るの？」

「私は庭に建つ離れの部屋で、ぐっすり休ませてもらうわ」といって母さんはニッコリ笑顔。

実際はそこで休むわけではなく、庭の様子をひと晩中その目で見張る気なのだ。

「うん、判った」

僕は素直に頷いて、弘江さんの提案に乗った。「僕、今夜はおばさんの部屋で寝るよ」

それから時計の針はピョンと飛んで、時刻は午後十一時。寝間着姿の僕は弘江さんとともに、彼女の寝室にいた。そこは和室の八畳間。畳の上に二組の布団が綺麗に並べて敷いてある。障子を開けると、そこは薄暗い縁側だ。幅は二メートル程度で、その向こう側には真っ暗な庭の景色が広がっている。

庭と縁側の間を隔てるのは、ズラリと並んだガラス戸だ。今夜は月の明るい夜なので、雨の心配はなく、したがって雨戸は閉められていない。ガラス戸越しに目を凝らして庭先の様子を窺うと、そこに広がるのは手入れの行き届いた日本庭園だ。月の明かりに照らされた石《いし》灯籠《どうろう》やら松やら梅やらが、闇の中にそのシルエットを浮かび上がらせている。

母さんは離れの室内にいるのか、それとも暗い庭のどこかに身を潜めているのか、いずれにせよその姿を確認することはできなかった。

ガラス戸の前を離れて、僕は縁側から再び和室へと戻った。

「縁側は特に異常はないようですね。庭の様子は暗くて、よく見えませんけれど……」

「そうかい」と頷いた弘江さんは、夏らしい浴衣姿だ。「例の怪しい声は、いつも私が寝床に就いてから聞こえてくるんだ。こうして起きている間は、たぶんなにも聞こえてこないよ」

「へえ、でも、どうしておばさんが寝ているか起きているか、判るんでしょうね？」

「そりゃ、部屋の明かりを見ているんじゃないのかい？　寝るときは明かりを消すだろ？」

「じゃあ、その幽霊は明かりが消えているのを、ちゃんと確認してから出るんですね」

　僕が皮肉っぽくいうと、弘江さんも「ああ、そういうことだね」といってニヤリとした表情。そして浴衣をまとった小柄な身体をゴロンと布団の上に横たえた。「さあ、明かりを消しておくれ、晴人クン。怪しい声はいつも、明かりが消えてから、しばらくしたころに聞こえてくるからね」

　いわれて僕は、蛍光灯からぶら下がった紐を右手で引っ張る。明かりが消えた部屋は、たちまち漆黒《しっこく》の闇の中だ。僕は自分の布団の上で横になりながら、どんな小さな音も聞き逃すまいとして耳を澄ます。だが、闇に沈んだ日本家屋の一室に、聞こえてくる物音などなにもない。ときおり遠くを走る車のエンジン音が響いてくるばかり。怪しい人の声など、いっさい聞こえてこない。それでも僕は諦めることなく、一心不乱に耳を澄ます。両目を閉じて、すべての神経を左右の耳へと集中させる。そんな僕の懸命な努力は、まったく別のところで効果を発揮したらしい。「ぐぅ……ぐぅぅ……」

　いつしか僕は心地よいまどろみの中。その口許からは軽やかな鼾《いびき》が漏れはじめる。

　まあ、布団の上で横になって両目を閉じてりゃ、健康な中学生なら五分もせずに眠くなるのは当然のこと。だが、そのまま深い眠りの淵《ふち》へと落ちていくかに思われた、次の瞬間！

「晴……クン……晴人クン……ほら、聞こえたかい、晴人クン？」

と、僕に呼びかける声。眠りの淵で立ち止まった僕は、ハッと我に返って両目を開ける。目の前に弘江さんの顔があった。僕が口を開きかけると、弘江さんは「シッ」と人差し指を口許に当てながら、「ほら、まただよ……ね、聞こえるだろ……？」

そういわれて僕は、あらためて両耳に意識を集中させた。なるほど、確かに怪しい声が聞こえる。暗い闇の向こうから、独特の震えを帯びた声が、『怖いよう……助けてよう……』と怯えた様子で訴えている。僕は布団の上で、むっくりと身体を起こして立ち上がった。

明かりを点けようかと一瞬、腕を伸ばしかけたが――いいや、待て待て！　幽霊は明かりが消えている状態でこそ現れるという。ならば、暗いままにしておくべきだ。そう考えて僕は、蛍光灯の紐に伸ばしかけた右手を慌てて引っ込める。そして左右を見回しながら、声の聞こえてくる方角を慎重に探った。「縁側のほうだ……」

弘江さんの体験談にもあったとおり、やはり謎の声は縁側のほうから聞こえているようだ。僕は障子を開け放ち、ひとり縁側へと飛び出した。「だ、誰だッ、誰かいるのかッ」

勇気を奮って暗い縁側で呼びかける。だが答える声はない。目を凝らしてみるが、暗い縁側に人の姿は確認できない。その代わりといってはナンだが、『うらめしやぁ～』という震えがちな声が、そう遠くないところから聞こえてくる。

「つ、ついに出たな、《昭和の幽霊》めぇ！」そう叫んだ僕は左右を見回しながら、「くそッ、縁側じゃないな……だったら庭か……庭に誰かいるのか……」

誰にともなく呟きながら、恐る恐るガラス戸に顔を寄せて、暗い庭の様子を見やる。

と、そのとき、僕の背後になにやら殺気をはらんだ人の気配。慌てて振り返ると、そこには鬼の形相を浮かべた弘江さんの姿。その両手には細長い棒状の武器が握られている。剣道で使う竹刀か。それとも木刀か……いや、違う、これは……これは薙刀《なぎなた》だ！

なんと、弘江さんは勇敢にも自ら薙刀を手にして、暗い縁側に姿を現したのだ。そういえば弘江さんの布団の脇に、なにやら細長い物体が白いシーツにくるまれて置いてあった。では、あれの中身は薙刀だったのか。――にしても、弘江さん、その小さな身体で薙刀なんて扱えるの？　幽霊退治なら、もっと手軽な武器のほうがよかったんじゃない？


僕には正直、武器の選択を誤ったようにしか思えなかったが、当の弘江さんはやる気マンマンだ。両手で構えた長大な薙刀をブンブンと振り回しながら、「どこだッ、どこにおる、時代錯誤の幽霊め！　こそこそ隠れてないで、堂々と姿を見せい！」


と、見えない敵を懸命に挑発。そして暗い縁側を右へ左へと小走りに動き回る。それでも声の主が姿を見せることはない。震えを帯びた声だけが、闇の中で響き続けている。

「庭だよ、おばさん！　きっと庭に誰かいるんだ！」あるいは庭になにかしらのカラクリが仕掛けられているに違いない。そう考えて、僕はガラス戸の一枚に右手を掛ける。


と、その直後――ガチャーン！

響き渡ったのは耳をつんざくような大音響。と同時に、ガラス戸の高いところにあるガラスの一枚が突然、粉々に砕け散った。割れたガラスの破片は縁側のほうへと落下して、そこで再び盛大な不協和音を奏でる。近くにいた弘江さんは、「きゃあッ」と悲鳴をあげて、慌ててその場から跳び退く。それから助けを求めるように僕のもとへと駆け寄ると、怯えた声でいった。「な、なんだい、いまのは……もしかして飛び道具!? ひょっとして銃かい？ 誰かが銃で、あの窓ガラスを撃ち抜いたのかい……？」

「ま、まさか、銃だなんて……そんなわけないですよ。銃声も聞こえなかったし……」

「だったらなんだい、いまの？ 誰かが矢でも放ったのかい？」

「さあ、よく判りませんけど……誰かが窓に石でも投げつけたのかな……？」

銃や弓矢による攻撃よりは現実的だと思うけれど、べつに確信はない。そもそも、今宵この庭で何者かが、そのような不審な行動を取れるものだろうか。今夜に限って富島邸の庭は、有能な私立探偵の監視下にあるはずなのに——と、そう思った直後、

「大丈夫ですか、おばさんッ！」

叫ぶような声とともに、僕の目の前でガラス戸が音を立てて開かれた。庭先から顔を覗かせたのは、パンツスーツ姿の母さんだ。先ほどの大音響を聞いて駆けつけたのだろう。

と同時に、僕らの背後では和室のふすまを開け放って、富島悠樹さんも寝間着姿で登場。彼は冷静に和室の明かりを点けると、「どうした？ なにがあったんだ、ばあちゃん？」といって縁側にいる僕らに駆け寄った。「さっき、なにか物凄い音が響いたようだけど……」

庭から母さん、和室のほうから悠樹さん。ほぼ同時に駆けつけた二人から、いっせいに問いかけられて、弘江さんは困惑の表情。薙刀を手にしたまま、放心した様子でいった。

「私にも判らないよ、なにがなんだかサッパリ……でも、とにかく誰かがいきなり攻撃してきたんだよ。ガラスを一枚、割られたんだ。幽霊か人間かは知らないけど、向こうから攻撃してきたことは間違いないよ。でも大丈夫、怪我はないから――ああ、それより理奈ちゃん、あんたずっと庭を見張っていたんだろ。だったら、誰か不審な人物を見なかったかい？　きっと誰かいたはずだよ、この庭のどこかに。――ね、そうだろ、理奈ちゃん？」

すがるような目で問いかける弘江さん。僕と悠樹さんも固唾《かたず》を呑みながら返事を待つ。だが母さんは残念そうな表情。首を横に振りながら静かな口調で答えた。

「いいえ、弘江おばさん、庭には私以外、誰の姿もありませんでしたよ……」

5

「ふぅむ、なるほど、なるほど……」白衣姿の長身の女性がパイプ椅子に腰を下ろしたまま、繰り返し頷く。やがて彼女は鼻先の眼鏡をクイッと指で押し上げると、興味津々といった視線を僕へと浴びせた。「で、丘クン、実際のところ、どうだったんだ？　富島邸に撃ち込まれたのは、やはり鉛の弾だったのかな。あるいは日本式の弓矢か西洋式のアーチェリー、もしくはボーガンの矢？　それとも石ころや棒切れでも投げつけられたのかい？」

「それが不思議なんですよ」僕は工作機械らしき鉄製の箱の上に腰を落ち着けながら、彼女の質問に答えた。「実をいうと、縁側の窓ガラスがなにによって破壊されたのか、よく判らないんです。なんらかの力が加えられたことは間違いないと思うんですけどね」

　ここは君乃町の某所。僕の家からはかなり離れたところにある廃工場――ではなくて、一見すると操業を停止した工場にしか見えないけれど、その実、現在も絶賛稼働中の研究施設、その名も『ひらめき研究所』だ。だだっ広いフロアには工作機械や計測機器、工作台や流し台、冷蔵庫に洗濯機、テレビ、ゲーム機、美容機器……と様々なものが雑然とあふれ返っていて、さながら迷宮か迷路のごとき複雑な様相を呈している。

　その奥まった一角にて、僕は数日前に自らが経験した不可解な現象について説明しているところ。その話に耳を傾けている白衣の女性は、暁ヒカルさん。この研究所の所長であり、唯一の研究員。と同時に彼女はオカルト的な事件に疑問を抱き、そのカラクリを優れたひらめきによって解き明かす、ある種の名探偵でもある。

　そんな彼女は、いまの僕の説明が腑に落ちなかったらしい。細い眉をムッとばかりにひそめながら、「よく判らないって、どういうことだい？　窓ガラスはなにかしらの攻撃を受けて破壊されたんだろ。だったら割れた窓ガラスの付近になにか落ちているはずじゃないか。銃弾か矢か石ころか……そういったものが必ず」

「ええ、そのはずですよね」——まあ、『銃弾』って可能性は低いと思いますけど！

心の中でそう呟きながら、僕は当時の現場の様子について、あらためて説明した。

「確かに、なんらかの飛び道具が使われたんじゃないかと、そう思える状況でした。だから僕と母さんも当然、縁側と庭先を慎重に調べたんですよ。でも結局、なにも見つかりませんでした。矢も石ころも棒切れも……」

「本当に？　銃弾もなかった？　じゃあ窓ガラスは、なぜ突然割れたんだよ？」

「なぜって……それは……」僕は声を潜めていった。「怪奇現象ですよ、怪奇現象！　ええ、間違いありません。ここ最近、富島邸に現れるという昭和チックな幽霊。いままでは声しか聞こえなかったその幽霊が、ついに直接的な行動に出たんですよ。幽霊の仕業だと考えれば、数々の不可解な点も立派に説明がつく。——そうでしょ、ヒカルさん？」

「ふむ、なるほどナルホド。現場付近に銃弾などがいっさい残っていなかったことも、犯人の正体が幽霊であると考えるならば完璧に頷けるな——って馬鹿ッ！」ヒカルさんは渾身のノリツッコミを披露すると、声を荒らげていった。「誰が『ヒカルさん』だッ。博士だろ、博士！　私のことは『暁博士』と呼べって、何度いったら判るんだ、君ッ」

「はぁ!?　どーいうノリツッコミですか、それ!?」——ツッコミのポイントがズレまくりだよ、この人！

呆れる僕の前で天才発明家は、「やあ、それもそうだな」といって長い髪を右手で掻く。そして僕の問い掛けにあらためて『馬鹿ッ』の部分からツッコミしなおした。「馬鹿ッ、幽霊の仕業なんてことで説明なんかつくか！　いいか、丘クン、そんなのは説明にも証明にもなっていない。まともな思考を放棄しているだけだ。あまりに安易すぎる！」

　そうそう、最初から、そういうふうにツッコんでくださいよね――僕は彼女の言葉に満足して頷き、それから一転、腕組みしながら首を左右に振った。「でも博士ぇ、この世には科学で説明できない現象だって、たくさんありますからねえ」

「そりゃ、あるかもだけど、少なくとも今回の件は違うだろ。どう考えたって、何者かが人為的にやっていることだ」

「じゃあ聞きますが、博士はどう考えるんですか、今回の不可解な現象を？」

「え!?　う〜んと、そうだなぁ〜」急に歯切れが悪くなったヒカルさんは、頼りなく視線を宙にさまよわせながら、「そ、そういや君の話によると、弘江さんって大きな薙刀を持って縁側に飛び出してきたんだよな。だったら、その薙刀の先端がウッカリ窓に触れて、それでガラスが割れた――なんていう可能性は考えなくていいのかな？」

「ありそうな話ですけど、違いますね」僕は確信を持って首を真横に振った。「仮に博士が考えているようなことが起きたとするなら、窓ガラスは室内側から破壊されたことになる。その場合、ガラスの破片は窓の外側に散乱するはず。でも実際には、割れたガラスは縁側のほうに散らばっていました。つまり窓は内側から割られたのではない。庭のほうから破壊されたということです。弘江さんの薙刀は関係ありません」

「なんだ、そうなのか」憮然《ぶぜん》とした表情のヒカルさんは、直後にパチンと指を鳴らしていった。「だったらアレだ、やっぱり犯人は庭先にいたんだ。といっても飛び道具を使ったのではない。それこそ薙刀じゃないが、細長い棒状の物体――そう、物干し竿《ざお》だ！　物干し竿を持って離れた場所から窓ガラスを突き破ったんだ。これならガラスの破片は縁側のほうに散らばる。現場付近に銃弾や石ころが残ることもない。現場の状況と合ってるだろ？」

「合ってませんよ」僕は思わず肩をすくめた。「博士ぇ、僕の話、ちゃんと聞いてました？　庭の様子は離れにいる母さんが、しっかり見張っていたんですよ。もし物干し竿を持った犯人が庭に立っていたなら、いくら暗くたって見逃すはずないじゃありませんか」

「いや、それは判らないだろ。君の母親、離れで居眠りしていたのかも」

「うーん、父さんならその可能性も大いにあったでしょうけどねぇ。母さんは仕事中に居眠りするような人じゃないからなぁ。その可能性は考えなくていいと思いますよ」

「そうか。父親ならあり得るってところが、いかにも君んちらしいな」そういってヒカルさんは難しい顔。パイプ椅子の上で顎に手を当てながら、「だが君の母親の証言を事実と認めるならば、いよいよ事件は奇妙なものになるぞ。庭にも縁側にも不審な人物はいなかった。にもかかわらず、いきなり窓ガラスは割られた。いったい誰が、どうやって……？」

「ええ、それも不思議ですけど、忘れないでくださいね、もうひとつの不思議な現象を」

僕は顔の前で指を一本立てながら続けた。「例の幽霊の声です。もともと母さんが弘江さんから依頼を受けたのは、そっちの謎がメインですから」

「そういや、そうだ。忘れるところだった」ヒカルさんは顎から手を下ろすと、あらためて僕に尋ねた。「その声って、君も確かに聞いたんだな？」

「ええ、この耳で聞きました。やっぱり、あれは弘江さんの空耳なんかじゃなかったんです。もちろんスピーカーから流れてくる音声でもなかった。僕と母さんは矢や石ころを捜す一方で、スピーカーの類についても捜索しました。だけど結局、音が出る装置を見つけることはできませんでしたからね。――ということは！」

「ということは？」

「やはり怪奇現象です」再び僕は声を潜めていった。「間違いありません。あの家、出るんですよ。まあ、いかにも因縁のありそうな古い日本家屋だから仕方ありませんけどね」

「仕方なくない！」ヒカルさんはピシャリと否定した。「そもそも、いまどきの幽霊は『うらめしや～』なんていわないだろ」

そんな彼女の言い草に、僕は「おッ」と一瞬喜んでパチンと指を弾いた。「てことは博士も、ついに認めるんですね、『いまどきの幽霊』の存在を！」

「いいや、認めてないッ。『いまどきの幽霊』も『昭和の幽霊』も、どっちもだ！」

現実主義者である天才発明家は断固として言い切る。僕は首を傾げて尋ねた。

「じゃあ、僕があの夜に聞いた声って、いったいなんだったんです？　僕と弘江さんが同時に同じ空耳を経験したなんてことは、あり得ませんよねえ」

「ああ、もちろんだ。怪しい声は実際、縁側付近で響いていたんだろう。だったら考えられることは、ひとつだけ。音声を発するなんらかの装置が、その場所にあったということだ」

「いや、だからいったでしょ。捜したけれど、なかったんですってば！」

「そういうけど、君たちが捜したのは、要するにスピーカーの類だよな？」

「ええ、もちろん、そうですけど……」

頷く僕の目の前で、ヒカルさんはなにを思ったのか、すっくとパイプ椅子から立ち上がって、ひとり壁際に歩み寄る。そこにあるのはスチール製のキャビネットだ。その扉を開けて中を覗き込んでいたヒカルさんは、間もなくお目当てのものを見つけたらしい。

「やあ、これだ、これ！」

そんな歓声をあげると、今度は部屋の片隅にある飾り棚へと移動。棚板に両手を伸ばしながら怪しい動作を見せたかと思うと、やがて白衣の裾を揺らして、こちらを振り向く。そして何事か企むような笑みを僕へと向けた。「ああ、丘クン、私はちょっと用事を思い出した。君、ここで少しの間、待っててもらえないか。すぐ戻るから」

「トイレですね。構いませんよ、ゆっくりしてきてください」

「馬鹿ッ、トイレじゃない！　仮にトイレだとしても、そんな言い方あるか！」

まったく子供ってやつはデリカシーってもんがないから嫌いだよ――とブツブツ文句をいいながら、ヒカルさんは研究機器の迷路の中へとその姿を消していく。そういえば、この研究所のトイレって、どこにあるのだろう。それって普通のトイレなのかしらん？

と余計なことを考えながら、待つこと数分。「長いなぁ……大のほうかなぁ……」と、これまた余計なことを思った直後、

『――こんにちは、晴人クン、あたしミカよ』

唐突に知らない女性の声が僕に挨拶してきた。しかも妙に作った感じの甲高い声だ。

僕はビックリして立ち上がると、声の主を探して周囲をキョロキョロ。だが、あたりに人の姿はない。やがて僕の視線は、部屋の一角にある例の飾り棚へと向けられた。

棚板の上に飾られているのは東京タワーの置物やシャケをくわえた木彫りのクマ、その隣にはアニメの登場人物だろうか、ピンク色の髪の毛を持つ美少女キャラのフィギュアが一体だけ置いてある。フィギュアは黒い円盤状の台座の上に立っていた。

東京タワーは東京タワーだし、木彫りのクマの名前が『ミカちゃん』ってこともないだろうから、きっとこの美少女キャラが『ミカちゃん』なのだろう。そこまでは、なんとなく見当がつくのだが、「しかし、人形が喋るはずはない……」

呟くようにいうと、再び女性の声が僕の目の前で響いた。

『晴人クンはオカルトが好きなのね。ミカはオカルトなんて大嫌い。ヘドが出るわ』

「そ、そーなんだ……」なんだか随分、口の悪い美少女キャラだなぁ！

『あたしたち、いいお友達になれそうね、晴人クン』

「いや、なれないんじゃないかなぁ、友達なんて無理」だって価値観が違いすぎるもの！

呆れた僕は茶番に付き合うのを中止して大声で呼びかけた。「ていうか、ヒカルさんですよね？　喋っているのはミカちゃんじゃなくてヒカルさん。——そうでしょ？」

『え、ヒカルさん!?　ううん、違うわよ、晴人クン』可愛くいった直後、美少女フィギュアは一転して可愛くない声で命じた。『ヒカルさんじゃないだろ。博士と呼べ、博士と！』

6

間もなく僕の前に再び姿を現した暁ヒカル博士は、白衣の右手にスマートフォンを持ちながら得意そうな顔。訳が判らない僕に向かって、愉快そうな視線を向けながら、

「さーて、丘クン、なにか私に質問したいことは？」

もちろん聞きたいことは山ほどある。僕は「はーい」と元気よく挙手して最初の質問を口にした。「いい歳した大人が美少女キャラの声マネなんかして、恥ずかしくないんですか？」

「いちばん聞きたい質問が、それか？」ヒカルさんは嘆息するようにいって、僅《わず》かに頬を赤らめた。「もちろん恥ずかしいにきまっている。だが真相究明のためなら、やむを得ないだ

ろ。――他に質問は？　できれば、もうちょっとマシなやつを頼む」

　彼女の要求に応えて、僕は多少なりともマシな質問を口にした。

「さっきのアレ、美少女フィギュアから声が出ているように聞こえましたけれど、どんな仕組みですか。フィギュアの中に超小型のスピーカーが仕込まれている？　それで博士がスマートフォンに向かって喋った言葉が、そのスピーカーから聞こえてくるとか？　でもスピーカーみたいに音の出る穴なんて、フィギュアにも台座にもなかったようですが」

「もちろん音の出る穴なんかない。でも声はちゃんと聞こえていただろ。ならば、その声は果たして、どこから出ていたのか。――実は、この美少女フィギュアからではない。かといって台座の部分からでもないんだ」

「てことは……？」

「ここだ、ここ」といってヒカルさんは飾り棚の棚板を指で示した。

　もちろん僕はキョトンだ。「え、この飾り棚がスピーカーってこと？」

「まあ、そうだともいえるし、そうじゃないともいえる」ヒカルさんは微妙な言い回し。そしてフィギュアの立つ台座を指で示しながら、タネを明かした。「これは単なる台座のように見えて、その実、単なる台座ではない。あらゆるものをスピーカーに変える画期的な万能スピーカー、その名も『ふるえる君』だ」

「ああッ、博士、また妙なものを作って……」

「その言葉、よく覚えていろよ、君」と謎めいたことをいって、彼女は自らの発明品についての説明を加えた。「万能スピーカーといっても、この台座そのものから音が出ているわけではない。これは小刻みな振動を発生させる装置に過ぎないんだ。だから音の出る穴もない。だが、ひとたびこの装置を別の物体にピタリとくっつけてやると、その物体から音が出るんだ。なぜなら音の正体とは、要するに物体と物体が衝突したり擦れあったりした際に生じる振動であり、その音を伝えるのもまた空気の振動だから。――判るな、丘クン」

「サッパリ判りません」

「そうか」深々と溜め息をついたヒカルさんは、詳しい説明を諦めて一足飛びに結論を述べた。「要するに、この『ふるえる君』を使えば、テーブルでも壁でも床でも、すべてがスピーカーに早変わりってわけだ。もちろん飾り棚の上に置けば、棚板そのものがスピーカーとなって音を出す。『ふるえる君』を台座に見立てて、その上に美少女フィギュアを置けば、あたかも美少女フィギュアが声を発しているかのように見える――てなわけさ」

「へえー」意外と凄い発明品ではないか。本気で感心すると同時に、僕の中に大いなる疑問が湧き上がった。「ねえ、博士、なんでこれ、商品化しないんですか？」

この素朴すぎる問い掛けに、ヒカルさんは白衣の肩をガックリと落とす。そしてパイプ椅子にどっかと座り込むと、うなだれるようにして答えた。「……他のメーカーに先を越されたんだ。これと同様の商品は、すでに存在する。もう何年も前からな……」

「え!? ということは……」僕は気の毒な思いでいっぱいになりながら、「この『ふるえる君』の発明は、まったくの無駄骨ってこと?」

「そういうことだ。——ふッ、まさか私以外に、こんな妙なものを作っているメーカーがあるだなんて、私自身でさえ夢にも思わなかったよ」

ヒカルさんの自嘲気味な発言を耳にして、僕は思わずうろたえた。

「わッ、だ、駄目ですよ、博士ッ、『妙なもの』なんていっちゃ! そのメーカーさんに悪いじゃありませんか。立派な発明でしょ、立派な発明!」

「君が真っ先にいったんだろ、『また妙なものを……』ってな!」

「そ、そういや、そうでした」二の句が継げない僕は、慌てて話題を事件に戻した。「それで博士は、この妙な……いや、この立派な発明品がなんだっていうんです? 今回の事件と関係あるっていうんですか」

「うむ、あるかもだ」パイプ椅子の上でヒカルさんは真顔で頷いた。「事件の直後、君は母親と一緒に縁側の周辺を捜索した。だがスピーカーの類は見つからなかった。さっき君、そういったよな。だが、この装置を使えば、あらゆるものが音声の発生源となり得るんだ。窓ガラスだって植木鉢だって柱だってオケラだってアメンボだって……」

「はぁ!?」最後の二つは、どうやったってスピーカーにはならないだろう。彼女の戯言《ざれごと》を聞き流して、僕は真面目に反論した。「その場合、僕と母さんは、その『ふるえる君』みたいな装置を現場付近で発見できたはずですよね？」

「果たして、そうかな」ヒカルさんは意味深な笑みを浮かべていった。「そりゃ、こんな装置が剝き出しのまま現場にあれば、発見することもできただろう。だが、もしこの装置になんらかのカモフラージュが施されていたとしたら、どうだ？　例えばカタツムリの外観が与えられて、窓ガラスにピッタリとへばりついていたなら……？」

「そんな、まさか。カタツムリなんて一匹もいませんでしたよ」

「だから例えばの話だっていってるだろ。巧みなカモフラージュを施されていた場合、君たちはその存在に気付くことができなかった。その可能性はあるはずだ」

「そりゃまあ、確かに……」僕は渋々と頷いて続けた。「じゃあ幽霊の声については、そういう特殊な装置を用いたってことで説明がつくとしましょう。でも窓ガラスが突然割れた件については、どう説明するんですか。それとは別の特殊な装置が使われたとか？」

「まあまあ、そう慌てるなよ、丘クン」ヒカルさんは片手をヒラヒラと振りながら、「きっとなにか上手いやり方があるんだ。だが、それを理詰めで考えるためには、まだまだ情報不足だ。なにせ私は今回の事件について、君の口から話を聞かされただけ。現場写真の一枚さえ、見せてもらっていないのだからな。——安楽椅子探偵のつらいところだ」

「あ、だったら僕、現場の詳しい見取図を描きましょうか。現場の状況なら、僕の頭の中にしっかり残っていますから」

「見取図か。確かに、ないよりマシだな。だったら、ひとつ頼もうか」

「いいですとも」僕は小さく頷いてから、「じゃあ博士、紙と鉛筆を貸してくださいよ」

「ん、紙と鉛筆!?」といって、なぜかヒカルさんは半笑いの表情。そして、なにを思ったのか、再びキャビネットの扉を開けて中をゴソゴソ。やがて箱の奥から《発掘》されたのは薄い板状の物体だ。「やあ、これこれ！」といって、ヒカルさんは謎の物体を僕へと手渡した。

「なんですか、これ？　タブレット端末……？」

「いや、違う」首を横に振った天才発明家は、謎の物体の正体を明かした。「これは、画期的な発明品。どんな複雑な間取りだろうが、指一本で誰でも簡単に見取図が描けるという見取図製作機、その名も『見取図太郎』だ。とある人物の依頼で、この私が試作した」

「…………」またまた妙なものを作って――という禁句を僕はすんでのところで呑み込む。代わりに素朴な疑問を口にした。「誰なんです、これを作らせた『とある人物』って？」

「名前はいえない。ただ《図面を描くのが苦手なミステリ作家》とだけいっておこうか」

「なるほどー、ミステリには付き物ですもんねえ、犯行現場の見取図が」僕はその発明品の存在意義を充分に認めた上で、「でも、やっぱり紙と鉛筆を貸してもらえ……」

「では使い方を説明しよう。なーに、慣れてしまえば簡単カンタン……」

僕の言葉を完全無視して、ヒカルさんは自らの発明品について説明を始めた。

それから小一時間が経過したころ。悪戦苦闘の末、ようやく僕が操作するタブレット端末——じゃない『見取図太郎』だ、見取図製作機だ——その液晶画面の中に事件現場の見取図が完成した（紙と鉛筆なら、きっと五分で描けたろう）。

「やあ、ご苦労さん」と、ねぎらいの言葉をかけながら、僕の背後から液晶画面を覗き込むヒカルさん。その顔に、たちまち意外そうな表情が広がった。「なんか、君の話から想像したのとは少し違うな。——ここは、なんなんだ？」

ヒカルさんは見取図の左端を指差しながら尋ねた。「ここも縁側なのか？」

見取図太郎による完璧な図面

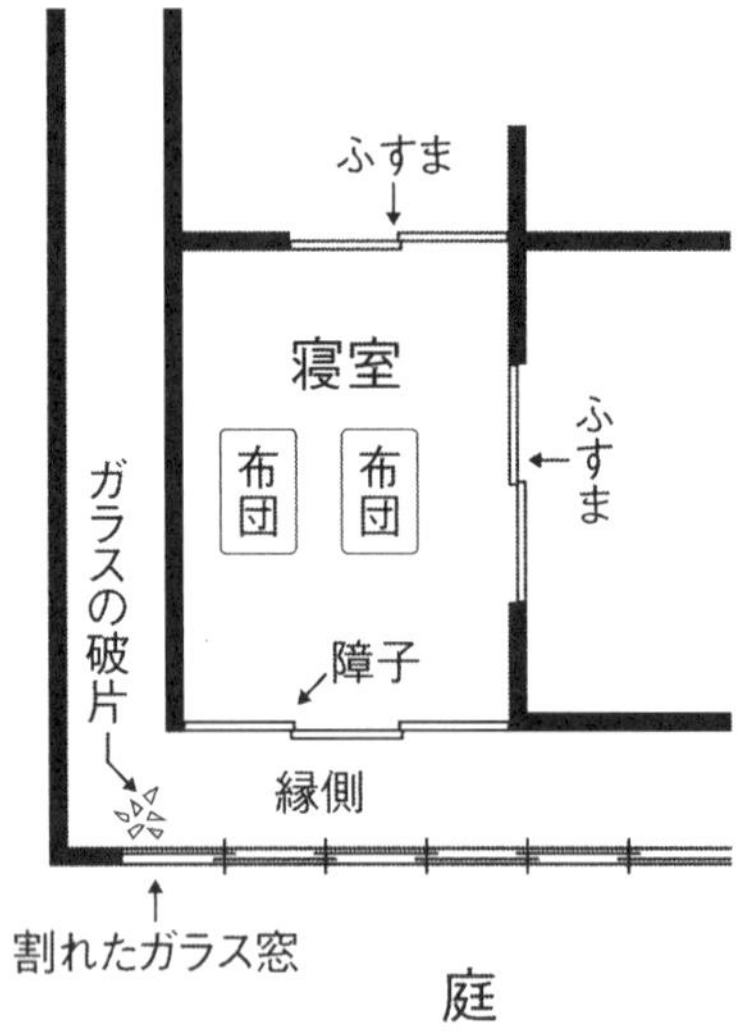

「いえ、そこは普通の廊下ですよ。庭には面していません」
「そうか」と頷いたヒカルさんは、呟くような声で続けた。「窓ガラスが割られたのは、弘江さんの寝室を出てすぐの縁側。丘クンの説明に嘘はない。だが、この見取図を見ると、それは廊下の突き当たりで起きた出来事ともいえるわけだ。——君、事件当時この廊下に明かりはあったのかな？」

「いいえ、事件が起きたときには、廊下はほぼ真っ暗でしたね」

「そうか。ちなみに、この廊下は真っ直ぐいくと、どこに繋がるんだ？」

「真っ直ぐいった突き当たりが風呂場で、その隣がトイレですね」

「ひょっとして弘江さんの孫、富島悠樹さんという大学生の寝室も、そちら側にあるのでは？　事件直後、悠樹さんは縁側とは反対側にあるふすまを開けて、弘江さんの寝室へと駆けつけた。——君の話によれば、確かそんな感じだったはずだ」

「ええ、間違いありませんよ。悠樹さんの部屋は廊下を真っ直ぐいった建物の奥。風呂場やトイレのすぐそばです」説明を加えた僕は、ふと気になって尋ねた。「ひょっとして富島悠樹さんのこと、疑ってるんですか？　彼が縁側で幽霊の声マネをして、それから廊下を走って逃げた。その直後になに食わぬ顔で弘江さんの寝室に現れた——とか？」

「駄目なのか、そういう考え方は？」

「駄目っていうか、無理だと思いますよ」首を横に振った僕は、そう考える理由をいくつか並べた。「まず声が違います。僕らが聞いた声は、悠樹さんの声とは似ても似つかぬ変な声。妙に震えを帯びたような、ヒビ割れたような声でした。悠樹さんが、あんな奇妙な声を出せるとは思えません。それに彼が廊下を走って逃げたなら、僕と弘江さんはその足音や気配を感じたと思います。でも僕らはそんな足音を聞かなかったし、気配も感じませんでした。それからガラスの破片の問題がありますよね。彼が窓ガラスを割った犯人なら、その破片は庭のほうに散乱するはずでしょう？　だって彼は建物の中にいたんだから」

「…………」僕の問い掛けに、なぜかヒカルさんは沈黙。やがて、その脳裏に何事かひらめきがあったのか、彼女の顔に突如として明るい笑みが浮かぶ。そして白衣の天才発明家は、僕に向かって一方的にいった。「今日のところは、これまでだ。——ところで丘クン、悪いが明日の放課後、もう一度ここにきてもらえるかな？」

「え、いいですけど……なんで？」

怪訝な顔の僕に対して、ヒカルさんはヒラヒラと片手を振りながら、

「なーに、気にしない気にしない。明日になれば、きっと判るって……」

7

そんなこんなで迎えた翌日の放課後。暁ヒカルさんとの約束を果たすべく、僕は君乃中学校の校門を飛び出した。やがてたどり着いた廃工場——いや、違う。研究所だ——『ひらめき研究所』は相変わらず寂れた雰囲気。ヒビの入ったガラスをテープで補修した玄関も普段どおりだ。その扉を開けて「ヒカルさーん、きましたよー」と大きな声で中へと呼びかける。

ところが誰の返事もない。研究所はシンと静まり返ったままだ。

「あ、シマッタ！　そうだった……」自分のミスに気付いた僕は、拳で頭をポカリ。あらた

めて天才発明家のことを呼びなおした。「博士ぇーッ、僕ですーッ、丘ですーッ」

　そうそう、最初からそう呼んでくれれば、すぐに返事をしてやったのに、まったく君って子は学習能力がないんだから——とかなんとか文句をいいながら、白衣をまとったヒカルさんが登場するに違いない。てっきりそんな展開を予想していたのだが、現実は違った。

　やはり答える声はない。アテが外れた僕は「あれえ!?」と首を傾げるしかなかった。「ヒカルさん、本当に留守なのかな……もしかして、僕との約束を忘れちゃった……?」

　だが今日の放課後に、この研究所を訪れるようにいったのは、彼女のほうなのだ。だったら遠慮することはない。中で待たせてもらおう。そう思った僕は玄関の中へと足を踏み入れた。迷路のごときフロアを抜けて、奥のスペースにたどり着く。そこにも、やはり人の姿はなかった。

「まあ、いいや。ヒカルさんのことだ。きっと、お腹がすいたら戻ってくるさ……」

　本人がいないのをいいことに、勝手なことを呟く僕。パイプ椅子に腰を下ろしてボンヤリと周囲を見回しながら、「……にしても無用心な研究所だなぁ……奪われて困るような研究データとか設計図とか、一個もないのかしらん……?」

　——まあ、ないんだろうな、一個も!

　と一方的に決め付けて、僕は椅子の背もたれに上体を預ける。

　すると、そのとき——『うらめしやぁ〜ッ』

突然どこからともなく響いてくる怪しい声。驚いた僕はパイプ椅子から転がり落ちそうになりながら、「な、なんだ、いまの声……だ、誰?」

『驚かないで、丘クン……』震えを帯びた怪しい声が、僕の名前を呼ぶ。そして次の瞬間、その声が自ら名乗りを上げた。『あたしよ、あたし……ミカよ、ミカ』

「ミカって……」僕は激しく脱力した。「てことは、やっぱりヒカルさんの仕業か……」呟きつつ、あらためて周囲を見回す。だが見慣れた白衣姿を見つけることはできない。

「おかしいな……さっきの声、どこから聞こえてきたんだ……?」首を傾げながら、僕は窓辺へと歩み寄った。先ほどの声は窓辺から聞こえていた。そんな気がしたからだ。「ひょっとして、窓の外にヒカルさんがいるとか……?」

そう思って透明なガラスの向こう側を覗いてみるが、そこにはコンクリートの地面が広がるばかり。白衣をまとった女性の姿など見当たらない。右を向いても左を向いても、どこにも——と思った直後、上を向いた僕の視界に奇妙な物が飛び込んできた。

「ん……なんだ、これ!?」目を凝らして僕は、その物体を見極める。

それは糸だった。細くて透きとおった一本の糸。それがピンと張り詰めた状態で、僕の頭上に延びていた。糸の一方の端は窓ガラスに続いている。よく見ると、薄いガラスに針で突いたような小さな穴が開いているのだ。糸の端はその小さな穴に通されている。では、もう一方の端は、どこに続いているのか。ピンと張った糸を目で追うと、どうやらそれは僕の背丈よりも高いところを延びて、迷路のごとき機械類の向こう側まで達している。

「これって、ひょっとして……」

漠然と見当をつけた僕は、張り詰めた糸を目で追うようにして、『迷路』の中へと足を踏み入れていく。透明な糸は背の高い機械類の、さらにその上を通って延びている。なんの役に立つか判らない計器類や工作機械の隙間を縫うようにして、僕は歩を進めた。そうしてたどり着いた『迷路』の奥。白衣姿の天才発明家は、脚立の上に腰を下ろした恰好で、僕のことを待ち構えていた。「やあ、丘クン、やっと見つけてくれたか」

左手を上げるその表情には、愉悦《ゆえつ》の笑みが浮かんでいる。そんな彼女は右手に持った茶筒のごとき物体を、自らの口許に当てる。そして、おどけたような口調でいった。

「うらめしやッ、あたし、ミカよ！」

「…………」呆気に取られる僕は、ヒカルさんの口許にある円筒形の物体を指差して尋ねた。

「えーっと、それってひょっとして、糸でんわ……？」

「ああ、そうだ。ひょっとしなくたって、これはまさしく糸でんわ。この私が、ひと晩かけて作り上げた逸品だぞ。こんなもの真剣に作ったのは、小学生のとき以来だ！」

天才発明家は脚立の上で誇らしげに白衣の胸を張った。

「まあ、『幽霊の正体見たり糸でんわ』ってところだな。実は今回の事件は、この糸でんわによるものと考えることで、すべて説明がつくんだよ」

あらためて奥のスペースに場所を移したヒカルさんは、窓辺に歩み寄ると、目の前のガラス窓を指で示す。よく意味が判らない僕は、同じ窓を見詰めながら口を開いた。

「はぁ、『この糸でんわ』っていいますが……これって糸でんわと呼んでいいんですか」

「糸でんわだろ。少なくとも音を伝える原理は糸でんわ、そのものだ」

そう断言したヒカルさんは、糸のついた筒状の物体を手にしながら説明を始めた。

「昨日もいったが、音とは物体の振動だ。糸でんわの場合、この円筒形の《受話器》の底に薄い紙が張られている。私がこの《受話器》に向かって声を発すると、それに反応してこの薄い紙が振動する。その振動は一本の糸によって離れた場所にある、この窓に伝えられる。結果、窓のガラスが振動することで音が出る」

「それが、さっきの震えを帯びた怪しい声の正体だったんですね」

「そうだ。けっして幽霊の声なんかじゃない。誰もいない窓辺で怪しい声が響いているから、それが怪奇現象のように思えただけだ」

「じゃあ富島邸で僕や弘江さんが聞いた幽霊らしき声も、これと同じ仕組みなんですね。縁側の窓ガラスに小さな穴が開いていて、そこに細くて透明な糸が一本通っていた」

「そうだ。その糸の先端には結び目が作ってあった。強く引っ張っても、ガラスの穴から抜けないようにだ。そして糸のもう一方は暗い廊下を一直線に延びていた。それは突き当たりにある風呂場まで達していたんだろう。では、その風呂場に身を潜めて、筒状の《受話器》を口に当てていた人物は、いったい誰か。――もう判ってるよな、丘クン？」

「ええ、富島悠樹さんですね」弘江さんの孫に当たる大学生だ。彼以外に風呂場で《受話器》を持てる人物はいないだろう。明らかになった真相に、僕は小さく溜め息をついた。「まさか、あの人が《幽霊の声》を響かせていた張本人だなんて。――にしても、動機はなんだったんでしょうか」

「さあな、それは本人に聞いてみないと判らないが」と慎重に前置きしてから、ヒカルさんは自分の考えを披露した。「富島邸の土地と建物は、売り払えばかなりの大金になる。実際それを売ってもらおうと、富島邸に足繁く通う不動産業の人もいたらしい。だが肝心の弘江さんには、住み慣れた家を売る気がない。それを見て、君や君の父親が思ったのと同様、富島悠樹も密かにこう思っていたんだよ――『さっさと売っちゃえばいいのに！』ってな。おばあちゃんのもとに大金が転がり込めば、孫の悠樹だって潤うわけだから、そんなふうに考えたってなんの不思議もないさ」

「なるほど。それで悠樹さんは、今回の幽霊騒動を起こしたんですね。そうすることで、弘江さんが気味悪がって、この家を手放すことを期待して」

「たぶん、そんなところだろうと思う。実際、気味が悪いと感じた弘江さんは、自ら『オカリナ探偵局』に足を運び、君と君の母親に助けを求めた」

「そうでした。では、僕と母さんが富島邸に泊まったあの夜も、やはり悠樹さんは同様の手口でもって幽霊騒動を演出しようとしたんですね。わざわざ僕らのいる前で」

「そうだ。縁側の窓の高いところには、針が通るぐらいの穴が開けてあった。気を付けて見ないと見つけられないほどの、ごくごく小さな穴だ。そこに悠樹は糸を通して、糸でんわの仕掛けを施したんだ。彼にしてみれば、過去に何度も繰り返したことのある仕掛けだ。糸が張られたのは暗い廊下。おまけにその糸は君たちの頭より高いところを通っている。だから君も弘江さんも、自分の視界の上にある仕掛けに気付くことはなかった。やがて君と弘江さんが寝床につく。それを待って、悠樹は風呂場に身を潜めつつ、怪しげな声だけを縁側に響かせたわけだ。例の《昭和っぽい幽霊の声》をな」

「なるほど。しかし、なんで『うらめしや～』だったんでしょうね？」

「さあ、きっと弘江さんの世代に合わせたんじゃないのか。あるいは『うらめしや～』以外に幽霊を印象付ける台詞を思いつかなかった、ということも考えられるな。実際、他にないだろ、幽霊らしい台詞って。まあ、いずれにせよ《昭和っぽい》か《令和っぽい》かは、どっちだっていいんだ。要は弘江さんを怖がらせることさえできれば、それでいい。特にその夜は、弘江さんの寝室で丘クンも一緒に寝ていた。二人が同時に同じ声を耳にするわけだから、その効果はバツグンだ。だからこそ富島悠樹は敢えてその夜に、わざわざもう一度、幽霊騒動を起こそうとしたんだな」

「ふーん、そういうことだったんですね」納得して頷いた僕は「ん!?　でも待ってくださいよ」といってヒカルさんを見やった。「怪しい声の正体はそれで説明がつくとして、その後の出来事は、どう考えればいいんですか」

「ふむ、『その後の出来事』とは、例の窓ガラスがいきなり割られた一件のことだな」ヒカルさんはそういって鼻先の眼鏡をクイッと指で押し上げた。「だから、さっき私がいっただろ。今回の事件はすべて糸でんわで説明がつくって」

「はぁ、説明つきますか、糸でんわで……？」僕には、なにがなにやらサッパリだ。

一方のヒカルさんは自信ありげに続けた。「弘江さんは突然、窓ガラスが割れたのを見て、何者かが攻撃してきたと考えた。けれど実際はそういう話じゃなかったんだ。これは攻撃じゃなくて偶然の出来事なんだよ。その夜だけに起きたアクシデント、あるいはハプニングと呼んでもいいかもしれないが……おや、まだよく判っていないようだな、丘クン？」

問われて僕は首を傾げるばかり。ヒカルさんは嘆息するようにいった。

「よく考えてみろ。夜中に誰もいない縁側で幽霊の声が響いたことは、それまでにも何度かあった。つまり富島悠樹が糸でんわの仕掛けをおこなったということだ。だが、そのときには突然ガラスが割れるなんて現象は一度として起きなかった。しかし丘クンが泊まった夜に限って、それが起きたんだ。では両者の違いは何だ？　それまでの夜と事件の夜、いったいなにが違っていたのか。——ヒントは『弘江さんが手にしていた物』でーす」

「…………」それ、ヒントじゃなくて、もう答えじゃありませんか、ヒカルさん？　僕は溜め息をつきながら、予め《あらかじ》用意された答えを口にした。「ひょっとして薙刀のことですか」

「ピンポン、ピンポーン！」ヒカルさんは正解を告げる陽気なチャイムを自らの口で鳴らした。「事件の夜、弘江さんは特別に気合が入っていたんだろうな。幽霊退治とばかりに、大きな薙刀を持って縁側に飛び出してきた。だが、それまでの夜にはそこまで大袈裟《おおげさ》なことは、たぶんしていなかったはずだ」

「ええ、そうでしょうね。弘江さんは大きな薙刀を持ちながら、縁側を右往左往していた。すると弘江さんのすぐそばで窓ガラスが割れた……糸でんわの仕掛けが施された窓ガラスが突然に……あ、そうか！」僕は思わずパチンと指を弾いた。「てことは、弘江さんの持っていた薙刀の先端が！」

「そう、彼女の頭上に延びた透明な糸に引っ掛かったのさ。すると、どうなるか。もともとピンと張り詰めていた糸が、無理やり片側から引っ張られることになるだろう。そのとき糸がプツンと切れてしまえば、たぶん何事も起こらなかった。だが糸でんわの仕掛けに用いられたのは、かなり強靱《きょうじん》な糸だった。おそらくは魚釣りに使う透明なテグス糸だったんだろう。そのため、無理やり引っ張られても糸は切れなかった。結果、窓ガラスのほうが引っ張られる力に耐え切れずに、パリンと割れてしまったんだな。室内側から引っ張られたのだから当然、割れたガラスの破片は室内側――つまり縁側に散乱した」

「その光景を見て、僕らは勘違いしてしまったんですね。誰かが庭のほうから攻撃してきたに違いないって」

「まあ、そう思い込むのも無理はない。ガラスの破片が室内側に飛び散ったんだから当然、庭のほうからなんらかの力が加わったのだろうって、誰だってそう思う。だが、そのとき庭には誰もいなかった。君の母親が離れから見ていたとおりだ。おまけに銃弾や矢が撃ち込まれた形跡もない。石ころや棒切れが投げつけられたわけでもない。結果、それこそ姿の見えない幽霊の仕業としか思えないような摩訶《まか》不思議な状況ができあがってしまった。これはそういう事件――ていうか突発的な事故だったんだよ」

「なるほど」感嘆の声をあげた僕は、続けて質問した。「そのとき風呂場にいた悠樹さんは、縁側でなにが起きたのか、ちゃんと判っていたんでしょうか」

「もちろんガラスが割れたことぐらいは、風呂場にいても把握できただろう。大きな音を聞いたはずだし、張り詰めた糸が急にだらんとたるんだことで、『どうやらガラスが割れたらしい……』ということには気付けたはずだ。だが、なぜそんなことになったのかは、たぶん判らなかったろうな。そんな状態の中で、彼はとりあえずたるんだ糸を懸命に手繰り寄せて回収した。そして、すぐさま弘江さんの寝室に駆けつけた。なにも知らないフリをしながらだ。彼が事の次第を正確に理解したのは、弘江さんが手にした薙刀を見たときだろうな」

そういってヒカルさんは今回の幽霊騒動にまつわる謎を見事に解き明かした。幽霊の仕業に思えた奇妙な出来事も、彼女の『ひらめき』にかかれば、けっして不思議でも不可能でもない現象として説明される。そんな彼女の優れた能力に、僕は舌を巻く思いだった。

8

暁ヒカルさんの推理はどれほど素晴らしいとしても、そのままでは単なる考え方に過ぎず、なんの役にも立ちはしない。彼女の発明品と同じである（失礼！）。

そこで次は僕の出番だ。僕はヒカルさんの推理を、まずは母さんの前で披露した。もちろん僕が自分の頭で捻《ひね》り出した推理としてだ。母さんはその内容に説得力アリと判断したのだろう。後日、僕の推理（本当はヒカルさんの推理）を、依頼人である富島弘江さんへと伝言ゲームのように伝えてくれたらしい。では、それを聞いた弘江さんは、孫である悠樹さんをどのようにしたのか。百叩きにしたのか、それとも磔《はりつけ》にしたのか――

そんなことを考えながら平凡な日常を過ごしていた、とある日の夕刻。丘家のダイニングには、いつものように夕食を囲む僕ら三人家族の姿があった。

そんな中、「あ、そうそう、そういえば……」と、いきなり口を開いたのは母さんだ。まるで芸能人の噂話でもするかのように、母さんはなに食わぬ顔でいった。「富島さんちに悠樹君っていう大学生が居候していたでしょ。彼、あの家から追い出されたんだって」

「追い出された!?」

と眉をひそめたのは、今回の事件について完全に蚊帳《かや》の外だった父さんだ。箸で摘《つま》んだアジフライを口に運びながら父さんは、「なんで悠樹君、追い出されちゃったんだ？　さては、あのおばさんの逆鱗《げきりん》に触れるようなことでも、やらかしたのかな……ひひひッ」と、なんだか凄く愉快そう。まったくの他人事だと思っているのだ。

「そうね、まさしく逆鱗に触れちゃったのかもね」

そういって母さんは僕に意味深な目配せ。それでもう僕は事の次第を充分に理解した。

「ふぅん、そーなんだぁ」

僕は素知らぬフリで相槌を打つ。そして独り言でも呟くように、

「そっかぁ、あのお兄さん、おばさんに追い出されたのかぁ……じゃあ、もうあの家には戻れないんだね……ってことは、つまり出入禁止ってこと？　あはッ、だったら父さんと同じだね！」

そういって無邪気な笑顔を父さんに向ける僕。その視線の先で、父さんはまるで瞬間冷凍されたかのようにピシッと硬直。顔面は強張《こわば》り、指先はブルブルと震えを帯びる。箸で摘んだアジフライがボトッと音を立ててテーブルに落っこちた。楽しかった夕餉の食卓に、突如として漲《みなぎ》る緊張感。意外な反応に僕はちょっと慌てた。

――あれ!?　ひょっとして父さん、意外と気にしてるのかな、自分が出禁を喰らった件!?

呆気に取られながら、首を傾げる僕。

固まったまま微動だにしない父さん。

すると母さんは箸を置いて「はぁーッ」と深い溜め息。そして自分の唇に人差し指を当てると、『それ以上は喋らないでね』の顔をして、僕を黙らせるのだった。

05

天才博士と靴跡のアリバイ

1

コインパーキングに車を停めた父さんは運転席を出るなり、快晴の夏空を見上げて眩《まぶ》しそうに目を細める。そして道路の向こう側に視線を向けると、聳《そび》え立つ門を指差していった。

「見ろ、晴人、あれが神崎《かんざき》さんのお宅だ。神崎家は代々『神崎建設』の社長を務める立派な家柄。先代社長である耕造《こうぞう》氏には、父さんも大変な恩義を受けたってわけだ」

「はぁ、神崎……耕造氏!?」夏用の制服姿の僕は助手席のドアを開けながら、「誰、それ!? 僕、会ったことある!? ていうか、なんで私立探偵やってる父さんが、建設会社の前社長から『大変な恩義』を受けたりするのさ。現場作業の仕事でももらったの?」

素朴な疑問を口にすると、父さんは少しばかり慌てた様子。自分の唇に指を当てながら「シーッ」といってキョロキョロと周囲を憚る素振り。そして僕の耳元で真実をささやいた。

「馬鹿だな、晴人、そういう設定だよ、設定! 父さんと耕造氏は古い仲だという設定なの! 実際は父さんだって、こんな偉い人の家、初めてだとも。当然だろ」

「えーッ!? じゃあ、その耕造氏って人に会うのも……」

「もちろん今日が初めてだ」そういって父さんは突然、右手を受話器の恰好にすると、それを自分の耳に当てながら、「何日か前に事務所に電話が掛かってきたんだ。『あーもしもし、君がここ最近、難事件を解決して評判になっている〈オカリナ探偵局〉の名探偵さんかね？』ってな。もちろん父さんは、『はい、そうです』って、そう答えたわけだ」

「………」いやいや、駄目でしょ、嘘ついちゃ！

僕は心の中でブンブンと片手を振った。

僕の父親、丘登は確かに私立探偵ではあるけれども、名探偵と呼ぶのは無理がある。事実、『オカリナ探偵局』において所長を務めるのは母さんのほうで、父さんは単なる調査員に過ぎない。じゃあ、母親である丘理奈さんが名探偵なのかというと、実はそれも違う。ここ最近、君立市で起こる難事件をズバズバと解決しているのは、なにを隠そう君乃中学に通うごくごく普通の二年生、丘晴人。すなわち、この僕だ。

まあ、厳密にいうなら、そんな僕に知恵を授けてくれる『博士』の存在があって、その人こそが真の名探偵なわけだけど、それは両親にも内緒の話である。「――で、その《父さんのことを名探偵と勘違いした人》っていうのが、つまり神崎耕造氏ってわけだね」

「そうだ。べつになにも勘違いじゃないと思うけどな」ムッと顔をしかめながら、父さんは話を続けた。「どうやら耕造氏は、なにか依頼したい件があるらしい。それで、こちらのお宅に伺うことになったわけだが、その電話越しに彼がいうには――『なるべく探偵らしくない姿できてもらいたい。普通の会社員っぽい恰好がいい。子供など連れてくれば、まず正体がバレる怖れもあるまい……』とのことだった」

「はぁ、そのためだけに、僕をここまで連れてきたってわけ？」しかも夏休みの真っ只中に？　まったく大人たちの浅知恵には、呆れるより他ない。「ちょっと用心しすぎじゃないの？　そもそも父さん、普通にしてたって、探偵には絶対に見られないと思うよ」

「んなわけあるか！　見るからに名探偵って雰囲気だろ。隠しても隠しきれない知性。ナチュラルにあふれ出す野性味。この強すぎる《探偵オーラ》を打ち消すためには、晴人のような平凡な中学生男子の存在こそが、うってつけ。まさに依頼人の思惑どおりだ」

「うーん……」

これ以上、噛《か》み合わない会話を続けても時間の無駄かもしれない。仕方がないので僕は素直に頷くことにした。「判ったよ。要するに僕は父さんと一緒にいるだけでいいんだね」

「そうだ。で、父さんたちが仕事の話をしている間は、晴人は別室で待機な」

「なんだ、つまんない……」

と思わず呟き声が漏れたけれど、まあ、べつにいいか。浮気調査か失せ物探しか知らないけれど、うちの探偵事務所に舞い込む依頼なんて、大抵そんなものと相場が決まっている。要するに僕が首を突っ込みたくなるような話ではないってことだ。「うん、判った。じゃあ、早くいこうよ。依頼人が待っているんでしょ？」

「うむ、ちょうど午前十時。約束の時刻ピッタリだ」

敢えて面談の時間を午前に設定したのも、依頼人の用心の一環なのだろう。実際、朝っぱらから子供連れで社長宅を訪れる中年男性の姿は、少なくとも探偵には見えないはずだ。
僕と父さんは駐車場を出ると、そのまま真っ直ぐ神崎家の門へと向かった。

門を入ると、そこは広大な庭。その先にある屋敷は洒落た洋風の二階建てだ。

玄関の呼び鈴を鳴らすと、待ち構えていたかのように扉が開かれ、ふくよかな中年女性が顔を覗かせた。父さんは緊張した面持ちで、「あの、わたくし、丘登と申します。あ、こっちは息子の晴人といいまして……おいッ」といって父さんは隣に立つ僕の後頭部を右手でグイッ！　無理やり頭を下げさせると、「あのー、耕造氏はご在宅でしょうか」

「ああ、丘さんですね。ようこそ、いらっしゃいました」

歓迎の言葉を述べる彼女は、耕造氏の娘で『明恵《あきえ》』と名乗った。明恵さんはにこやかな笑みを浮かべながら、「さあ、どうぞ、お上がりくださいな」と僕らを誘う。

父さんと僕は靴を脱ぐと、「お邪魔しまーす」と声を揃えて上がり込んだ。

明恵さんに案内された先は、屋敷の奥にある応接室だ。僕らを二人掛けのソファに座らせた彼女は、自らも正面のソファに腰を下ろしながら、「話は父から伺っておりますわ。大変でしたわねぇ」と、なぜかしみじみとした口調。父さんは曖昧《あいまい》な表情で頷いた。

「え!?　はぁ……えぇ……」

「勧めていた会社が、いきなり倒産したんですって？　しかも息子さんは、まだ中学生で……おまけに奥さんには逃げ……いや、その……と、とにかく大変でしたわねぇ」

こちらの大変さを勝手に理解したらしい明恵さんは、目の前に座る《駄目男》と《可哀想《かわいそう》な息子》に対して、容赦なく憐憫《れんびん》のまなざしを向ける。僕らに反論の余地はなかった。

「…………」

やがて地獄のような沈黙に耐え切れなくなったのだろう、「あ、わたくし、お茶を淹《い》れてまいりますわね」といって明恵さんはソファから立ち上がった。「父のことは、いま呼びにやりますわ。父はいつも離れにおりますの。まあ、一種の隠居所ですわね」

そういって明恵さんは応接室の窓を指差す。そちらに視線を向けると、透明なガラス窓の向こうに、小ぶりな建物が見える。現代的でスタイリッシュな母屋に対して、離れの建物は瓦屋根が特徴的な古民家風の平屋建てだ。二つの建物の間には、濡《ぬ》れた地面が黒々と広がっていた。――そういや昨夜は、まあまあ強い雨が降ってたっけ。

そんなことを思う僕をよそに、明恵さんは応接室を出ていった。間もなく、どこからともなく「美緒《みお》ぉ……美緒ちゃーん」と明恵さんの声が漏れ聞こえる。「おじいちゃんを呼んできてちょうだい。まだ離れにいるはずだから……」

『美緒』というのが娘さんの名前なのだろう。それはいいのだが――

「ねえ、父さん」二人きりになった応接室で、僕は声を潜めて尋ねた。「僕らって、どういう設定になってるわけ?」

「うむ、どうやら父さんは《職を失って奥さんに逃げられ、中学生の息子をひとり抱えて路頭に迷う哀れな中年男》っていう設定らしいな。それプラス、《耕造氏に仕事を世話してもらうために親子でこの屋敷を訪れた》っていう設定も、たぶん……」

「なるほどぉー」僕は腕組みしながら深々と頷いた。「ピッタリじゃん！」

「ピッタリじゃないだろ！」父さんは憤懣《ふんまん》やるかたない様子で、ソファから立ち上がる。そして睨《にら》むような視線を窓の向こう側へと向けた。「だがまあ、ここまで凝った設定ができあがっているなら仕方がない。こちらもそれに乗っかるしかないか……おや!?」

　父さんはふいに窓の向こうを指差しながら、

「あれが明恵夫人の娘さんらしいな。神崎美緒さんだ」

　首を回してそちらに目を向けると、ガラス越しに若い女性の姿が見えた。ベージュのワンピースを身に纏《まと》った髪の長い女性だ。濡れた地面を突っ切って、真っ直ぐ離れへと歩いていく。女性は離れの玄関先にたどり着くと、扉を開けて室内へと姿を消していった。

「神崎家の家族構成については、父さんも前もって調べたんだ」そういって父さんは、その成果の一端を披露した。「耕造氏には奥さんがいたが、すでに他界している。二人の間に生まれたのが、ひとり娘の明恵さんだ。その明恵さんと結婚したのが貴浩《たかひろ》氏という男性。この人はいわゆる婿養子で『神崎建設』の現社長だ。そんな貴浩氏と明恵夫人の間には、すでに成人した子供が二人いる。兄の翔太《しょうた》は『神崎建設』に勤務していて将来の社長候補だ。そして妹の美緒は現役の女子大生――いま離れに入っていった彼女のことだな」

「ふぅん。じゃあ、この家に暮らしているのは、その五人ってことだね」

「そうだな。居候でもいれば話はべつだが――ん!?」

そのとき父さんの口から怪訝《けげん》そうな声。「おい、晴人、いまなにか聞こえなかったか? 女性の悲鳴みたいな声が」

「そう? べつに気付かなかったけど」そういって僕もソファから立ち上がり、父さんのいる窓辺へと歩み寄る。と、その直後――

バーンと音がするほどの勢いで離れの玄関扉が押し開かれる。次の瞬間、中から飛び出してきたのは、ベージュのワンピース姿。美緒さんだ。初めて正面から眺めるその顔は、くっきりとした目鼻立ちで見栄えがする。だが、その表情はなぜか酷く強張っていて、せっかくの美貌《びぼう》が台無しだ。そんな彼女は玄関先で足を止めると、母屋に向かって叫び声をあげる。

「誰か、きてッ、誰かッ……おじいちゃんが……おじいちゃんが大変なのッ……」

閉じられたガラス窓越しにも、その声はハッキリと聞き取れた。

瞬間、僕と父さんは互いに驚きの表情を見合わせた。

「離れでなにかあったのかな!?」僕が真顔で問い掛けると、

「判らん」ひと言いって、父さんは応接室を飛び出した。「とにかく、いってみよう!」

2

僕と父さんは玄関で靴を履きなおすと、転がるような勢いで外へと飛び出した。建物の角をぐるっと回り込むようにして母屋の裏手へと向かう。感覚として、例の離れは敷地の裏庭に位置していると、そう思ったからだ。その判断は正しかったらしく、間もなく離れの建物が見えてきた――と思った直後、僕らの眼前で母屋の裏口が勢いよく開かれた。

中から姿を現したのは母屋に居合わせた三人の男女だ。ひとりはもちろん明恵夫人だが、他の二人は初めて見る顔だった。

五十代と思《おぼ》しき痩《や》せた中年男性は、おそらく父さんの説明に出てきた現社長、貴浩氏だろう。半袖短パンという装いの彼は、社長というより《休日のパパ》といった雰囲気。離れの玄関先に立つ娘の姿を見やりながら、「どうした、美緒ッ」と心配そうに呼び掛ける。

その背後から現れたのは、Tシャツにデニムパンツ姿の青年だ。こちらは将来の社長候補、翔太さんと見て間違いないだろう。彼は妹の美緒さんよりも、むしろ駆けつけた僕らの姿を目に留めてギョッとした表情だ。まあ、無理もない。スーツ姿の見知らぬ中年男と制服を着た中学生男子が、自宅の裏庭に突然現れたのだ。見開かれた両目は『あんたたち、誰?』と問い掛けている。だが、いまここで初対面の挨拶を交わしている暇はなかった。

「早くきて！」離れの玄関先で、美緒さんが激しく手招きしながら叫ぶ。

「よしッ、いまいくぞ、美緒！」

力強く答えたのは、父親の貴浩氏だ。娘のもとに駆けつけようと、濡れた地面にサンダル履きの右足を踏み出す。だが、次の瞬間――「わ、駄目ッ、パパ、こないで！」

一転して美緒さんの口から真逆の言葉が放たれる。可哀想な『パパ』は、踏み出しかけた足を慌てて引っ込める。お陰でバランスを崩した彼は、地面に両手を突きそうになりながら、

「ど、どういうことだ、美緒!? きてといったり、こないでといったり……!?」

確かに美緒さんの態度は支《し》離《り》滅裂《めつれつ》なものに思える。首を捻《ひね》る母屋側の一同に対して、美緒さんは離れの玄関先から一歩も動くことなく、ただ前方に広がる地面を指差していった。

「濡れた地面に足跡があるわ。踏み荒らさないほうが、いいんじゃないかしら……」

そう指摘された瞬間、母屋側の人々は一様にハッとした表情。僕自身、このとき初めて目の前に広がる地面と、そこに残る足跡に気付いた。母屋と離れとの間隔は、直線距離で五メートル程度。そこに点々と残る小さな足跡は、つい先ほど美緒さんが歩いて離れに向かった際に残したものだ。これについてはなんの疑問もない。

問題なのは、それとは異なる、もうひと組の足跡だ。それは男性を思わせる大きめの靴の痕跡《こんせき》。靴底の模様から見て、革靴というよりは運動靴か長靴を思わせる。その靴跡は、離れの玄関先からスタートして母屋の裏口のほうへと、ほぼ一直線に続いていた。

犯人の足跡だ！　と咄嗟《とっさ》に僕はそう思った。だけど――ん、犯人って、なんの!?　そもそも、いまこの時点では、離れで誰がどうなっているのか、それが犯罪なのかなんなのか、まだ全然判っていないのだ。――いや、だけど僕にはもう話の展開は読めている！　美緒さんのただならぬ振る舞い。地面に残る怪しい靴跡。そして姿を現さない耕造氏。この状況から推測される事態は、ひとつだろう。母屋側にいる大人たちも僕と同様のことを脳裏に思い浮かべたに違いない。誰もが深刻な事態を前にして緊張した面持ちだ。

そんな中――「要は、余計な足跡を付けなきゃいいんだろ？」

と何者かの声が、いきなり僕の背後から響く。

おやッ――と思って振り返ると、いったいいつからそこにいたのだろうか、目の前に佇《たたず》むのはポロシャツ姿の見知らぬ男性だ。貴浩氏よりは年下だが、翔太さんよりは年上に見える。三十代らしきこの男性と神崎家の人々との関係が、僕にはよく判らない。父さんの教えてくれた事前情報の中には出てこなかった人物だ。――さては居候かしらん？

と、そんなふうに訝《いぶか》しく思うのは、僕と父さんだけ。貴浩氏はその男性を目に留めるなり、

「ああ、西野《にしの》君か」といって彼に問い掛けた。「なにか上手いやり方があるのかね？」

「ええ、あれを地面に敷いたら、どうですかね」

『西野君』と呼ばれた三十男が指で示したのは、母屋の隣に建つ小さな木造の建物だ。それは物置のようにも見えるし、なにかの作業場のようにも思える。要するに四角い外観をした

小屋だ。その屋根や壁に、いくつもの材木が立て掛けてある。長い板に短い板、角材などな
ど材木の種類は様々だ。小屋そのものが改築中なのかもしれない。

　確かに、あの細長い板を離れと母屋の間に敷けば、濡れた地面に新しい足跡を付け加えることなく、二つの建物の間を自由に行き来できるだろう。西野という男性の提案は、いまの状況にうってつけであるように思われた。貴浩氏もそう感じたらしく、

「よし、判った。そうしよう」

　といって自ら小屋のほうへと足を向ける。そうして彼がチョイスしたのは、自分の身長よりも遥かに背が高いベニヤ板だ。確かに見上げるほど細長い板ではあるが——

「おいおい、親父、それじゃあ、離れまでは届かないんじゃないか？」

　と不安げな声をあげたのは息子の翔太さんだ。だが貴浩氏の口からは「なに、これで充分だろ」と楽観的な言葉。その板を両手で抱えながら裏口付近まで戻った彼は、いまある足跡からある程度の距離を取った場所にその板を——バタン。音を立てて横倒しにした。

　こうして地面に敷かれたベニヤ板は、母屋と離れとを結ぶ簡易的な橋となった。

　ところが残念。やはり翔太さんが懸念したとおり、そのベニヤ板では短すぎたらしい。板の先端は離れの軒下まで一メートルと数十センチほど届いていない。すると——

「いわんこっちゃないぜ、親父」「届いてないじゃない、あなた」「しっかりしてよ、パパ」

　家族たちの落胆と叱責の声が、現社長であるはずの貴浩氏へと容赦なく浴びせられる。

そういえば父さんの話によると、貴浩氏は婿養子とのこと。会社ではトップに立つ貴浩氏だが、家庭における地位は相当に低いらしい。「――なんか可哀想だね、あの人」

僕が呟くと、父さんはひと言。「うーむ、他人事とは思えんな……」

父さんは家庭の中ではもちろん、探偵事務所でもナンバー2の地位に甘んじているのだ。貴浩氏に同情を寄せる気持ちも判らないではない。――《同病《どうびょう》相憐《あいあわ》れむ》ってやつだね！

そんな中、翔太さんが痺《しび》れを切らしたように、自ら小屋へと向かった。

「あれじゃあ、駄目だ。なにか短い板を継ぎ足さないと……」

だが翔太さんよりもひと足早く、西野さんが同様の考えで一枚の板を選び出していた。

「この板を使おう、翔太君。これなら余裕で届くはずだよ」

それは二メートル半ほどのベニヤ板だ。かなり厚みのあるその板を軽々と持ち上げながら、西野さんは僕らの前へと戻る。そして、すでに地面に敷かれた板の上をスルスルと進んだ。その先で手にした板を離れの建物に向かって斜めに横たえる。二メートル半ほどの板の端は、今度こそ離れの軒下まで楽々と到達した。

こうして完成した板の橋を渡って、まずは西野さんが離れの側へと移動を終えた。

続いて翔太さん、貴浩氏、明恵夫人が次々に橋を渡る。直後に父さんが、「晴人は、ここに残っていろ」と命じて、ひとりベニヤ板の橋を渡り出す。僕は素直に「うん、判った」と頷きつつ、数秒後には同じ橋を小走りに渡っていった。――当然そうするよね？

そうして無事に離れの側にたどり着いたときには、もう大人たちは全員が玄関を通って扉の向こうに姿を消していた。最後に玄関を入っていったのが僕だ。

靴を脱いで上がり込むと、目の前に短い廊下。その先の扉が開け放たれている。忍び足で扉に接近して中を覗き込む。そこはリビングといった感じの広々とした部屋。板張りの床の中央付近で、大人たちは揃って背中を向けながら立ち尽くしている。

その足許には、長々と横たわったまま微動だにしない男性の姿。

僕の立つ位置からは、倒れた男性の白髪頭と茶色い部屋着だけが辛うじて確認できる。

衝撃のあまりだろうか、大人たちは誰もが言葉を失っている。と、そのとき、父さんが誰にともなく問い掛けるようにいった。「……こ、この方が、耕造さん……?」

瞬間、他の大人たちの口から「えッ!?」「はッ!?」というような微妙な反応。彼らは、あらためてその不自然すぎる存在に気付いたといわんばかりに、父さんに対して疑惑の視線を向ける。そんな一同の思いを代弁するように、明恵夫人が尋ねた。

「丘さん……あなた、父とは親しいはずでは……?」

明恵夫人の指摘は冷静にして的確だ。痛いところを衝《つ》かれた恰好の父さんは、しばし沈黙した後、『あ、いっけねぇ』というように拳で自分の頭を――ポカリ!

――いやいや、それで誤魔化せる状況じゃないよね、父さん!

僕は扉の陰で思わず「ハァ……」と溜め息を漏らした。

3

床に倒れていた白髪の男性、神崎耕造氏は発見された時点で、とっくに事切れていたらしい。しかも大人たちの交わす会話によると、どうやら遺体には首を絞められた痕跡があるとのこと。だとするなら、これは殺人事件ということになるだろう。事実、大人たちの手ですぐさま一一〇番通報がなされて、やがて神崎邸には多くのパトカーが集結。制服警官や私服刑事が大挙して押し寄せる事態となった。

で、それからしばらくの後——

神崎邸の長い廊下には、制服警官に案内される形でトボトボと歩く僕と父さんの姿があった。これから僕らは、二人揃って警察の事情聴取を受けなくてはならないのだ。

憂鬱《ゆううつ》な気分で歩を進める僕ら。と、そのとき廊下の向こうにくたびれたスーツ姿——いや、いっそ昭和っぽく背広姿と呼ぶほうがピッタリかもしれないけれど——とにかく地味な服を着た厳《いか》つい顔の男性が見えた。瞬間、父さんは「しめた！」と歓喜の声を漏らす。そして隣を歩く僕に耳打ちした。「鳥越《とりごえ》警部だ。どうやら彼が、この事件の担当らしいぞ」

「ん、父さんの知ってる人？」

「知ってるもなにも、ふふッ、親友だよ、親友！」そう断言した父さんは案内役の警官を追い越すと、目の前の『親友』に向かって気安く片手を上げた。「やあ、鳥越警部、ご無沙汰しております。こんなところでお会いするなんて、実に奇遇ですね。お変わりありま……」

「なんだ、貴様か！」鳥越と呼ばれた警部は、父さんの言葉を遮るように叫んだ。「偶然、現場に居合わせた客人というから、いったいどんな人物かと思ったが……しかし、なぜだ？　なぜ貴様みたいな男が神崎家に出入りしている？　しかも子供連れで……」

鳥越警部はサッパリ訳が判らないといった表情で首を傾げる。だが訳が判らないのは、むしろ僕のほうだ。「ねえ、父さんって親友から『貴様』って呼ばれてるわけ？」

「そうさ。ほら、昔からよくいうだろ、『親しき仲には礼儀ナシ』ってさ。父さんたち、お互いに気を遣わない仲なんだよ。――ねえ、警部？」

「こら貴様、いや、君なぁ」僕の存在に配慮したのか、鳥越警部は若干ながら呼び方をあらためていった。「子供に変なことわざ、教えないほうがいいぞ。マジで信じるから」

「…………」変なことわざ!?　なんのことかしらん!?

キョトンとする僕の前で鳥越警部は「ほら、見ろ。いわんこっちゃない」といって肩をすくめる。そして「まあいい、そんなことより」といって踵《きびす》を返すと、前方にある扉を自らの手で開けた。「とにかく二人とも中に入ってくれ。いろいろと聞きたいことがあるんだ」

そういって警部が僕らを招き入れたのは、見覚えのある応接室。いろいろあった挙句、僕らは再び元の場所に舞い戻ったというわけだ。

二人掛けのソファに腰を下ろした僕と父さんは、正面に座る鳥越警部に向かって、離れでの遺体発見に至った経緯を詳しく語った。僕の聞く限りでは、父さんの話に誤魔化しや間違いなどは、いっさいなかったと思う。もちろん僕も正直にありのままを語った。

だが話を聞き終えた鳥越警部の第一声は「本当か。嘘じゃあるまいな？」だった。

「ねえ、父さんたちって本当に親友？　あんまり信用されてないみたいだけど……」

「ああ、もちろん親友だとも」父さんは胸を張って、そう断言した。「ただし、警部は他人を疑うのが仕事だからな。要は自分の職務に忠実な男ってことさ。――ね、警部？」

そういって父さんはお茶目なウィンクを披露。鳥越警部は「『ね、警部？』じゃない！」といってそっぽを向く。そして再び話を戻した。「どうも、よく判らんのだが、要するに耕造氏はなんの理由があって君を――私立探偵、丘登を――ここに呼んだんだ？」

「さあ、正確なところは僕にも判りませんね。依頼の内容を聞く前に、耕造氏は亡くなったのですから」と、いったん首を横に振ってから、父さんは「でもね」と続けた。「今回の事件が起こったのを見て、なんとなく腑に落ちましたよ。おそらく耕造氏は自分の身に危険が迫っていることに薄々ながら気付いていた。きっと何者かに命を狙われている――そんな自覚が耕造氏にはあったのでしょうね」

「なるほど。だが仮にそうだったとして、なぜ探偵事務所の駄目なほうを、わざわざ呼びつけるのか、それが私にはサッパリ判らんよ」

「うッ……」

警部の痛烈な皮肉に、さすがの父さんも黙り込む。隣で僕は内心密かに手を叩いた。

――ははッ、『駄目なほう』ね！　なかなか鋭いことというなぁ、この警部さん！

思わずニヤニヤが止まらない僕をよそに、父さんは無駄に鍛えた胸板を誇示していった。

「判りませんか、鳥越警部。もちろんボディーガードですよ。耕造氏は我が身を守る用心のため、屈強な護衛役を雇おうと考えていた。そこで、この僕に白羽の矢を立てたのでしょう。いっさいなんの疑問もありません」

「ふむ、探偵能力よりも筋肉重視ってわけか……まあいい」これ以上は付き合いきれないとばかりに、鳥越警部はさっさと話を進めた。「とにかく君と被害者は、過去にはなんの面識もない、まったく無関係な間柄というわけだ。間違いないな？」

「ええ、そのとおりですよ。――ひょっとして、まだなにか疑っています、警部？」

「え!?　いやいや、疑うなんてトンデモない」警部は厳つい顔に、にこやかな笑みを浮かべながらヒラヒラと片手を振る。そして一転、真顔になって父さんに尋ねた。「ところで君、昨夜の九時から十一時の間、どこでなにをしていたか、正確に答えられるかね？」

「えー!?　それ、僕に聞きますぅー!?」

不満げにいって、父さんは思いっきり顔をしかめる。

僕は心の中で密かに呟いた。――やっぱり、この二人って、親友じゃないみたい。

4

そんなこんなで事情聴取を終えた僕と父さんは応接室を出ると、その足で神崎邸のリビングへと向かった。正確には対面式のキッチンを併せ持つ広々としたＬＤＫ。そこが《容疑者たち》の臨時の待機室となっているのだ。帰還した僕らと入れ替わるように、

「じゃあ、最後は僕の番だな」

といって三十男がソファから立ち上がる。西野さんと呼ばれている謎の人物だ。彼もまた制服警官に案内されてリビングを出ていく。これから彼は応接室で鳥越警部の取り調べを受け、昨夜のアリバイを問われるのだろう。そんな彼の背中が扉の向こうに消えるのを待って、いまさらながら父さんが質問の口を開いた。

「あの西野さんという男性は、神崎家の皆さんと、どういうご関係なのですか」

「遠い親戚ですわ」そう答えたのは明恵夫人だ。「西野佑介《ゆうすけ》さんは、最近までとある飲食店で調理師として働いていたんですが、その店が潰れてしまいましてね。行き場をなくした彼のことを見かねた父が、しばらくこの家で暮らすように勧めたのです。それで西野さんは新たな働き口を探しつつ、私たちと同居するように……要するに居候ですわね」

どうやら想像したとおりの人物だったらしい。僕は心の中で『ビンゴ！』と叫んだ。

「そんなことより、探偵さん」と横から口を挟んできたのは、貴浩氏だ。「いかがでした、あの疑り深い刑事さんの取り調べは？　さんざん質問攻めに遭ったのではありませんか」

「え!?　いやいや、べつに僕は疑われるような疚《やま》しい点など、微塵《みじん》もありませんから」

と終始疑われっぱなしだった父さんは、張らなくてもいい見栄を張る。貴浩氏は感心した様子で頷きながら、「でも探偵さんも尋ねられたのでしょう、昨夜のアリバイを？」

「ええ、それは聞かれました。午後九時から十一時までのアリバイをね」

「やっぱりか」といって指を弾いたのは、息子の翔太さんだ。「要するに、その二時間がおじいちゃんの死亡推定時刻ってわけだ。――そうですよね、探偵さん？」

「まあ、そうでしょうね。ちなみに僕はその時間、愛する妻やここにいる息子とともに自宅で配信の海外ドラマを観ていたという、完璧なアリバイを主張してやりましたよ」

そういって父さんは大威張りだが、鳥越警部がそのアリバイを完璧なものであると認めてくれたか否かは定かではない。――ていうか通常、家族はアリバイの証人として認められないはずだよね、父さん？　それぐらいはミステリの常識なんじゃないの？

だが、いずれにせよ、父さんも僕も今回の事件と直接の関係はない。そのことは僕自身が、誰よりもよく知っている。むしろ怪しむべきは、ここにいる神崎家の人々だろう。そこで僕は無邪気かつ空気を読めない中学生を演じつつ、素朴すぎる質問を口にした。

「犯人はあの靴跡の人物でしょ？　靴底の模様やサイズから犯人が割り出せないの？」

この問い掛けに一同はハッとした表情。一瞬の静寂の後、口を開いたのは明恵夫人だ。

「そういえば見慣れない靴底だったわね。うちの玄関にあんな運動靴、あったかしら？」

「いや、長靴かもしれんぞ」と貴浩氏が慎重に答える。「サイズはどうだったかな？」

「そんなの、見ただけじゃ判らないわ。男物の靴ってことは間違いないと思うけど……」

「二十六センチですよ」と、いきなり正確な数字を答えたのは父さんだ。「間違いありません、ちゃんと測りましたから。探偵の七つ道具のひとつ、巻き尺でもって正確にね！」

そういって父さんは満点を取った生徒のような得意顔。だが神崎家の人々は一様に苦い表情だ。「チッ……」「勝手な真似を……」「なぜ、おまえが測る……」「なんで巻き尺なんか持ってるの……」といった呪いのような呟き声が一同の間から漏れ聞こえてくる。

――父さん、警察みたいな真似は、やめといたほうがいいんじゃないの？　なんか凄く評判悪いみたいだよ。

心の中で呟きながら、僕は咄嗟に神崎家の人々の足許を確認した。明恵夫人と美緒さんは女性ということもあり、ごく小さな足。痩せ型の貴浩氏の足も、男性としては小振りなほうだろう。その一方で翔太さんは背が高くて、その分、足も大きい。おそらく二十八センチ以上はありそうだ。

とはいえ、これをもって、あの靴跡の主を特定することは無理があるだろう。靴のサイズを誤魔化す方法は、いろいろと考えられるのだから——

と、そんなふうに思考を巡らせていると、いままで沈黙を守ってきた美緒さん（ちなみに、彼女がこの場で発した唯一の声は、例の『チッ……』という舌打ちのみだ）が、ようやく重たい口を開いた。そうして発せられた言葉は一同を震撼《しんかん》させるものだった。

「ねえ、犯人は西野さんなんじゃないの？」

しばし重たい沈黙がリビングを支配した。誰もが美緒さんの発言の真意を測りかねているかのよう。そんな中、最初に口を開いたのは明恵夫人だった。夫人はいささか慌てた口調で、

「あ、あら、そんな、駄目よ、美緒ちゃん。いくらこの場に西野君がいないからって、無理やり彼に罪を押し付けちゃ……ねえ、あなた？」

「そ、そうだぞ、美緒。無闇に他人のことを疑うもんじゃない……翔太もそう思うだろ？」

「あ、ああ、そうだとも……美緒、おまえ、昔からそういうとこあるぞ」

「なッ、なによ、『そういうとこ』って！　妙なこといわないで！」美緒さんはブンブンと首を左右に振りながら、自分の家族に訴えた。「違うわよ。罪を押し付けようって話じゃないの。理屈からいって、西野さんが犯人なんじゃないかって、そういってるのよ！」

「理屈って!?」翔太さんが首を傾げながら、「どんな理屈だよ!?」

「アリバイよ。いわば《靴跡のアリバイ》ね」そういって美緒さんは説明を始めた。「いい？

昨夜、君立市には強めの雨が降ったわよね。で、その雨は午後十時ごろにピタリと止んだの。これは、いま私がスマートフォンで調べたことだから、まず間違いはないわ」

「ああ、確かに、昨夜の雨は午後十時ごろにピタリと止んだ。そんな記憶が俺にもあるよ。で、それがどうしたんだ？」

「よく考えてみてよ。おじちゃんの死亡推定時刻は昨夜の九時から十一時の間。この二時間のどこかのタイミングで、犯人は離れを訪れてリビングでおじいちゃんを絞め殺した。そういうことよね？」

「当然そうなるな」翔太さんが頷く。「それで？」

「仮に犯人が午後九時以降に離れを訪れて犯行に及び、そして午後十時になる前に母屋に戻ったとするわね。この場合、濡れた地面に犯人の靴跡はいっさい残らないはずよね。だって午後十時まで降り続いた雨が、犯人の往復の靴跡をすべて洗い流してしまうのだから」

なるほど、というように一同の顔がいっせいに上下に動く。その反応に勇気づけられたように、美緒さんはさらに説明を続けた。

「逆に午後十時過ぎに犯人が離れを訪れて犯行に及び、そして母屋に戻ったとする。この場合、濡れた地面には離れに向かう靴跡と母屋に帰る靴跡、その両方が残るはず。だって、もう雨はすっかり上がっているんだから」

「確かに、そうだ」翔太さんが興奮気味に後を引き受けた。「ところが実際には、濡れた地面に残っていたのは、犯人が母屋に帰る際の靴跡のみだ。犯人が離れに向かう際の靴跡は、どこにも見当たらなかった。ということは……？」

「そう、考えられることは、ひとつだけ」指をピンと一本立てながら宣言するようにいったのは、なぜか僕の父さんだ。「つまり犯人は午後十時よりも前、まだ雨が降り続いている時間に離れを訪れて、そこで耕造氏を殺害。そして雨が降り止んだ午後十時以降に母屋へと戻ってきた。そうとしか考えられません。――そうですよね、美緒さん！」

「え、ええ、はい……」戸惑いがちに頷く美緒さんは、まるで泥棒に遭ったかのような表情。揺れるまなざしは『なぜ、この人が？』と問い掛けている。だが他人の視線など痛くも痒《かゆ》くもないらしい父さんは、一連の推理から導かれる結論を自らの口で述べた。

「すなわち、この犯人は昨夜の午後十時を跨《また》ぐ時間に、離れでの犯行に及んでいた。ならば、その時間帯のアリバイを持たない人物こそが、犯人というわけです」

　こうして父さんは無意識のうちに完全犯罪を成し遂げた。まさに完全なる推理泥棒。父さんは美緒さんの推理の結論部分だけを盗んだのだ。――捕まるよ、マジで！

　だがまあ、探偵だか泥棒だか判らないような父さんの振る舞いはともかく――

　このとき語られた推理は、間違いなく神崎家の人々に強い刺激を与えたらしい。一同はそれぞれに記憶の糸をたぐり、口々に昨夜のことについて語りだした。

「午後十時ってことは……」と明恵夫人がいった。「私はこの部屋にいたわ。対面式のキッチンで洗い物をしていたはずよ。――そうそう、美緒ちゃんも一緒だったわね？」

「ええ、そうよ、ママ」と美緒さんがいった。「あれは確かに午後十時を跨ぐ時間帯だったわ。パパが観ていたリビングのテレビで十時台のドラマが始まったから。――ねえ、パパ？」

「うむ、そうだったな。そういや、あのとき翔太もそこのソファの端に座ってスマホをいじっていたはずだ。――そうだろ、翔太？」

「ああ、間違いないぜ、親父。友達にラインしてたんだ。あれは確かに午後十時ごろだ」

「ということは……」家族一同の話を総合して結論を語ったのは、明恵夫人だった。「昨夜の午後十時を跨ぐ時間帯、私たち四人は全員揃って母屋にいた。誰も離れには、いっていない。つまり、この中に犯人はいないってことよね。じゃあ、他に残るのは……」

「だから、さっきから私がいってるじゃないの……」

美緒さんが意味深な口調で呟く。

すると貴浩氏と翔太さんも目から鱗《うろこ》とばかりに「あ、ああ……」と声を揃えて頷き合う。

なるほど、そういうことか――と僕もようやく腑に落ちた。美緒さんがピンポイントで犯人を名指しできた裏には、そういう理屈があったのだ。事ここに及んで、いままでギクシャクしていた神崎家の人々の間に、ひとつの連帯感が生まれたらしい。もはや容疑者はひとりに絞られたのだ。と、そのとき突然、音を立てながらリビングの扉が開かれた。一同の視線がいっせいに、そちらへと向けられる。そんな中――

「あー、やれやれ……なんて疑り深いんだ、鳥越警部って人は……僕のことをまるで犯人かなにかのように……ん、あれ!?　どうしました、皆さん!?　そんな怖い顔して……」

訳が判らずキョトンとした表情を見せるのは、もちろん神崎家の居候、西野佑介さん、その人だ。そんな彼に明恵夫人が尋ねた。

「ねえ、西野君、あなた昨夜の午後十時ごろ、どこでなにをしていたか、答えられる?」

5

君乃町の某所に廃工場のごとく存在する建物、その名も『ひらめき研究所』。僕がその場所を訪ねたのは、神崎邸の事件から数日が経過した平日の昼下がりのことだ。

研究所の所長にして唯一の研究員である暁ヒカルさんは、どうやらそのときスイカ割りの真っ最中だったらしい。

といっても、白衣に眼鏡の《自称》天才発明家が研究所の計器類や工作機械の傍らで、目隠ししてブンブンと棒を振り回している——なんていうシュールな話ではない。

「当たり前だろ、丘クン。そういうスイカ割りって、ひとりでやったところで楽しくもなんともないじゃないか。ていうか、研究室でやることでもないしな。——そうじゃなくって、私のいうスイカ割りとは、ほら、これのことさ!」

僕が連れていかれたのは研究所の奥まったスペース。ヒカルさんが指で示したのは、木製の作業台だ。そこに置かれているのは、四角い箱を縦に二つ積み上げたような物体。下段の箱は、ちょうどスイカ一個がスッポリ収まる程度の大きさで中は空洞。底の部分に分厚い板が敷いてある。――あん、なんだこれ？　と妙な機械に目を奪われる僕。一方、ヒカルさんの両手には、どこから取り出したのやら、大きなスイカが抱えられていた。

「このスイカを丸ごと一個、このカラッポの箱の中にセットしてやるわけだ――」

「あー、なるほどー」そういうことね、と僕はすべてを理解した気分で頷いた。

要するに上段の箱の中に包丁みたいな刃物が仕込んであって、スイッチを入れると、それが下段の箱にセットされたスイカを一瞬にして真っ二つにする。これはそういう機械に違いない。箱の底に敷かれた分厚い板は、まな板代わりというわけだ。

――さっすが、天才発明家！　また役立ちそうもないもん、作っちゃって！

僕は呆れる思いを通り越して、もはや感心するばかり。それをよそにヒカルさんは小さなリモコンを手にすると、いきなり「――ポチッとな！」

愉快な昭和の掛け声とともにリモコンのスイッチをON！

次の瞬間、上段の箱から振り下ろされたのは、そこに仕込まれていた包丁――じゃなくて棒だ！　太い棒が真下に勢いよく振り下ろされた。それは下段の箱にセットされたスイカを見事「グシャッ！」と叩き割ると、そのままの勢いで底に敷かれた分厚い板までも「バキッ!」とへし折る。なんという破壊力だろうか。ヤワな作業台だったら、ひょっとして台ごと叩き壊されていたかもだ。セットされたスイカは見るも無残に砕け散り、その周辺は飛び散った血のり……いや、違う、血のりのごときスイカの赤い汁でぐっしょりだ。

思いがけない惨劇《さんげき》を目の当たりにして、僕は深い戦慄《せんりつ》を覚えずにはいられない。だが、その一方でヒカルさんは白衣の腰に両手を当てながら、「ふむ、まあまあだな……」

「こ、これのどこが『まあまあ』なんです、ヒカルさ……いや、博士?」

「あん!? 勘違いしないでくれよ、丘クン。私は『スイカ切りマシン』とは、ひと言もいっていない。これは『スイカ割りマシン』なんだよ」ヒカルさんは目の前で砕けたスイカを立派な研究成果のように誇示しながら、「ほら、まあまあ上手に割れてるだろ」

そういって彼女は、たったいま叩き割られたスイカのひと欠片《かけら》を僕に手渡す。そして自らもスイカの一片を手にしながら、傍らのパイプ椅子に腰を下ろした。

「で、今日はいったいどうしたんだ、丘クン? 夏休みの真っ只中に君がわざわざ、この研究所を訪ねてきたんだ。まさか、夏休みの宿題を手伝ってくれって話じゃないよな?」

「ええ、違いますけど……え、手伝ってもらえるんですか、夏休みの宿題!?」

スイカ片手に目を輝かせる僕。だがヒカルさんは、ひと言。「自由工作ならな」

「ですよねぇ」残念ながら中学生の夏休みの宿題に『工作』はない。僕はハァと溜め息をついて、手にしたスイカを口に運ぶ。先ほど大騒ぎの一幕があったわりには、スイカの味はごく普通だった。普通に美味い。ちゃんと包丁で切って出されたなら、おそらくはもっと美味かったろう。そんなことを思いつつ、僕はようやく本題に入った。

「実はまた事件なんですよ。問題なのは雨上がりの地面に残された足跡なんですが……」

　こうして僕は数日前に自らが体験した出来事について、その詳細をヒカルさんに語って聞かせた。彼女は椅子に座ったまま、「しゃく、しゃく……」と音を立ててスイカを食しながら、僕の話に耳を傾ける。やがて僕の話が佳境を迎えたころ、ヒカルさんは前のめりになりながら僕へと問い掛けてきた。

「で、どうだったんだ？　その西野佑介という居候に、確かなアリバイはあったのか」

「いいえ、それが実は、なかったんですよ。西野さんは事件の夜の十時を跨ぐ時間帯には、ずっと自分の部屋にいて、ひとりでユーチューブなど見ていたらしいんです」

「ふぅん。じゃあ、神崎美緒の考えが正しかったってわけだ……しゃく……犯人は西野佑介しかいないはずという、彼女の考えが……しゃく……」

　スイカを食しながら呟くヒカルさん。一方の僕もスイカを食べながら疑問を口にした。

「ええ、いちおうは、そう思えます……しゃく……ただし、まだ逮捕はされていませんよ。アリバイがないってだけじゃ、逮捕の理由にはなりませんからね……しゃく……いちおう外部犯の可能性だってゼロじゃないわけですから……しゃく……それになんだか変じゃありません？　本当に、あの西野さんが犯人なのかなぁ……って、そう思いませんか、博士？」

「そういわれても、私は『あの西野さん』と会ったことも喋ったこともないしな」ヒカルさんは白衣の肩をすくめながら、「信用できそうな男なのか、その西野って奴は？」

「そうですねえ、正直ちっとも犯人っぽくは見えません」

「いやいや、丘クン、犯人っぽく見える人間が犯人なんてことは滅多にないんだぞ。逆に、まるで犯人っぽく見えない人物こそが実は犯人。そういうケースが、むしろ多いものだ」

「そうですかぁ？　でも見た目はともかくとして、そもそも西野さんには神崎耕造さんを殺害する動機がありませんよ。耕造さんが死んでも、その遺産は神崎家の人々に行き渡るばかり。遠い親戚である西野さんには、たぶん一円も入らないんですから」

「ふむ、動機か……しゃく……いや、しかし、判らないぞ……しゃく……たとえば、その西野という男と神崎美緒が、密かにねんごろだったとしたら、どうだ？」

「はぁ、『ねんごろ』って……しゃく？」

「つまり男女の仲ってことさ……しゃく！」

「え、えぇーッ!?　西野さんと美緒さんが!?」

「そう、仮に二人がデキているとする。その場合、美緒に遺産が転がり込めば、結果的に西野も潤うことになる。だったら、彼にだって充分な動機があるってことになるだろ」

「そんな、まさか！」それは僕には到底、受け入れられない考えだった。「仮に西野さんと美緒さんが親密な仲だとするなら、なんで美緒さんがわざわざ自分から西野さんのことを犯人として告発するんですか。そんなことする必要、全然ありませんよね？」

「ん、えーっと、そりゃ、その……きっと土壇場で彼女、恋人を裏切ったんじゃないか。ほら、美緒って娘は、もともとそういうところがあるから……」

「いや、『そういうところ』って、どーいうところですか！」僕は思わず声を張った。「もう、テキトーなこといわないでくださいよね、博士！」

「……しゃく……しゃく……」

「スイカ食って誤魔化すなッ」

「ああ、判った判った！」ヒカルさんは目障りなハエを追い払うように顔の前で手を振る。そして椅子からすっくと立ち上がった。「やれやれ、こんなところでウダウダ喋りながら、潰れたスイカをしゃくしゃく食べてたって、ちっとも埒《らち》が明かないってもんだ」

「スイカはそっちが出したんでしょ！」あと、スイカが潰れているのは、あなたの変な発明品のせいですからね！　内心で不満を訴える僕をよそに、ヒカルさんは一方的に命じた。

「とにかく、さっさと食え。このスイカ食い終わったら、すぐに出掛けるぞ。私はこの目で現場を見たいんだ。——案内してくれるよな、丘クン」

「ええ、もちろんですとも！」望むところ、とばかりに頷いた僕は、さっそく残りのスイカを片付けに掛かった。——しゃく、しゃく、しゃく！

6

そんなこんなで数時間後、僕と暁ヒカルさんは神崎邸の門前へとたどり着いた（潰れたスイカは、すべて美味しくいただきました）。だが問題なのは、いかにしてよその家の敷地内に潜り込むかだ。「考えてみりゃ僕らって、刑事でも探偵でもないですしねぇ」

「ああ、ごくごく普通の中学生と稀《まれ》に見る天才発明家の二人組だ」

「そ、そうですよね」とりあえず、そういうことにしておこう。『稀に見る天才』ってことに――「で、どうやって中に入れてもらう気ですか」

「そうだな。丘クンは神崎家の人々とは、いちおう顔見知りなんだろ。だったらテキトーな理由をでっち上げて、中に入れてもらえるんじゃないか」

「いや、『テキトーな理由』っていわれても……」

口ごもりながら門の中を覗き込む僕。と、そのとき突然、母屋の玄関扉が中から開かれる。現れたのは神崎家の明恵夫人だ。彼女は門前に佇む僕と、その隣にいる《白衣を着た謎の女性》を視界に捉えたらしい。自ら僕らのほうへと歩み寄りながら、

「あら、あなたは、あの探偵さんの息子さん……そうそう、晴人クンだったわね。今日はいったいなんの用かしら？」

——おお、絶好のチャンス到来！

ここぞとばかりに、僕は用件を切り出した。「実は先日の事件現場をもう一度、見せていただきたいんです。いえ、正確にいうと、この人に見せてあげてほしいんです」

僕は隣のヒカルさんを手で示す。当然ながら、明恵夫人は怪訝そうな顔だ。

「あら、こちらの方は、どなた？　あ、判った、晴人クンのお姉さんね……え、違うの？　でも、お母さんにしては若すぎるし……じゃあ学校の先生とか……あら、それも違うの……だったら塾の先生？　え、それも違うってことは……ああ、待って待って！　まだ答えはいわないでね、晴人クン！　おばさん、きっと当ててみせるから……ええっとねー」

——いや、無理ムリ無理！　それって絶対当たらないクイズですよ、明恵さん！

「あ、判ったわ。その人、晴人クンのお父さんのお弟子さんでしょ！」

んな馬鹿な！　父さんに弟子なんているわけが——と僕が首を横に振ろうとする寸前、

「ピンポン、ピンポーン！」

と『絶対当たらないクイズ』に絶対あり得ない正解のチャイムが鳴り響いた。正確にはヒカルさんが自分の口でチャイムの音を真似たのだ。

「やったぁ！」と無邪気に拳を突き上げる明恵夫人。

一方、ヒカルさんは白衣の胸に手を当てながら、「さすが奥様、ご明察です。私の名は暁ヒカル。丘さんから今回の事件について聞きまして、それで私なりに、ちょっと思いついたことが……でも無理ですよねえ、いきなり現場を見せてくれなんていわれても……所詮は私の単なるひらめきに過ぎませんし……また出直します」

　そういって門前で踵を返すヒカルさん。その白衣の背中を慌てて明恵夫人が呼び止めた。

「ま、待ってください。いま『ちょっと思いついたこと』って、おっしゃいました？」

「ええ、『単なるひらめき』とも申しましたが、それがなにか？」

「では、お考えがあるのですね、今回の事件について？」

「え!? いえいえいえいえいえいえ……」ヒカルさんは無数の『いえ』を並べてから、「そんな、奥様のお耳に入れるほどの考えではありませんけどね」と謙虚《けんきょ》ぶった答え。

　その発言の真意を探るように明恵夫人は腕組み。やがて意を決したように深く頷いた。

「判りました。どうぞ、お入りくださいませ。この私が現場にご案内いたしますわ」

「え、そうですかぁ!? いいんですかぁ!? では遠慮なくッ」そういった次の瞬間には、彼女の身体はもうすっかり門の中。そして唖然とする僕の姿を見やりながら、「さあさあ、晴人おぼっちゃま、奥様のお許しが出たんですから、ほら、私とご一緒に――」

「はぁ!?」僕は呆れるより他なかった。――ていうか『晴人おぼっちゃま』って誰さ！


　とにもかくにも、僕とヒカルさんは神崎邸へと潜り込むことに成功した。

「でも、いいんですかぁ、博士、『探偵の弟子』だなんて嘘ついて？」

「ま、仕方ないさ。そうとでもいわないと、私は永遠に現場を見せてもらえないだろ」

小声で会話を交わす僕らをよそに、明恵夫人が前方を指差した。

「ほら、ここが現場ですよ、暁さん。私たちのいる側が母屋。そして、あちら側に建つのが父の亡くなった離れです。――あら、西野さん、なにをなさっているの？」

驚いた口調で明恵夫人が呼び掛ける。見ると、ちょうど母屋と離れの中間あたりに、西野佑介さんの姿があった。その顔は母屋のほうを向いている。「やあ、おばさん」と片手を上げて応えた彼は、母屋のほうに向かって歩を進めるかと思いきや、実際はその逆。大股で一歩、離れに向かってバックした。それから普通の歩幅で一歩、またバック、そして大股で一歩バック、また普通の歩幅でバック……といった具合に彼は通常の歩幅と大きな歩幅を交互に繰り返しながら、やがて離れの軒先にバックでたどり着いた。

「まあ、いまのはなんの真似ですの。後ずさりする練習？」

夫人の質問は見当違いだろうが、実際そのようにしか見えない動きだった。だが当の西野さんは離れの軒先で片手を振りながら、「いやいや、違いますよ、おばさん」と至って真面目な表情だ。「ところで、その男の子は晴人クンですね。では隣にいるのは……？」

「こちら、探偵さんのお弟子さんだそうですよ」

有難いことに、明恵夫人が勝手にそう答えてくれるので、ここでもヒカルさんは労せず『探偵の弟子』になりおおせた。――にしても、ヒカルさんの白衣姿にツッコミを入れる大人って、誰もいないのかしらん?

そんな疑問を抱きつつ、僕はすぐさまアホな中坊になりきって、西野さんに尋ねた。

「ねえ、いまのってなんだったんですかぁ? 後ずさりの練習じゃないなら、いったい……」

「ああ、確かに君の目には不思議に映ったかもしれないね。いまのは古臭い足跡トリックの実演だよ。ひょっとして今回の耕造さん殺しの犯人が、このトリックを用いたんじゃないか。そう思って実際に自分でやってみたってわけさ」

「え、足跡トリックって……?」

意味が判らない僕と明恵夫人は揃って首を傾げる。一方、ヒカルさんは充分に理解した様子で、「ああ、そういうことか」と頷く仕草。そこで僕は彼女に尋ねた。

「判るんですか、ヒカルさん、どういう足跡トリックか?」

「ああ、判る。だが私が口で説明するまでもない。彼のトリックの実演は、まだ半分が終わったところ。もう半分を実演してもらえば、君にだって一目瞭然のはずだ」

そう断言したヒカルさんは、離れの軒下に立つ西野さんに呼びかけた。

「おーい、重要容疑者の君ッ、そういうことだからトリックの残りの分をよろしく頼む!」

「くそッ、誰が重要容疑者だい!」悔しげに叫びつつも、西野さんは渋々と頷いた。「判った判った。じゃあ黙って見てろよ、君たち」

そういって西野さんは母屋へ向かって、今度はちゃんと前を向いた恰好で歩き出す。その歩幅は、やはり奇妙なものだった。最初の一歩は大股で、次の一歩は普通の歩幅、その次は大股で一歩、それからまた普通に一歩、また大股で一歩……その様子を見るうち、ようやく僕にも彼の奇妙な行動の意味が理解できた。

　目の前の地面には、西野さんが先ほどバックした際の足跡がすでに残されている。その足跡は当然、母屋の方向を向いている。なおかつ、その足跡は不自然に間隔が開いている。左右ひと組の足跡があるとすると、次の左右ひと組はその八十センチほど離れたところにある。さらにその八十センチほど離れたところに、また左右ひと組の足跡……といった具合。彼が大きな歩幅と普通の歩幅を繰り返しながらバックしたため、ひと組ひと組の足跡が妙に間隔を開けた恰好で残されている。そしていま西野さんは、それらの足跡のちょうど中間あたりに、新たな足跡を残しながら母屋へと進んでいるのだ。

「な、もう判っただろ」ヒカルさんがいった。「先ほど離れにバックした際の足跡と、いま新たに母屋へと前進する足跡。その二つが合わさることで、あたかもひとりの人間が離れから母屋へと片道分だけ歩いたかのような足跡が残るってわけだ。――実際には往復した足跡なのにだ」

「す、凄いッ」僕は驚きの声をあげた。「ホントに古臭いトリックじゃありませんか！」

「ああ、まったくだ。いまさら口に出すのも恥ずかしいくらいにな！」

「畜生ッ、なんだよ、君ら！」母屋の軒先にたどり着いた西野さんは、溜め込んでいた怒りを爆発させた。「古臭いのは事実だが、文句をいわれる筋合いはないぞ。それに今回の犯人が古臭いトリックを用いた可能性だって、まったくゼロじゃないはずだ。——違うか？」

「まあまあ、そうケンカ腰になるなよ」ヒカルさんは白衣の胸に手を当てながら、諭すようにいった。「安心しろ。私たちは君の味方だ」

「ん、僕の味方だと!?」西野さんが目をパチクリさせる。

「あら、そうなんですか、暁さん？」明恵夫人も意外そうな顔だ。「だけど事件の夜、神崎邸にいた人間の中で、午後十時を跨ぐ時間帯にアリバイを持たない人物は、この西野さんだけなのですよ。だから、うちの家族はもう全員が彼のことをすっかり犯人扱いして、このごろは食事さえロクに与えていないというのに……」

「そ、そうなんですね……」ヒカルさんはゲンナリした顔を明恵夫人に向けながら、「要するに神崎家の人々のアリバイの根拠となっているのは、雨上がりの地面に残された足跡のみ。ですが、その足跡についてはトリックの余地があるように思われます」

「おッ、てことは、やっぱり僕がいま実演した足跡トリックを犯人が用いて……」

「んなわけ、あるか！」ヒカルさんは西野さんの期待を一刀両断にして続けた。「そんな古臭いトリック、いまは誰も使わない。使ったところで警察の目は誤魔化せない。絶対にな！」

「畜生ッ、なんだよ、あんた!?　ホントに僕の味方なのか!?」

「まあ、そう腹を立てるな。それに、ほら、見ろ」そういってヒカルさんが指で示したのは、目の前の地面だ。「君が苦労して作り上げた、この足跡だがな、よくよく見れば不自然さは一目瞭然だろ。歩幅はバラバラだし、右へ左へと蛇行している。これじゃあ、まるで酔っ払いの足跡だ。――どうです、奥様？　事件発覚当時、現場に残っていた足跡は、このような千鳥足でしたか」

「いいえ、とんでもない。歩幅は一定で、もっと真っ直ぐな足跡でしたわ」

「でしょうね」ヒカルさんは満足そうに頷くと、再び西野さんへと向きなおった。「な、判っただろ。君が実演して見せたトリックは、理論上はあり得るとしても、実際にやってみると、そうそう上手くはいかないものなのさ」

「う、うむ、それはそうかもな」西野さんは腕組みして頷いた。「だが、そうなると結局、耕造さん殺害事件は、この僕にしかできなかったって話に戻ってしまう……」

「そう悲観的になるなよ。まだ諦めるのは早い」そういった直後、ヒカルさんは「おや」と呟きながら敷地の一角を指で示した。「あの母屋の隣に建つ四角い建物は？　ああ、あれが丘クンの話に出てきた小屋か。確かに板やら角材やらが壁に立て掛けてあるな」

　ヒカルさんの言葉を耳にして、明恵夫人が補足説明した。

「あれは我が家の倉庫ですわ。中には園芸用具や大工仕事に使うような工具類が仕舞ってあります。壁に立て掛けられた材木は、生前、父が趣味のＤＩＹに使うために取り揃えていた材木の一部です。父が亡くなったため、それきり放置されていますけど……近くでご覧になりますか」

「ええ、ぜひとも」深々と頷いたヒカルさんは、自らその建物へと歩み寄っていく。

だが、そんな彼女の興味の的は倉庫の建物ではなく、中に仕舞われた道具類でもなかった。彼女が迷うことなく手を伸ばしたのは、壁に立て掛けられた様々な長さのベニヤ板。中でも二枚の板が、特に関心を引きつけたらしい。一枚は長さ三メートル半程度。もう一枚は二メートル半程度。どちらも厚さは三センチほどで、板全体に乾いた泥がこびりついている。

僕はその二枚のベニヤ板に見覚えがあった。

「これって事件発覚のとき、濡れた地面に敷かれたあの板ですよね。みんなの足跡が地面を荒らすことがないよう、踏み板代わりにされたのが、この二枚でした」

「ええ、そうだったわね」と明恵夫人も頷いた。「当時は捜査関係者も、この板の上を歩いて、離れと母屋を往復していたわ」

だから、細長い板の表にも側面にも乾いた泥が付着しているのだ。

「で、その板がどうかしたんですか、ヒカルさん……」

そう呼びかける僕の視線の先、ヒカルさんは身長よりも遥かに高い二枚の板に顔を寄せながら、念入りに観察する仕草。眼鏡のフレームに指を当てながら、ベニヤ板に穴が開くほど見詰めている。それから彼女は表面を掌で撫で回したり、あるいは重さを量るように両手で抱えてみたり。挙句の果てには、板の表面をコンコンと拳で叩いて思案顔。その姿はスイカの出来の良し悪しをどうにか見分けようとする間抜けな科学者のようだ。

　僕は痺れを切らして、また呼びかけた。「なにやってんですか、ヒカルさん！」

「ん!?　いや、べつになんでもないさ」我に返った様子のヒカルさんは、なにやら誤魔化すような笑みを浮かべる。そして二枚の板を倉庫の壁に元どおり立て掛けると、あらためて明恵夫人へと向きなおった。「ところで奥様は、『今回の事件の犯人を、是が非でも明らかにしてほしい』と、先ほど私にそうおっしゃいましたね？」

「え!?　そんなこと私、ひと言もいっていませんが……」

　いったんは戸惑いの表情を浮かべた明恵夫人だったが、次の瞬間にはキッパリと頷いた。

「ええ、確かに私は、父を殺した犯人をぜひとも見つけ出していただきたいと、そう思っておりますわ。たとえ、それが自分の身内の誰かであるとしても。だって殺人者を野放しにはしておけませんものねえ」

「実に立派な心がけです。では私から奥様に、ひとつお願いしたいことが……あ、丘クン、君は西野さんと一緒に、しばらく耳を塞いでおいてくれ。私は奥様と内緒の話がある」

　えーッ、と不満の声をあげながら、僕と西野さんは顔を見合わせる。だが直後に頷きあった僕らは、命じられるままに両の耳をしっかりと手で塞いだ（もちろん恰好だけだ）。

　そんな男性陣から充分すぎる距離を取りながら、ヒカルさんは明恵夫人になにやら特別な指示を与えた様子。だが、それが果たしてどのような内容だったのか、指の隙間から漏れ聞こえてくる彼女たちのヒソヒソ話に、どれほど耳を傾けても、結局のところ僕にはなにも聞き取ることはできなかった。

7

結局その日はそれ以上の進展がないまま、僕は自宅へ帰り、そしてヒカルさんは『ひらめき研究所』へと戻っていった。——と思っていたのだが、翌日になると、ヒカルさんは予想外の場所から電話を寄越してきた。『もしもし、丘クンか。私だ、そう、天才発明家だ』

これでもう充分名乗ったつもりのヒカルさんは、電話の向こうで一方的に捲《まく》し立てた。

『いま神崎邸にいるんだ。悪いが君も、いますぐきてくれ。そうそう、コンビニでお茶とおにぎり、それからポテチかなにか買ってきてもらえると助かる。それじゃ、ヨロシク！』

用件を告げるだけ告げて、電話は一方的に切れた。なにがどうなっているのやらサッパリ判らない僕は、首を傾げるばかりだ。——ま、べつに、ほっときゃいいや！

そう思って、いったんは無視を決め込んだ僕だったが——いやいや、やっぱりこれはただ事ではないぞ！　そう思いなおして、すぐさま自宅を飛び出す。近所のコンビニで、要求されたとおりの食料を購入すると、僕はその足で神崎邸へと向かった。

門前にたどり着くと、待ち構えていたかのように明恵夫人が母屋の玄関から姿を現す。

コッチよ、コッチ——というように手招きする彼女は、僕を連れて敷地内を進む。そうしてたどり着いた先は、裏庭にある例の離れだ。玄関扉を開けた明恵夫人は、

「では、後のことは、上手くやってね」

と謎めいた言葉を残して、自分ひとり母屋へと舞い戻っていく。ポカンとする僕の耳に、そのとき建物の奥から聞こえてきたのは、ヒカルさんの声だ。

「やあ、よくきてくれた、丘クン。早く扉を閉めて、上がってくれ」

いわれるままに上がり込み、声のする方向へと歩を進める。たどり着いたのは、離れのリビングだ。ソファがあってテレビがあってテーブルがあるフローリングの部屋。その窓辺に置かれた椅子の上に、お馴染みの白衣姿があった。ヒカルさんは閉じられたカーテンの隙間に顔を寄せて、母屋の方向に視線を向けている。その姿を見るなり、僕の脳裏に『張り込み』という魅力的な単語が浮かぶ。僕は彼女のいる窓辺に歩み寄りながら、

「ひょっとして張り込み？　ていうか博士、いったいいつから、ここに？」

「いつって……昨夜《ゆうべ》からだ」とヒカルさんの口から意外な答え。

「えぇーッ、ひと晩ずっと!?　ひとりで!?　一睡もせずに!?」

「そう、食事もとらずにな。——君、お茶とおにぎり、買ってきてくれたか」

「は、はい、ポテチも」僕はレジ袋ごと彼女に手渡しながら、あらためて尋ねた。「で、いったいなにを見張ってるんです？　母屋ですか」

「いや、母屋じゃない」ヒカルさんはおにぎりのフィルムを雑に剝がして、さっそくそれにかぶりつく。そして僕の質問に答えた。「ほもやのとなひのそうほらよ、そうほ！」

おにぎりを口いっぱいに頬張ったヒカルさんの言葉を、僕なりに翻訳するなら、どうやら彼女は『母屋の隣の倉庫だよ、倉庫！』といったようだ。

「倉庫!? それを見張っていると、なにか起こるんですか」

「ああ、間違いなく起こる——と思って昨夜から見張りを続けてきたんだが、くそッ、日付が変わっても太陽が昇っても、まったくなにも起こらん！」ヒカルさんは見えない誰かに毒づくように声を荒らげた。「こっちはだんだん眠くなるし、腹は減るし、退屈だし、べつに報酬があるわけでもないし……まったくもう、なんで天才発明家である私が探偵の真似事をしなくちゃならんのだッ……と、そう思ってな。それで君をここに呼んだんだ」

「ごごご、ごめんなさいッ」

「なーに、君が謝ることはないさ。私が勝手に始めた張り込みだしな」

「…………」考えてみれば、そのとおりである。——ちぇ、謝って損した！

「だが、いずれにせよ、今回の張り込みは想像したよりも長くかかりそうだ。となると、私ひとりでは手に負えない。だから君も手伝え。どうせ夏休みで暇なんだろ」

「判りました」本当は、あんまりよく判っていないのだが、とりあえず僕は頷いた。「要するに、あの倉庫を見張るんですね。で、見張っていると、なにがどうなるんです？」

「おいおい、それをいまここで話したら、興醒《きょうざ》めもいいところだ。なにが起きるかは、張り込んでみてのお楽しみ。——では丘クン、頼んだぞ。私はしばらく休む。動きがあったら、遠慮なく起こしてくれよな。私だって決定的な場面を見逃したくはないんだ」

そういってヒカルさんは白衣姿のまま、バッタリ倒れ込むようにしてソファへとダイブ！

そして五秒もしないうちに、スースーと安らかな寝息を立てはじめた。


こうして僕は疲労困憊《こんぱい》のヒカルさんに成り代わって、張り込みの任務に就いた。こういうと、なにやらワクワクするような話だが、実際のところ張り込みというものは、そう面白いものではない。いくらカーテンの隙間から目を凝らしたところで、眸《ひとみ》に映るのは、ほぼ静止画に近い光景だ。見ているうちにだんだん眠くなるし、腹も減るし、退屈だし、べつに報酬があるわけでもないし……まったくもう、なんで中学生である僕が父親の真似事をしなくちゃならないんだ……と、そう思ったところ、窓越しの光景に突然の変化が訪れた。

現れたのは一台の乗用車、それも大型のワンボックス・カーだ。裏門あたりから進入してきたのだろうか。突然、裏庭に姿を現したその車は、問題の倉庫のすぐそばにピタリと横付けされた。すると間もなく運転席のドアが開き、運転手が地面に降り立つ。見覚えのある若い男。それは明恵夫人の長男、神崎翔太さんだった。

息を呑んで見詰める先、黄色い布を手にした翔太さんは、それで車のフロントガラスやサイドミラーなどを丹念に拭きはじめた。「──なんだ、洗車でもする気かな？」

そう思って僕が落胆の溜め息を漏らした直後だ。

翔太さんは突然、車の最後尾に回り込む。そして撥《は》ね上げ式のバックドアを全開にした。その広い車内から彼が両手で引っ張り出したのは──細長い板だった。長さは二メートル半ほどで、板の表面は薄汚れている。

それを見るなり、「あッ」と思わず声をあげる僕。一方、見られているとは知らない翔太さんは、素早く次の行動に移った。まずは車内から運び出した板を倉庫の壁に立て掛ける。代わりに彼が手にしたのは、元からそこに置かれていた細長い板。長さ二メートル半ほどの、あの泥で汚れたベニヤ板だ。彼は両手で抱えたその板をバックドアから車内へと押し込む。直後にバックドアをバタンと閉じると、彼の顔面にニヤリとした笑みが浮かんだ。

と、そのとき僕の背後から──

「ふぅん、代わりの板を準備していたわけか。なかなか用意周到だな。感心感心……」

と、いきなり響くヒカルさんの声。見ると、いつの間に目覚めたのか、昼寝を終えたばかりの彼女は、僕の肩越しに窓の外へと視線を向けている。僕は驚きつつ、尋ねた。

「み、見ましたか、いまの……？」

「ああ、この目でハッキリとな。あれが神崎翔太って奴なのか。そうかそうか」

ヒカルさんは満足そうに何度も頷く。そして唐突にひとつの結論を口にした。

「じゃあ、きっとあの男こそが、耕造さん殺しの真犯人ってことだな」

えッ——と目を見張る僕の視線の先、再び運転席に舞い戻った翔太さんは、なに食わぬ顔で車をバックさせる。そして、そのままゆっくりと僕の視界から消え去っていった。

「なんですって!? どういうことですか、ヒカルさん……いや、博士ッ」

僕は背後に立つ白衣姿に向きなおって尋ねた。「翔太さんが犯人って、それ、ホントですか!? でも翔太さんには事件の夜のアリバイがありますよね。彼に耕造さんを殺すことは、不可能なはずでは……?」

「聞きたいことは、それだけかい、丘晴人クン?」

「いや、それよりなにより……」僕は混乱した頭を整理して尋ねた。「いま、翔太さんはなにをしたんですか。よく似た二枚の板をすり替えたように見えましたが、あれは……?」

「あれは実際、君が見たとおりさ。彼は車で持ち込んだ板と、元から倉庫に立て掛けてあった板とをすり替えた。偽物を倉庫に残して、代わりに本物を奪い去ったってわけだ」

「事件発覚当時、裏庭の地面に敷かれた、あの二メートル半ほどの板ですね」

「そう、その板だ。それを奪った。——と、神崎翔太はそう思っているだろうな」

ヒカルさんの意味深な言葉に、僕はキョトンとなった。「え!? というと……」

「彼が奪っていった板、実はあれもまた偽物なのさ。昨日の時点で、私が前もって本物とすり替えておいたんだ。大事な証拠の品を黙って渡すわけにはいかないからな」

「なんだ、そうだったんですか。でも、どういう意味です、『大事な証拠の品』って？　あの板って、ただのベニヤ板ですよね？」

「ははは、まさか！」ヒカルさんは片手を振って、僕の言葉を笑い飛ばした。「ただのベニヤ板なら、わざわざ神崎翔太が偽物を用意してまで奪おうとするはずがないだろ。奪おうとするだけの秘密があるんだよ、あの板には」

そういって彼女は白衣の裾を翻して踵を返す。そして余裕綽々《しゃくしゃく》の口調でいった。

「ま、口で説明してもピンとこないだろうな。百聞は一見にしかず、だ。その秘密ってやつを、この私が見せてあげるとしよう。丘クンと、それから明恵夫人にもな」


それから、しばらくの後。場所はなにかと話題の倉庫の前。ヒカルさんから説明を受けた明恵夫人は、いまだに信じられないといった口調で、彼女に問いただした。

「……では、翔太がこの場所で本物の板と偽物の板をすり替えた。よって翔太が私の父を殺した犯人であると、暁さんはそうおっしゃるのですね」

「ええ、残念ながらそのとおりです」アッサリ頷いたヒカルさんは、「これから、その証拠をお見せいたします」

そういって、いったん倉庫の中へと姿を消す。そして再び外に現れたとき、その手には二メートル半ほどの長さの薄汚れた板が抱えられていた。これこそ犯人に奪われないようにと、大事に隠されていた本物のベニヤ板なのだろう。

一方それとは別に、彼女の右手には、なぜか立派な手斧《ておの》が握られている。おそらくは倉庫にあった工具類の中から調達したものだろう。白衣の発明家が手斧を持つ姿は、僕の目にも斬新《ざんしん》に映る。明恵夫人にしてみれば、なおさら異様な光景と思えたに違いない。

「まあ、なにをするおつもりなんですの、暁さん？」

「なーに、危ない真似はいたしません。ただ事件の夜に地面に残されていたという犯人の足跡を、お見せするだけですから」

「はぁ!?　犯人の足跡を……いまここで!?」

「ええ、いまここで」

そういってヒカルさんは抱えていたベニヤ板を、いったん地面に置く。そして板の長い辺を地面にピッタリ付けた状態で、それを垂直に立てた。板の厚みは約三センチ。その僅かな幅のちょうど真ん中あたりに、手斧の刃をピタリと当てる。そして次の瞬間、

「――えいッ」

気合を入れながら、手斧を振り下ろすヒカルさん。

すると、鋭い刃は厚さ三センチの板のド真ん中にグサリと食い込んだ。鉄の楔《くさび》を打ち込まれた恰好のベニヤ板は、その裂け目からメリメリと音を立てて左右に分かれていく。一枚だった板はパカッとばかりに割れて、完全に二つになった。

「あ、割れた！」思わず声をあげたのは僕だ。「そっか、ベニヤ板って合板だもんね」

「ああ、そうだ。だが普通の合板なら、こんなふうに簡単に二つになりはしない。二つに割れた理由は、これだ……」

ヒカルさんがそういった直後、二つになった板が左右に分かれる形で地面にバタンと倒れる。それを指差して彼女はいった。「ほらな、板の中が空洞になっているだろ」

確かに彼女のいうとおり、なぜかベニヤ板の中は空洞だった。合板の体裁を整えているのは板の縁の部分のみ。中身はまるでスカスカだ。なるほど、これなら手斧の刃先が食い込んだだけで、板そのものが真っ二つに割れるのも頷ける話だ。しかし――

真に驚くべきは、その点ではなかった。

その空洞になっている部分に、いくつもの《足跡》があった。

いや、正確には足跡ではない。これは靴だ。靴底だ。運動靴のゴム製の靴底。それが薄く切り取られて、板の表面にいくつもいくつも貼り付けられているのだ。

しかも一定の歩幅で真っ直ぐに――

まるで誰かの残した足跡のごとくに――

その様子を目の当たりにした瞬間、「ああ、そうか」と呟いた僕は、犯人の弄《ろう》したトリックを、ようやく理解した。「犯人はこの二枚の板をスタンプのように使ったんですね」

「そういうことさ」ヒカルさんは嬉《うれ》しそうに頷いた。「そうやって犯人は、雨上がりの地面に誰のものでもない、架空の足跡を残したんだな」

8

ヒカルさんは足許で二つになった板を見やりながら説明した。

「一見すると厚さ三センチほどに見えるベニヤ板。だが実際は、ごく薄い二枚の板だったんだよ。犯人はゴム製の靴底を薄くスライスして、その薄い板にいくつも貼り付けたんだ。足跡の形になるようにな。二枚の板の長さは、それぞれ二メートル半ほど。一直線に並べれば、およそ五メートル。一方、神崎邸の母屋と離れの距離は、どれぐらいかな？」

「約五メートルです」答えたのは僕だ。「長さはピッタリですね」

「そうだ。事件の夜、犯人は雨が上がった午後十時には、他の家族と一緒にリビングにいた。このとき、まだ犯行はおこなわれていない。犯人が現場に向かったのは、午後十時以降のことだ。すでに雨は上がって、裏庭には濡れた地面が広がっている。そのまま犯人が地面の上を移動すれば、母屋と離れの間には往復の足跡がハッキリと残ることになる。それを避けるために、犯人はこの二枚の板を使った。二枚の板は前もって細工を施された状態で、倉庫の中にでも隠されていたんだろうな。それを倉庫から持ち出した犯人は、まず母屋の軒下から最初の一枚を離れに向かって敷いた。このとき注意すべきは、靴底の先が母屋の方角を向くようにして敷く、ということだ」

「犯人が離れから母屋へ戻る際の足跡だと、そう見えるようにするんですね」

「そういうことだ。そうやって敷かれた板の上を、犯人はもう一枚の板を抱えながら進んだ。そして最初の板に続くように、もう一枚の板を地面に敷いた。このとき、二枚目の板の端は離れの軒下にまで届いていたはずだ。犯人は並べた板の上を進み、離れの軒下に到着。そのまま玄関に向かい、建物の中に入った。合鍵を使ったのか、あるいはなに食わぬ顔で呼び鈴を押したのか、それは判らない。とにかく室内に入り込んだ犯人は、そこで耕造氏の首を絞めて殺害。それが済むと玄関を出て、先ほど地面に敷いた二枚の板の上を、今度は母屋へと向かって歩いた。その際、最初の一枚を渡りきったところで、その板を両手で持ち上げて回収。それを抱えながら次の板を渡りきる、というふうにしたはずだ。そうして母屋の軒下にたどり着いた犯人が、残る板を地面から持ち上げて回収したら、どうだ？」

「濡れた地面には片道分の足跡だけが残りますね。離れから母屋へと向かう足跡が」

「そうだ。それを見れば、あたかも犯人は雨が降り続いている午後十時以前に離れへと向かい、雨が上がった午後十時以降に母屋に戻ったと、そのように思える。結果として、午後十時を跨ぐ時間帯に母屋にいた人間は、事件の犯人ではあり得ない。そういう結論になるだろう。まさに、それこそが犯人の狙いだったわけだ」

「まさか、犯人が《足跡のスタンプ》を使ったなんて、誰も思いませんもんねえ」僕は犯人の計略に思わず唸った。「で、犯人はその後、どうしたんですか、回収した二枚の板を？」

「犯人は二枚の板を貼り合わせたんだ。靴底の面と靴底の面とが向き合う形でな。このとき大事なのは、二枚の板を貼り合わせた際に、変に分厚くなりすぎないことだ。そのため、あらかじめ靴底の位置は調整されていたはずだ。靴底と靴底が重なり合うと、靴底二枚分の厚みが出てしまうだろ。だが両者が互い違いに配置されていれば、靴底一枚分の厚みにしかならない。板の側面に本物のベニヤ板を貼り付けてやれば、それはもう厚さ三センチ、長さ二メートル半ほどの一枚のベニヤ板にしか見えないだろう。犯人は夜が明けるまでの間に、そういった加工を密かにやり終えたんだな」

「そして翌日、僕と父さんが神崎邸を訪れて、事件が発覚したんですね」

「ああ、そうだ。だが、このとき犯人は大いに慌てただろうな。なにせ、自分が一枚のベニヤ板に見せかけて倉庫の壁に立て掛けていたものが、ひょんな流れで地面に敷かれて、みんなの足場にされてしまったんだからな。神崎家の人々や探偵や刑事が、その板の上を次々に渡っていく様子を見て、犯人は内心ドキドキだったに違いない。——まあ、実際には、誰も自分の踏みつけている板が《足跡のスタンプ》だなんて、気付きもしなかった。お陰で、これは犯人にとって恰好のカモフラージュになったわけだが」

「ふぅん、そういうことだったんですね」

頷く僕の隣で、いままで黙っていた明恵夫人が、ようやく質問の口を開いた。

「で、その犯人というのが、息子の翔太なのですね？」

「ええ。事件の夜における神崎家の人々のアリバイは、このトリックを用いれば、すべて無効になります。つまり誰が犯人でもおかしくない。そこで私は昨日、奥様に協力を仰いで、犯人を炙《あぶ》り出す作戦に出たのです。奥様は快く協力してくれましたね」

「はい。といっても、べつに難しいことはありませんでした。私はただ昨日の夕食の席で、家族を前に事実を告げただけ。『今日の昼、探偵のお弟子さんがきた』『その人は倉庫の材木類を念入りに調べているようだった』と――」

「ええ、それで充分でした。その話を聞けば、犯人はなんらかのアクションを起こすはず。私はそう睨んだのです。事実、今日になって犯人は車で現れました。しかも偽物のベニヤ板まで用意してね。ええ、間違いありません。その人物は翔太さんでした」

　そう断言するヒカルさんの前で、明恵夫人はガックリと肩を落とした。

「暁さんは最初からご存じだったのでは？　犯人が翔太だということを……」

「まあ、このトリックに気付いた時点で薄々ね」ヒカルさんは事も無げにいった。「そもそも長い板を抱えたり持ち上げたりするこのトリックは、非力な女性には不向きなもの。しかし西野佑介さんが犯人だとするなら、事件発覚当時、二メートル半のこの板を地面に敷いたりなど絶対にしないはず。同様に神崎貴浩氏が犯人なら、最初からもっと長い板をチョイスしたでしょう。そうすれば二メートル半のこの板が継ぎ足されることもなかったはず。そのように考えていくと、消去法で犯人は翔太さんかなと……耕造氏が死ねば、孫である翔太さんにも遺産やら保険金やらが転がり込むでしょうからね」

「ああ、そこまで見抜いてらっしゃったのですね」

明恵夫人は感じ入った様子で深々と頷いた。「判りました。それで暁さん、あなたは翔太をどうなさるおつもりですか」

「え、私が!? 翔太さんを!?」ヒカルさんは驚いた様子で、白衣の両腕をブンブンと顔の前で振りながら、「いやいや、そんな、私は警察でもなんでもない、一介の科学者で……」

「え、科学者って!? 探偵のお弟子さんでは!?」

「あッ、そ、そう、そうでしたッ」そういう設定でした——と小声で呟いたヒカルさんは、誤魔化すような笑みを浮かべながら、「とにかく私にはなんの権限もありませんので、これ以上の口出しはいたしません。後のことは、神崎家のみなさんでお決めください。自首させるも良し、座して警察の捜査を待つも良し、あるいは海外逃亡させるも良し……」

——駄目ですよ、ヒカルさん! 逃亡をそそのかすようなこといっちゃ!

呆れる僕をよそに、ヒカルさんは眼鏡の奥で満足そうに目を細める。

こうして白衣の天才探偵は、今回の事件の謎解きを終了したのだった。

9

結局、神崎家の人々は正しい選択をしたらしい。神崎翔太が自ら警察に出頭した——そんなニュースが報じられたのは、ヒカルさんが謎解きを披露した、その翌日のことだった。

『オカリナ探偵局』にて、僕と一緒にテレビを見ていた母さんは驚いた様子で、

「あら、これって登さんと晴人が関わった事件よね。犯人、自首したんだってよ」

「ふ、ふぅん、そうみたいだねえ」

平静を装う僕は、一心不乱に文庫本を読む中学生を精いっぱい演じる。

一方、父さんは事務所の電話に出ながら、なにやら噛み合わない会話を誰かと続けているらしい。やがて受話器を置いた父さんは、なんだか腑に落ちない表情だ。

「登さん、いまの電話、誰からだったの？」

母さんが尋ねると、父さんはテレビ画面を顎で示しながら、

「いままさにニュースでいっていた神崎家の奥様、明恵夫人だよ。でも変なんだ。彼女がいうには『この度は、丘さんのお陰で無事に事件が片付きました』ってさ」

「あら、変ねえ。今回の事件、登さんはなんの役にも立っていないはずなのに……」と母さんは無意識のうちに辛辣《しんらつ》なことをいってから、「他には、なにかいってなかったの？」

「そういや、あの奥様、『お弟子さんによろしく』とかなんとかいってたな。——おい、晴人、父さんの『お弟子さん』って、ひょっとしておまえのことか？」

「んなわけないじゃん！」僕が速攻で否定すると、

「晴人じゃないなら誰だよ？」父さんも速攻で聞いてくる。

「さあ、知らない」

僕は手許の文庫本に視線を戻していった。

「きっと、この街のどこかにいるんだよ。父さんの弟子を名乗る変わり者が——」

東川篤哉（ひがしがわ・とくや）
１９６８年広島県生まれ。岡山大学法学部卒業。２００２年カッパ・ノベルスの新人発掘プロジェクトで長編デビュー。11年『謎解きはディナーのあとで』が本屋大賞を受賞。その他の著書に『交換殺人には向かない夜』『放課後はミステリーとともに』『君に読ませたいミステリがあるんだ』『探偵少女アリサの事件簿』『仕掛島』など多数。

この作品は「季刊ａｓｔａ」ＶＯＬ．１～８で連載された「ひらめき研究所の天才的な日常」を改題・加筆修正しました。

博士はオカルトを信じない

２０２４年２月19日　第１刷発行
２０２４年３月25日　第２刷

著者　東川篤哉
発行者　加藤裕樹
編集　三枝美保
発行所　株式会社ポプラ社
〒一四一-八二一〇　東京都品川区西五反田三-五-八
ＪＲ目黒ＭＡＲＣビル一二階
一般書ホームページ　www.webasta.jp

組版・校閲　株式会社鷗来堂
印刷・製本　中央精版印刷株式会社

読者の皆様からのお便りをお待ちしております。いただいたお便りは著者にお渡しいたします。

N.D.C.913/279p/19cm　ISBN978-4-591-18110-2
P8008450